JN106046

超越者となったおっさんはマイペースに異世界を散策する 7

神尾 優
Kamio Yu

主な登場人物
ニーア
明るく活発な、ぼくっ娘《こ》妖精。邪妖精とは一緒にしないで欲しい。
バーラット
SSランク冒険者。隙あらば酒に手を出す、困ったおっさん。
ヒイロ
神様から最強スキルを貰い、異世界を旅する42歳のおっさん。
ネイ
本名、橘翔子《たちばなしょうこ》。ヒイロと同時に召喚された勇者のうちの一人。

先《さき》ノ《の》目《め》光《ひかる》
教会勢力と
勇者達を率いて、
大陸制覇を
目論む少年。
加《か》藤《とう》智《とも》也《や》
ネイと共に
勇者召喚された青年。
人相は悪いが
義理堅い一面も。
ヒビキ
トウカルジア最強の
SSSランク冒険者。
丁寧な物腰だが、
ちょっと頑固。
レミー
トウカルジア出身の
冒険者で、
隠密行動に長けた
忍者。

第1話　ヒイロを待ちつつ……

ある日突然、若者限定の筈《はず》の勇者召喚に選ばれた冴《さ》えないおっさん、山田博《やまだひろし》四十二歳。

神様から【超越者《ちょうえつしゃ》】【全魔法創造《ぜんまほうそうぞう》】【一撃必殺《いちげきひっさつ》】という三つのチートスキルを与えられた彼は、ヒイロと名を改めて、異世界を旅することになった。

妖精《ようせい》のニーア、SSランク冒険者のバーラット、忍者のレミー、そして同じ日本人で勇者のネイと、行動をともにしていたヒイロ。

ネイが伯爵《はくしゃく》になってコーリの街を治めることになったり、太古より生きる神龍帝《しんりゅうてい》と会ったり、ヒイロの能力がかつての魔物の魔力の残滓《ざんし》だと判明したり……

そんなある日、ヒイロ達はレミーを里帰りさせるため、そして転生者らしき人物が持ち込んだ地球の文化を堪能《たんのう》する為に、隣国のトウカルジア王国へと向かう。

道中、トウカルジア王国最強のSSSランク冒険者ヒビキや、ヒイロやネイと一緒に召喚された勇者の一人、加藤智也《かとうともや》と出会いつつ、ヒイロ達は転生者らしき人物が領主をしているギチリト領のウツミヤの街へと到着する。

しかしそこで判明したのは、地球の文化を持ち込んでいた領主メルクス公爵《こうしゃく》とその妻クレアは、地球にいた頃のヒイロの両親、その生まれ変わりだということだった。

ショックを受けつつも、ヒイロは仲間達とウツミヤで過ごしていたのだが、ある時、レミーが隣街に来ていた国王に呼び出される。

レミーの任務が自分をトウカルジアに連れてくることだと分かっていたヒイロは、もしや彼女が叱責を受けるのではと心配し、ニーアとともにレミーの後を追う。

そして出会った国王ラスカスから、勇者達が教会の名のもとに世界を支配するべく侵略を始めていることを教えられ、エンペラーレイクサーペントの核を渡すよう要請されたヒイロ。

一度仲間と話し合うべく、急いでウツミヤへと戻るのだった。


「大変です！　大変なのですバーラット！」

ヒイロは部屋に入るなり、開口一番、大声を張り上げた。

彼がやってきた部屋は、滞在している領主の館、その一室。

急いで戻ってきたヒイロとニーア、レミーは、執事《しつじ》であるヤシチの案内でここに通された。

そんなヒイロを見て、部屋の中にいた二人の男——この地の領主であるメルクスと、冒険者のバーラットの二人はホッと息をついたのだった。


——遡ること、二十分前。

メルクスとバーラットは、広い部屋の中、テーブルを挟んで向かい合って座り、静かに酒を飲んでいた。

夜も深い……どころか、もう数刻で日が昇るような時間帯。

ヒイロがニーアを連れて屋敷を飛び出したのは夕方。

日付が変わってもヒイロが帰ってこなかったため、バーラットは仲間達を部屋に帰し、メルクスもまた、メイド達は勿論《もちろん》、執事であり護衛でもあるヤシチすらも下がらせていた。

表面上の肩書きは一介の冒険者でしかないバーラットと、領主という立ち位置であるメルクスを二人きりにするなど、本来ならあり得ないこと。となれば、ヤシチくらいは部屋の外で気配を消して監視しているのだろうなと考えながら、バーラットは透明な液体の入ったグラスに口をつける。

バーラットとメルクスを隔てるテーブルの上には、十を超える空き瓶が乱立していた。

普段なら酔うのに十分なアルコールの量だが、バーラットの意識は今もしっかりとしていた。心の奥から絶えず湧き上がってくる不安が、酩酊《めいてい》するのを妨げているのだ。

そしてそれは、メルクスも同じだった。

「……遅い……ですね」

久し振りに発せられたメルクスの言葉。それは、バーラットが感じている不安の正体でもある。

だからこそ、それを振り払うかのようにバーラットは陽気に笑ってみせた。

「はははっ、隣街までそれなりの距離があるのでしょう？　ヒイロは夕方に出たのですから、まだ帰りが遅いとは言えないのではないですか？」

「普通ならそうでしょう。ですが、たとえば風魔法を利用した移動法を使う忍者であれば、余裕で往復している時間です。まして、レミーを心配して全速力で向かったヒイロならば――」

「それ以上のスピードで行き来できても不思議ではない……ですか……」

バーラットの言葉に、メルクスは頷《うなず》き、それ以降再び静寂が訪れる。

メルクスの心配は、ヒイロが国王と揉《も》めていないかというものだが、バーラットの心配は別のところにあった。

（仮にも一国の王が、自分の命令に失敗した者を、一介の冒険者の口添えだけで許せるものか？　そんなことをすれば、周りの者に示しがつかないじゃねぇか）

たかが冒険者でしかないヒイロがレミーを許すよう国王に直訴すれば、普通なら揉めることは間違いない。そしてそうなれば、争いを好まないヒイロは武力行使される前に、真っ先にレミーを連れて逃げるはずである。

もしそうなったら、今頃既に帰り着いているはずだが、現実はそうではない。

つまり、ヒイロの説得に応じて、国王がレミーを許した、という可能性が高い。

そして、それを条件に何か厄介な頼まれ事でもしているのではないか。

バーラットは、頭を数回振ってそんな自分の考えを振り払うと、グイッとグラスを呷《あお》った。

そんなバーラットの行動を見ていたメルクスは、少し考え込んだ後で薄く笑う。

「そうか……その可能性もありましたね」

「っ!!　……何がです？」

光明《こうみょう》を見出《みいだ》したような表情のメルクスに、バーラットは自分の考えを読まれかと思いぎこちなく返事をする。

そんな彼に、メルクスは余裕を取り戻しつつ話を続けた。

「陛下はね、王子時代からとても変わった方だったんですよ」

とても変わった方という言葉に、バーラットはヒクリと頬をひくつかせる。それはつまり、彼が考える王族の在り方から大きく逸脱していることを指していたからだ。

そうなると自分の予想が全く通用しない相手という可能性があった。

そんな結論に達して焦るバーラットを前に、メルクスは更に言葉を続ける。

「陛下が王子時代、よくここに視察に来ていたという話はしましたよね」

「ええ、何でも新しい物好きでフットワークが軽く、気さくな方だとか」

「はい。そして、その性格は王位につかれた今も変わらないそうです。だとすれば、陛下はヒイロの要望を無条件で呑《の》む可能性が高いかと」

言い終えて、今までの緊張を吐き出すように大きく息を吐くメルクスに、バーラットは「かー！」と頭を抱えた。

「そんな王としての心構えも不十分な方を王位に据えたのか？　確か、前王はまだ御健在でしたよね」

ラスカスは王になって日が浅く、バーラットはその人柄までは把握していなかった。

そんな性格だと知っていればヒイロを行かせることもなかっただろうに。そう自分の認識の甘さに苛立ちながらバーラットが尋ねると、メルクスは頷いた。

「ええ、お元気なようです」

「……じゃあ、何で王位を息子に譲ったんでしょうね？」

メルクスの返答に、若干の違和感を覚えたバーラットは、更に質問を重ねる。

その言葉にメルクスは、顎に手を当てた。

「前王様が突然、王位をお譲りになったのは、百三十日程前でした。その頃起きた事件といえば……」

日々入ってくる忍者達の報告を遡りながら思い出そうとしていたメルクスは、ハッとした表情で視線をバーラットへと戻す。

「確か、チュリ国の勇者が魔族の王を倒したという情報が入ったのも、その時期だったはずです」

「何！　勇者は魔族の王を倒していたのか！」

勇者が純血の魔族と戦っていることは知っていたが、既にその戦いが終わっていることまでは知らなかった。そのためバーラットは、領主であるメルクスへの敬語も忘れるほどに驚く。

「ええ、一般には出回っていない情報ですが、私個人が現地に送っていた間者からの報告ですから間違いないです」

バーラットの口調の変化を気にも留めないメルクス。一方でバーラットは、もたらされた情報に目を見開く。

「……勇者達は既に戦いを終わらせていたか――では、その後の勇者達の行動は？」

「内密に旅支度を始めている、という情報までは入ってきたんですが、チュリ国と勇者の間で剣呑《けんのん》な空気が漂い始めたらしく、私の手の者はチュリ国から引き揚げさせたんですよ」

メルクスは今でこそ領主を務めているが、元々は日本人。それも、ただの一般人でしかなかった。

故に自分の部下を危険に晒《さら》すことに難色を示した結果の判断であった。

しかし、そんな中途半端な状況で間者を引き揚げさせたことに、バーラットは頭を抱える。

(情報が不十分すぎる！　以前の勇者達の行動予測では、チュリ国は純血の魔族の件が片付いたら、勇者を前面に出して他国への侵攻を始めるという結論に達していたが……勇者とチュリ国の間に不穏な空気？　一体、どうなっているんだ？)

困惑するバーラットをよそに、考え込むようにメルクスは言葉を続ける。

「前王様は、聡明《そうめい》で優しい方でした。ですが逆に言えば、平時は善政を敷けていても、戦乱には向かない方でした」

「……大きな争いが起きると読んで、トウカルジアの前王はそれに備える為に王位を譲った……ということですか？」

「国でもチュリ国に間者は送っていますし、私以上の情報を得ていた筈です」

深刻な表情を浮かべるメルクスに、バーラットは大きく息を吐いた後に口を開いた。

「……今の国の形に落ち着いて一千年余り、国内での小競り合いはあるものの、国同士の争いなんてありませんでした。そんな事態に対応できる王など、そうそういないでしょうな」

「でしょうね。突然、隣国が攻めてくる。そういう状況に備えている国が、一体どれだけあるか……幸いにもこの国では、忍者という職業があり、他国の情報収集も怠らなかったため、こうして先手を打って備えられていますが……」

二人は無言になり、同時にグラスに口を付けるが、相変わらず酔う気配は無い。

そんな二人が同時にグラスをテーブルへと置いた瞬間、ドアがノックされた。

「どうした？」

「ヒイロ様がレミーとともにお戻りになりました」

ノックされたドアへと視線を向けていたメルクスとバーラットに、ドアの向こうからヤシチの声が返ってくる。

「すぐにここに通してくれ」

「かしこまりました」

二人だけで予測を話していても、酒が不味くなる話題しか出てこない。

うんざりしていたメルクスの急かすような声に、ヤシチの足音が遠ざかっていった。

第2話　全員揃《そろ》って作戦会議

そんな訳で、場面はヒイロが部屋に飛び込んできたところに戻る。

バーラットとメルクスは、ホッとしたのも束の間、表情を引き締めて次なる言葉を待つ。

全力で走ってきたのだろう、部屋に入ってきたヒイロは肩で息をしていた。

そんな彼の頭には平然としたニーアがいて、「やあ、ただいま」と気楽に口にする。

そして背中には、息も絶え絶えのレミーが背負われていた。さすがのレミーも、ヒイロの全力疾走

についていくにはスタミナが足りず、途中からヒイロに背負われてきたのだ。

レミーをそっと床に下ろすと、ヒイロはまくし立てるように話し始める。

「実は……勇者がワーッと攻めていて！　……陛下が私を勧誘して大砲を……そして、私に核を売ってほしいと！」

「……うむ、よく分からん」

気になるキーワードが多分に含まれているものの、何を言わんとしているのかサッパリ理解できないバーラット。彼は自分のグラスを手にしながら立ち上がって、ヒイロの元へと歩み寄る。

「とりあえず、こいつを飲んで落ち着いてから話せ」

「ああ、ありがとうございます」

バーラットが差し出したグラスに水が入っていると思い、ヒイロは疑いもせずに受け取ると、カラカラの喉《のど》を潤《うるお》す為に一気に呷った。

しかし、バーラットが飲んでいたのが水なわけがなく――

「ぶはっ！」

ヒイロは盛大にその場で吐き出した。

「あー、勿体《もったい》ねぇな」

苦しそうに咳《せ》き込んでいるヒイロを見て、心底勿体なさそうに呟《つぶや》くバーラット。

そんな彼を、ひとしきり咳き込んだ後でヒイロは睨む。

「全力で走ってきた私に、酒なんて勧めないでください！」

「落ち着かせるには、ちょうどいいと思ったんだよ」

「酒を飲んで気持ちを落ち着かせるなんて、そんな効果があるわけ……」

ヒイロはそこまで言ったところで、バーラットの背後にあるテーブルが目に入る。

その上にある大量の酒の空き瓶とメルクスを見たヒイロは、ジト目でバーラットへと視線を戻した。

「また、酒盛りですか？　私がレミーを助ける為に大変な思いをしていたというのに」

「だからこうして、バーラット殿と一緒に起きて待ってたんだろ」

ヒイロの非難の声に、諭すようにゆっくりと答えたのは、テーブルの向こうのメルクスだった。そんな彼の言い分に、バーラットもウンウンと頷く。

自分を心配して起きていたと言われれば、時間潰しに酒を嗜《たしな》んでいたとしても強くは言えず、ヒイロは二の句が継げなくなる。

「うぐぅ」と唸《うな》りつつも黙り込むヒイロの肩を、バーラットはポンポンと叩《たた》いた。

「で、落ち着いたところで、今度はちゃんと分かるように説明してくれや」

確かに先程の説明は支離滅裂《しりめつれつ》だったと思い返したヒイロは、手に持っていた空のグラスにウォーターの魔法で水を注ぐと一気に飲み干し、冷静さを取り戻す。

その後、再び水を注いだグラスを背後のレミーに渡すと、ヒイロはバーラットとともにメルクスの正面の席へとついた。

「じゃ、順を追って話してくれ」

そうメルクスに促されたヒイロが口を開こうとしたところで、唐突にガチャリと部屋の扉が開いた。

「その話、私達も聞いても？」

部屋に入ってきたのは、ネイを先頭に、智也とヒビキの三人。三人とも、普段着のままだ。

そんな三人の格好を見て、バーラットは嘆息《たんそく》する。

「お前ら、寝てたんじゃなかったのかよ……」

「ちゃんと、寝ていましたよ。ただ、ヒイロさんがいつ帰ってきてもいいように、すぐに動ける格好のまま、ですけどね」

「ヒイロ殿の慌てた足音を聞いて起きた。ただ、それだけのことです」

「まっ、ミイは起きなかったから、そのまま寝かせているけどな」

バーラットに反論するネイとヒビキの言葉に、智也もウンウンと頷きながら続ける。そしてそのまま、三人はヒイロとバーラットに並んで席についた。

「……しょうがねぇな」

どうせ後から事の顛末《てんまつ》を話すようせがまれるだろうから、余計な手間は省けるか、とバーラットはため息をつく。

席についた三人の末席に、更にヨロヨロのレミーが座り、全員が聞く態勢を整えると、ヒイロは緊張気味にゴホンとわざとらしく咳《せき》をしてから話し始める。

「それでは、私が陛下と顔合わせをしたところから……」

「えー、その前の騒動のことは話さないの？　王様の唖然《あぜん》とした顔が傑作《けっさく》だったのに」

慎重に話し始めたヒイロだったが、その頭で胡坐《あぐら》をかくニーアが横槍《よこやり》を入れる。

そんな彼女の言葉に、バーラット達がギョッとした。

「おいおい……一体、何をやらかしたんだよ」

「勘弁してくれ。ラスカス様は私の上司なんだぞ。ヒイロの粗相《そそう》が俺の立場を危うくするかもしれないんだからな」

額に手を当てるバーラットと、そんな生易しい関係でもないのに、あえて上司と表現しながらウンザリするメルクス。

自分のやらかしたことを黙っていたかったヒイロが口ごもっていると、息が整い始めたレミーが代わりに説明する。

「ヒイロさんは、護衛の騎士達をまとわりつかせながら、陛下の元に近付いてきたんです」

「『まとわりつかせて？』」

怪訝《けげん》そうに返すバーラットとメルクスに、レミーは頷く。

「騎士達を傷付けたくなかったのだと思います。三十人にも及ぶ護衛の騎士達を引きずってヒイロさんは登場したんです」

「そりゃあ、ラスカス様もさぞかし度肝を抜かれただろうな」

「はい。よくぞヒイロさんを連れてきてくれたと、感謝されました」

呆《あき》れて苦笑を浮かべるメルクスに、同じ表情のレミーが頷く。

その心情は他の者も同じようで、全員の冷ややかな視線がヒイロへと集まる。

その視線を恥ずかしそうに受けるヒイロと、誇らしげなニーア。そんな二人にバーラットはため息交じりに苦言を呈《てい》した。

「もうちょっと、まともな登場はできんかったのか？　騎士達の間をすり抜けるとか」

「私も初めはそうしようと思っていましたよ。ですが、騎士達のフォーメーションに隙が無く、囲まれてしまって。それでも突破を試みたのですが、気付いた時にはそんな状態に……」

「まっ、精鋭を揃えたラスカス様の近衛騎士達だからな」

そのほとんどが侍学校の上位卒業生で構成されることを知っているメルクスが誇らしげに呟くと、首席で卒業したヒビキも無言で頷く。

そんな二人に、ヒイロの活躍は自分の活躍だと錯覚しているニーアがニヤリと笑った。

「そんなエリート達が束になってかかっても、ヒイロは止められなかったんだけどね」

「しかし、騎士達は剣を抜かなかったのか？」

そんな偉そうなニーアを無視してバーラットがもっともな疑問を口にする。それに答えたのはヒビキだった。

「無益な殺生《せっしょう》を禁じられていたのかもしれませんが……それ以前にヒイロ殿が武器を手にしなかったのが大きかったと思います。侍学校では、当身技や組み技も習いますから」

「なるほど。無手の奴相手に大人数で武器を手にするのは、プライドが許さなかったってことか」

納得したバーラットの言葉に、ヒイロが頷く。

「ええ、多分そうでしょうね。最初は正面から足払いを受けて転ばされそうになりましたから」

「それ、倒れなかったのかよ、ヒイロさん」

騎士という言葉に、フルメイルを着込んだ超重量の相手を想像した智也に、ヒイロは肩をすくめてみせた。

「手加減してくれたんじゃないですか？　特に力を込めなくても耐えられましたから。それで倒れなかったから周囲から掴《つか》みかかられて、騎士の塊ができちゃったんですけどね」

笑い話かのような口ぶりのヒイロに、手加減するわけないだろと心の中で思いながらも、話を進める為に全員がその言葉を呑み込むのだった。

そんな他の面々の心情も知らず、ヒイロの話は続く。

「そんな私に気付いたラスカス様に、部屋へご招待いただいたのですが……レミーがラスカス様からお叱りを受けているというのは、私の早とちりだったと分かりまして……」

「そうなのか？」

自分の勘違いを恥じるヒイロの話に、バーラットとメルクスは意外そうな視線をレミーへと向ける。

そんな二人の反応にレミーは頷いた。

「はい。陛下が私をお呼びになった理由は、ヒイロさんの性格を前もって知っておきたかったからのようでした」

「そういうことか……ってことは、ヒイロ。お前、国王から勧誘を受けたな」

「ええ」

望んでいない展開に内心顔をしかめつつ問いかけたバーラットへ、ヒイロは簡潔に答える。

二人の言葉に、まさか勧誘されるとは想像もしていなかったネイや智也が、不安そうな表情を浮かべた。

そんなパーティの不安を消し去るように、バーラットは話を続ける。

「で、断ったんだろ」

「ええ、性に合いませんから」

あっさりと答えるヒイロに、バーラットは小さく笑い、ネイ達はホッと安堵《あんど》の息を吐く。

「――ですが、その代わりにエンペラーレイクサーペントの核を要求されました」

「なんだと？　まさか……」

しかし、ヒイロが深刻な表情で続けた言葉を聞き、バーラットの眼光が鋭くなる。

静かではあるが、怒気を含んだ低い声を発するバーラット。そんな彼の様子に、ヒイロは慌ててかぶりを振った。

「勿論、渡してはいませんよ。ですが、核を欲した理由が問題でしてね」

「理由？」

「ええ。何でもラスカス王は、首都トキオの城の城門に巨大な大砲を建設中だそうで……その動力に核を使いたいそうです」

「大砲……？」

聞き慣れない単語にバーラットが怪訝そうな表情を浮かべる。

それに対して、今まで静かに聞いていたメルクスが「あー、あれか」と呻《うめ》くように呟き、大砲という単語に馴染《なじ》みがあるネイと智也から視線を向けられる。

「メルクスさん、ここの王様は本当に大砲なんて作っているんですか？」

「だとしたら、穏やかじゃねえな。この国の王様は、そんな物騒な物を作る奴なのか？」

「いや、まあ……確かに物騒な物には違いないんだけど、首都防衛の観点で有効なのは確かだから、陛下が言い始めた時は側近達も強くは反対しなかったんだ」

「まてまて、勝手に話を続けるな。まずは、その大砲ってやつがどんなものなのか説明してくれ」

ネイと智也の追及にメルクスが苦笑いで答えていると、話についていけなくなったバーラットが説明を求め、同じく意味が分からなかったヒビキも無言で頷く。

すると、ニーアがヒイロの頭の上で踏ん反り返りながら説明しだした。

「大砲ってのはね、巨大な魔導兵器なんだって。大威力で、ドッカーンと派手にいけるみたいだよ」

バーラットも知らないことを知っている優越感に浸りつつ、得意げに喋《しゃべ》るニーア。

そしてバーラットは、それを聞いてギョッと目を見開く。

「何……魔導兵器だと？　しかも、動力にエンペラー種の核を使うような代物《しろもの》なのか！」

バーラットは見開いた目をそのままメルクスへと向ける。ヒビキからも驚いた表情を向けられ、メルクスは困ったように頬を掻《か》いた。

「うん、まあ、そういうことなんだ。動力がなければただの張りぼてでしかなかったし、私を含め周囲の貴族は、いつもの道楽の延長だと生暖かい目で見ていたんだけど……まさか、ヒイロを探していた理由がその動力を得る為だったとは」

魔導兵器が本当に防衛の為だけに使われるのならば、誰も文句は言わない。

しかし、それが完成して、もしも国内に向けられることがあれば、側近や貴族達は、王を諫《いさ》めることができなくなるかもしれない。

そんな不安を抱いたメルクスは、ヒイロへと厳しい視線を向ける。

「ヒイロ。お前なら、ラスカス様が何故そんな魔導兵器を必要としたのか聞いたのだろう？」

「勿論です。そして、その理由こそが本当の問題なんです」

勿体ぶるように一拍置くヒイロ。その緊迫した表情を全員が固唾《かたず》を呑んで見守っていると――

「勇者達が攻めてきてるんだってさ」

またしてもニーアが、緊張感のカケラもない口調で重要事項を口にした。

それは内容の深刻さからはかけ離れ過ぎた、呑気《のんき》な告白。あまりのギャップに、ヒイロとレミー以外の全員が「へ？」と間の抜けた声を上げた。

しかし、徐々に話の内容を理解してきたのか、最初に正気に戻ったネイが前かがみになってバーラット越しにニーアへと詰め寄った。

「嘘《うそ》でしょ？　他国を攻めるなんて、いくらあいつらでも……」

「本当だよ。ラスカスが言ってたもん」

他人事《ひとごと》のように答えるニーア。ネイが視線を下げると、視線が合ったヒイロが静かに頷く。

「確からしいです。勇者達はクシュウ国と手を組み、他国を攻め始めたそうです」

「クシュウ国……そうか！　あそこの王は確か、信者王として有名なオートソート王だったな」

「そうでしたね。そして、教会の総本山があるのもクシュウ国……」

合点がいったバーラットにヒビキも頷く。

しかしそんな二人に異を唱えた者がいた。少し前まで勇者達と同行していた智也である。

「ちょっと待てよ。確かに、神によってこの世界に召喚された勇者が、教会と手を組むのはあり得るかもしんねぇ。だけど、それをあの欲深なチュリ国の王が黙って見てたって言うのか？」

「そうよね。あの王なら絶対に主導権を握ろうとして、内輪揉《うちわも》めになりそうだけど」

智也の意見にネイも頷くが、ヒイロが悲しげに首を横に振った。

「チュリ国の王は、協力的ではないということで粛清《しゅくせい》されたそうです」

「「なっ！」」

絶句する智也とネイ。一方でメルクスは、深刻そうな表情でテーブルに肘をつきつつ手を組み、組んだ手に口元を埋めた。

「そうすると、他国侵攻の主導は勇者と教会ということか」

「そのようですね。神の名の下に世界を統一する——奴らにしたら十分過ぎる大義名分でしょうが、そんなふざけた理由で攻められちゃ、やられた側はたまったものじゃない」

メルクスの意見に、うんざりしながらバーラットが答えた。

ヒイロはそんな二人を見ながら、結論を口にする。

「勇者達は既にチュリ国の隣のカンサル共和国を攻め終わり、今はチブリア帝国と交戦中だそうです。そして、統治下に置いた国民に、神の信仰と、収入のほとんどをお布施《ふせ》として上納することを強制しているとか」

「なに？　既にカンサル共和国が落ちているのか？　しかも、そんな政策を強要してるだと？」

怪訝そうに眉《まゆ》をひそめるバーラット。ヒビキも腑《ふ》に落ちない表情を浮かべる。

「カンサル共和国は商人が中心となってできた国で、運営していたのも大商人達でした。仮にその者達が武力に屈したとしても、他の商人や国民達は、収入を奪われることに相当な抵抗をする筈です。それを無視して、更にチブリア帝国へ侵攻しているのですか？」

「それに、国を行き来する旅人や冒険者は少なからずいる。というのに何故、カンサル共和国が落ちたという情報がこちらに来ていない？」

半信半疑のヒビキとバーラット。特にバーラットは、エンペラークラスの核が欲しいラスカスが、ヒイロを騙《だま》しているのではないかと考え始めていた。

しかしヒイロは、そんな疑問を向けられても答えを持ち合わせていない。

そのため、ラスカスとの付き合いが長く、情報収集手段を多く持つメルクスならば何か知っているかもしれないと考え、彼に顔を向けて口を開いた。

「ラスカス陛下は明日……というか今日の昼頃、こちらに来るそうです。それまでに核を渡すか、渡さないか、返答を決めねばならないのですが……」

「昼頃……それは急な話だな。ヤシチ、いるか？」

「はい、ここに控えております」

メルクスの呼びかけに、ドアの向こう側から返事があった。

「とりあえず、今の情報が本当に正しいものなのか確認したい。危険ではあるが、誰かをチブリア帝国へと向かわせてくれないか」

「分かりました。では、エリーをリーダーとして、三人程のチームを現地に向かわせます」

「頼む」

家臣を危地に送り込むという苦渋の決断をしたメルクスは、厳しい表情をヒイロ達へと向けた。

「ということで、報告が来るのは最低でも五日はかかると思う。まず今は、明日のラスカス様の対応を考えないといけないな……君達はどう考えている？」

「勿論、否ですね。仮にその魔導兵器で勇者達を撃退できたとしても、一国がエンペラークラスの核なんて持っていたら、絶対に内乱や国同士の諍《いさか》いの種になってしまいます」

「やっぱり、そうなりますよね」

即答するバーラットにヒイロも頷く。そんな二人にメルクスは一層、困り顔を作った。

「だが、もし陛下の話が真実だったならば、取り返しのつかないことにならないか？」

「その時は――」

ヒイロは覚悟を決めて、瞳を鋭く輝かせながら言葉を続ける。

「私が彼等を止めましょう。他ならぬ、私の同郷の者が起こした戦争。でしたら、それを止める責務が私にはあるでしょうから」

「それなら、その責務は私にもあるってことね」

「あー……しゃあねえな。二人にそんなこと言われたら、俺だけ嫌だなんて言えねぇじゃねぇか」

覚悟を決めて発言するヒイロに、ネイは苦笑いを浮かべながら、智也はダルそうに同調し、そこにニーアが手を挙げる。

「だったら、ぼくも付き合うよ」

「でしたら、私も付き合いましょう」

ヒビキがニーアへの対抗心から乗っかると、バーラットは苛立ちつつ頭を掻く。

「あー、クソ！　やっぱりこうなるのか」

本当にこいつらは事の重大さが分かっているのか？　そんなことを思いながらも、このまま勇者達の侵攻が進めば、ホクトーリクが戦場になると分かっているバーラットは、仲間達の決断を止めることができずに投げやりに吐き捨てる。

「では、その方向でラスカス様と話をつけますか」

ヒイロ達の決断を聞き、メルクスはこの話し合いをそう締め括った。

第3話　国王来訪

——そして夜が明け、太陽が昇りきった頃。

「ようこそお越しくださいました」

ヤシチに案内されてきたラスカス王を、メルクスが恭《うやうや》しく一礼しつつ客室内へと招き入れる。

メルクスの背後には、同じく頭を下げて微動だにしないヒイロとバーラットの姿があった。

堅苦しい三人の様子を見て、ラスカスは苦笑いとともに手の平をヒラヒラと上下に振る。

「メルクス、今回の俺の訪問はあくまで個人的なお忍びだ。だから、そんな態度はやめてくれ」

かつて、王子時代にここに訪れていた頃の調子でそう言うラスカスに、メルクスは顔を上げつつ苦笑する。

「変わりませんね、ラスカス様。ですが、国王陛下となった貴方に対して、そういうわけには……」

メルクスはこの部屋に入る少し前、母であるキョウコからくれぐれも無礼のないようにと念を押されていた。

既に隠居している以上、陛下の許可無しに御目通りはできないと、この場に立つことを辞退したキョウコ。そんな母の言いつけを律儀《りちぎ》に守ったメルクスに、ラスカスは嘆息する。

「おいおい、メルクス。ちょっと見ない間につまらない貴族に成り下がっちゃったのか？　俺とお前の仲じゃないか、そんな肩の凝る真似はやめてくれよ」

言いながら、ラスカスは護衛に付いてきていた騎士二人に、廊下に残るよう手で指示する。

難色を示しながらも大人しく廊下で足を止めた騎士達に頷いたラスカスは、ヤシチがドアを閉めると、ドア側に近い椅子へと無造作にドカリと座った。

入り口側の席、つまり下座にあっさりと座ってしまったラスカスに、メルクスは小さく嘆息する。

「はぁ、王位を継承したというのに、変わりませんねラスカス様」

「はっはは、俺は肩書で性格を変えるほど、ちっぽけな人間じゃないんでな」

文句を言いながらも仕方なく上座へと座るメルクスに、ラスカスはカラカラと笑う。そうして軽口を叩き合っていると、メイドがティーセットを持って入室してきた。

優雅に紅茶を注ぎ、一礼して部屋から出ていくメイドを皆が無言で見送った後、ラスカスは視線をメルクスの背後へとやった。

「ところで、見ない顔もいるんだな」

メルクスの背後に立ち、いまだに無言だったバーラットは、恭しく頭を下げる。

「私はバーラットと申します、一介の冒険者です。陛下の許可無くこの場に立つ無礼、何卒ご容赦いただきたく――」

「バーラット……ああ、ホクトーリクの番外王子か。なら、この場にいる権利はあるな。問題は無いだろ」

バーラットの謝罪をあっさりと遮るラスカス。

当のバーラットは、隠していた自分とホクトーリク王家の繋《つな》がりを言い当てられ、それを知っているメルクスへと非難の目を向ける。しかし、メルクスはバーラットの視線に気付いて振り向きながら慌ててかぶりを振った。

「私じゃないよ」

「では何故、陛下が私の素性《すじょう》をご存知なのですか？」

「この国の情報収集能力を舐《な》めすぎじゃないかな、バーラット殿。そこのメルクスが考案した忍者の育成、それがどれ程の国益となっているか、知らない貴殿ではなかろう？」

メルクスを擁護《ようご》するように口を挟むラスカスに、本当に厄介な国だと思いつつバーラットは肩を落とした。

「私のことは呼び捨てで結構です。私はあくまで冒険者ですから、陛下から敬称で呼ばれる立場ではありませんので」

捨て鉢気味にそう言い放ち、バーラットはメルクスの左隣へと座ると、乾いた口を紅茶で潤す。

ヒイロがそんなバーラットに苦笑しつつメルクスの右隣に座ったところで、ラスカスは話し始めた。

「じゃあ、早速本題に入ろうか……ヒイロ、昨夜の申し出への返答は考えてくれたかな？」

ラスカスは期待のこもった視線をヒイロへと向ける。その視線に否と言い辛い雰囲気を感じながらも、ヒイロは真っ向から見つめ返す。

「申し訳ありませんが、陛下の申し出をお受けする訳にはいきません」

ヒイロの拒否に、ラスカスは気分を害した様子は見せず、一瞬、面白そうに口元を歪《ゆが》める。

そんな彼の様子にバーラットが違和感を抱いている間にも、ラスカスはすぐさま驚いたように目を見開いてみせる。

「ほう、それは何故だい？　もしこの国が勇者達に敗れれば、次はホクトーリクだ。ホクトーリク一国では、その他の国を下した勇者達に太刀《たち》打ちできる筈もない。この大陸は全て教会の影響下に入ってしまうだろう」

それはヒイロの意にそぐわないだろう、と含みを持たせるラスカス。ヒイロは一瞬、確かにそうだと納得しそうになるが、そんな考えを振り払うかのようにかぶりを振った。

「確かに陛下の仰《おっしゃ》る通りかもしれません。ですが、仮に魔導兵器を使って勇者達を打ち倒したとして、その後、役目を終えた魔導兵器をどう扱われるおつもりですか？」

「どうって、トウカルジア国の平和の象徴となるだろうね」

当たり前だろ、と言いたげにラスカスは笑って見せる。しかし、そんな彼の態度に動じずにヒイロは更なる言葉をぶつけた。

「陛下はそう思われるかもしれません。しかし、陛下の次代、更にはその後の世代の方々も同じ考えを持ち続けるとお思いですか？」

「後の世の者達が、強大な力が手の内にあることで野心を持つかもしれない、ヒイロはそう考えているのか？　それこそ要らぬ心配だよ。他国を侵略できぬよう、魔導砲は城壁に固定したのだから」

ヒイロの心配を笑うラスカス。だが、今のラスカスの言葉には、根本的な間違いがある。

そのことに気付いていない筈も無いのに、あえて口にしないラスカスに、ヒイロは不快そうに眉をひそめた。

「入れ物が固定されているのであれば、移動できる新たな入れ物を用意すればいいだけの話ではないですか。つまりは、脅威なのは魔導砲ではなく、核そのものだということです。陛下がそれに気付いていない訳がないですよね」

「はは、確かにそんな可能性もあるだろう。だが、今大事なのは目の前の脅威、勇者達をどうするか、ではないか？　遠い先の心配は、今を乗り越えてからでも遅くはあるまい」

やはり予想の範疇《はんちゅう》だったのだろう。ヒイロの指摘に反論してくるラスカス。

そんな彼の強要にも似た提案に、バーラットが口を挟む。

「陛下。失礼ながら此度《こたび》の騒動は、一国で対応するべきものではないと愚考《ぐこう》し、ただ今ホクトーリク王国へと伝言を送っております」

バーラットは、この会談に臨む前にレミーに頼み事をしていた。その内容とは、今回得た情報と、この事態にはトウカルジアと協力して対応するべきであるという旨を、ホクトーリクの王家へと伝えるというものだ。

レミーはバーラットの頼みに応え、王妃オリミルに仕える姉、ミリーへと伝書鳩《でんしょばと》ならぬ、伝書魔法を放っていた。

伝書魔法は風魔法の応用で、十センチ程の半透明の球体を任意の人物へと高速で飛ばし、端的な言葉を相手へと伝えるというものだ。長文を伝えるには向かない魔法なのだが、レミーはちゃんと文章として成立するように三十近い数の伝書魔法を放っていた。

もっとも、長距離の相手に向かって伝書魔法を大量に放った為、レミーは今、疲れ切ってダウンしているのだが。

そんなレミーを内心で労《いたわ》りながら、バーラットはラスカスの返答を待つ。

ラスカスはまるで、予想もしていなかった援軍に歓喜の表情を浮かべているように見えるが――

(ちっ、目論見《もくろみ》通りに事が運んでいる、って顔だな、あれは)

バーラットはラスカスの態度から、そう読み取った。

「今の話、ホクトーリク王国の協力を得られる、と思って良いのかな?」

興味深げに確認を取るラスカスに、バーラットは重々しく頷く。

「ホクトーリクの王家は、眼前に迫る脅威が分からぬほど馬鹿ではありません。確かな情報を得た以上、迅速《じんそく》に対応するでしょう。それに、私達も協力は惜しまないつもりです」

「ほう！　ヒイロの助力も得られるのか。では、二国をもって勇者達を迎え撃てば――」

「いえ、迎え撃つのではなく、今窮地に立たされているチブリア帝国へと救援に向かうべきです」

「「「はぁ？」」」

突然ヒイロの口から発せられた救援の言葉に、ラスカスだけでなく、バーラットとメルクスも間の抜けた声を漏らす。

ヒイロとバーラット、メルクスは、この会談に臨《のぞ》む前に打ち合わせをしていた。

その内容は、大前提として核は渡さず、その代わりとしてホクトーリクの協力を得て、ヒイロ達も参戦するというもの。当然そこに、チブリア帝国へ救援に向かうという話は含まれていなかった。

それ故にバーラットとメルクスは、ヒイロの発言に意表を突かれてしまったのだった。

ラスカスもまた、来《きた》る強大な脅威に立ち向かう為にあらゆる手段を考えていたのだが、それはあくまで自国防衛の為。要請もされていない他国を救うなど、念頭にもなかった。

そんな三人を尻目に、ヒイロの熱弁は続く。

「チブリア帝国はまだ落ちてはいません。ならば、二国と言わず、三国で勇者達に当たるべきでは？　戦場がチブリア帝国になるならば、ラスカス様も魔導砲の動力となる核は必要ではありませんよね」

「いや、それはそうかもしれんが……」

ヒイロの話に気圧《けお》され、初めてラスカスが狼狽《うろた》える。そんな彼に代わって、メルクスが嘆息交じりに声をあげた。

「ヒイロ、救援に向かうと簡単に言うけど、ホクトーリク王国との協力の確約もまだなんだぞ。それが成されたとしても、そこから軍を編成し両軍が合流、そこからチブリア帝国に進軍を始めるのにどれほどの時間が必要か、分かっているのか？」

「連中はカンサル共和国を短時間で制圧したんだ、チブリア帝国が長時間持ち堪《こた》えられるとは、とても思えんぞ」

メルクスに続きバーラットからも難色を示され、今度はヒイロが口籠る。しかし、そんなヒイロの代わりに、考え込んでいたラスカスが口を開いた。

「いや、ヒイロの意見はあながち的外れでもないかもしれん」

「と、言いますと？」

「カンサル共和国が簡単に落ちた最大の理由は、回復魔法の使い手が少なすぎたことなんだ」

メルクスに尋ねられてラスカスが答えると、バーラットは頷いた。

「カンサル共和国にも回復魔法の使い手はいたでしょうが、良くて二桁でしょうな。対して教会には、万を超える回復魔法の使い手がいる」

「なるほど……カンサル共和国は商業国。大量に所持している筈のポーションは、体力回復には向いていても、傷を瞬時に癒すものではない。片方の軍だけ戦闘不能になった兵士がすぐに戦線復帰してしまうのでは、すぐに決着がついたのも頷ける。ということは、チブリア帝国にはそれなりの人数の回復魔法の使い手がいると？」

メルクスからの問いかけに、ラスカスは仰々《ぎょうぎょう》しく頷く。

「チブリア、トウカルジア、ホクトーリクの三国に滞在していた教会関係者のうち、今の教会の強引なやり方に納得できない者達がチブリア帝国に集まっているそうだ。その人数は千にも及ぶと聞く」

「教会も一枚岩ではなかったということですね」

教会の中にも道理をわきまえている人がいると分かり、ヒイロはホッと胸をなでおろす。

「元々、教会から煙たがられている者の多くが、総本山から離れたこの近辺に赴任していたそうだからな」

「その者達が反旗《はんき》を翻《ひるがえ》したわけか。それほどの人数の回復魔法の使い手を擁《よう》して城に籠城すれば、確かにこちらの準備が整うまで持ちこたえるかもしれない」

ヒイロと同じく光明《こうみょう》を見出したバーラットとメルクス。そんな三人の様子にラスカスは頷く。

「ああ、そうだな。それに、今の教会側の軍には、勇者達がいないそうだ」

「なんですと？　それでは一体何処に？」

「分からん。チブリア帝国首都への侵攻中、いつのまにかいなくなっていたみたいなのだが」

勇者達の不在が朗報とは思えず、不安に駆られるバーラットに、同じく眉をひそめるラスカス。

勇者達は教会側の象徴であると同時に、最大戦力でもある。そんな勇者達が不在のまま、教会はチブリア帝国攻略を進めている。どう考えても楽観視できる状況ではないとバーラットは考えた。

「判断に困る情報が次々と出てくるな……くそっ！　もっと早い段階で情報を掴めていれば、手を打てていたというのに！」

苛立ちまかせに声を荒らげてから、国王の前であることに気付いて慌てて口をつぐむバーラット。

そんな彼の態度に、ラスカスもまた、面白くないように口をへの字に曲げた。

「確かにな。俺も間者からの情報は、要らぬ混乱を招かぬように広めてはおらんが、戦争が起きているというのに、情報が無さすぎる。それに――」

そこまで言ってラスカスは大きくため息をついた。

その様子には本当に困っているのが滲《にじ》んでいて、恐々とメルクスが口を開く。

「まだ何か、厄介なことでも？」

「ああ、現地に送った間者のうち半数が戻ってきておらん」

本当に困ったものだと言わんばかりに吐き捨てるラスカスに、バーラットはギョッと目を見開いた。

「それは、見つかって処分された、とかではないのですか？」

「いや、死んではいない。しかし、仲間が帰還を促しても、自分はこの地から出ることはできないと、どうしても戻らないそうなんだ」

「……何かしらの精神系魔法……」

少し考えてからそう呟いたバーラットだが、ラスカスは首を横に振る。

「いや、おそらくは違う。確かに戻ってきていないのは、レベルが下位の者ばかりだ。だが戻って来た者が言うには、本人や周囲に魔法の気配は無かったそうだ」

レベルが低いといっても、仮にも国に仕える間者、一般的に見れば高レベルな筈である。その者達が現地から動こうとしないと聞き、バーラットは顔をしかめた。

「レベルが低い者だけということは、精神抵抗に失敗したと捉えるべきでしょう。間者ですらかかっているのだから、一般の冒険者や旅人が国から逃げ出すといった行動が取れないのも納得がいきます。しかし、魔法ではないとすると……」

「スキル、ですか？」

もう一つの可能性を口にしたヒイロに、バーラットはしかめっ面のまま振り向く。

「確かにスキルであれば、魔法のように魔力を必要としないものがあるかもしれん。だが旅人や冒険者、それに隠れ忍んでいた間者にすら影響を与えているとなると、国すら包む程の広大な範囲に影響があるということだ。そんな馬鹿げたスキルなんて……」

そこまで言って、目の前の人物が【超越者】や【全魔法創造】などという、馬鹿げたを通り越してふざけているとしか思えないスキルを所持していることを思い出し、バーラットは黙り込む。

否定しきれていないバーラットの様子に、可能性はあるのかと少しウンザリしつつ、ラスカスはヒイロへと視線を向けた。

――この者は一体、何者なのだろうか？

ラスカスはふと、そんなことを考える。

エンペラーレイクサーペントを単独撃破し、ホクトーリク王国内の瘴気《しょうき》問題や首都での呪い事件も解決してみせた。

歳は四十くらいだが、全くの無名でこれまで噂《うわさ》に聞いたこともない――まるで、突然この世に現れたがごとく。

協力してくれるならこの上なく心強い味方なのだが、今挙げた条件に当てはまる事象をラスカスは一つしか知らない。

「勇者……か？」

突然現れた強者＝勇者。

そんな結論を出したラスカスの呟きに、ヒイロが振り向いた。そこでラスカスが自分を凝視していることに気付いて問いかける。

「はい？　なんでしょうか？」

今のヒイロの反応から、確かに彼は勇者の一人なのだと判断したラスカス。

しかし彼は、そんなヒイロに向かって笑みを浮かべつつかぶりを振った。

こちらに協力するという態度に嘘はない。ならば、その正体なんてどうでもいいではないか。下手に藪《やぶ》をつついて事態が悪化しては面白くない。

ラスカスがそんなことを考えていると、ドアが激しくノックされた。

「どうしました？」

ノックの勢いに驚きながらメルクスが返事をすると、入室許可も出していないのにドアが開く。

「大事な会談中、失礼します！　ホクトーリク王国からの返答が届きました。返答内容は――」

慌てて部屋に入ってきたのはレミー。

自室のベッドで養生していたであろうレミーは、薄着のままドアの前で跪《ひざまず》く。

「委細承知《いさいしょうち》――トウカルジア国との同盟――しかとお受けします――まずは早急に軍編成に取り掛

かる――との旨です」

伝書魔法の文面をそのまま読み上げたのだろう。途切れ途切れの口調で報告するレミーに、ラスカスは勢いよく立ち上がった。

「返答の主は？」

「オリミル・フォン・セイル・ホクトーリク様です」

「聡明で名高い、ホクトーリクの影の執行者殿か。ならば、問題は無かろう」

国内で絶対的な権力を誇る王妃オリミルの名に満足し、ラスカスはパンッと手を叩く。

「良し！　今の話し合いで決まった内容も伝えてくれ。事態は急を要するのだ」

「ほへっ？　今、ですか？」

「急を要すると言っただろ」

まだ回復しきっていないレミーの狼狽《ろうばい》に、ラスカスは満面の笑みで答える。

そこから、軍編成が終わったら早急に軍をトウカルジアの首都、トキオに向けて欲しいこと。間に合えばチブリア帝国の救援に向かうこと。敵は、未知のスキルにより国民の流出を抑え込んでいる可能性があること……などなど、多くの情報をホクトーリクへと伝えた。

途中、魔力が切れて床に大の字で倒れたレミーに代わり、ヤシチが伝書魔法を引き継いだ。

「これで、打てる手は打ったな。俺はこれからトキオに戻り、救援に向かう旨をチブリア帝国に伝える手段を模索しながらホクトーリク軍の到着を待つ」

伝書魔法の透明な球体が部屋の窓から外へと出て行くのを満足そうに見届け、ラスカスは立ち去ろうとしたが、それをメルクスが引き留めた。

「お待ちください。今、チブリア帝国にエリーを向かわせております。伝達ならば、伝書魔法で彼女に頼むのが最も早いかと」

「ほう、エリーを」

メルクスの進言に、ラスカスはドスの利いた声でエリーの名を復唱する。

エリーの技能の高さはラスカスも知るところであった。そんな優秀な人材を何故チブリア帝国に向かわせているのか？

そんな簡単な疑問の答えなど、ラスカスは瞬時に理解できた。

ヒイロに聞いた自分の話の裏を取りに行かせたのだなと、底意地の悪い笑みを浮かべて見せるラスカス。そんな上司の態度に、しまったと思いながらもメルクスは答えを待つ。

「まあ、良い。ならばチブリア帝国への伝言はお前に任せる」

援軍が来る可能性があれば、チブリア帝国も奮起する。ならば、その情報を伝えるのは早ければ早い方が良い。

そう気を取り直して命を下すラスカスに、メルクスはホッと胸を撫《な》で下ろす。

そんなメルクスの様子に苦笑いを浮かべると、ラスカスはバーラットとヒイロへと視線を移した。

「では、俺はもう戻るが、お前達はどうする？」

ラスカスの言葉に、一緒にトキオに来ても構わんが、という意味合いが含まれていることに気付きつつ、バーラットは恭しくこうべを垂れた。

「私達はこの地にて、もう少しパーティの状態を整えたく思います。パーティに馴染んでいない者もいますから」

智也と、ミイ、それにヒビキの姿を思い浮かべていたバーラットの返答に、ラスカスは頷く。

「そうか。では、トキオで待つ」

床に倒れているレミーを跨《また》いで颯爽《さっそう》と部屋を出るラスカス。そんな国王を見送りながら、ヒイロはバーラットへと近付いて囁《ささや》いた。

「パーティの連携？　この間の森での戦闘では足りませんか？」

「馬鹿野郎。あん時は好き勝手戦ってただけで、連携なんてほとんどしてなかっただろ。大体、連携が必要なのはお前なんだよ」

「私、ですか？」

バーラットの嫌味のこもった返答に、ヒイロは意外そうに目を見開く。そんな彼の態度に、バーラットは嘆息した。

第4話　協力要請を受けた者達と、魔族のたくらみ

「分かりました」

跪くミリーからの報告に短く答え、自室の椅子に座るオリミルは呟く。

「ですが、人を国外に出さない能力ですか……」

軍編成を急がせている間にもたらされた新たな情報。そのあまりにも信じられない内容に、オリミルは小さく息を吐く。そんな彼女を見て、傍に立っていた王太子のソルディアスが困ったように眉尻を下げて頷いた。

「信じられない話ではありますが、こちらが出した密偵が誰一人として戻らないのも頷けます」

「ですね。そのせいで後手後手に回ってしまったのですから、まだ挽回《ばんかい》できるこの時期に情報を寄越してくれたトウカルジア国王には感謝しなくては」

「次々と情報を回してくるあたり、あちらも必死なんでしょう。それにしても、バーラットとヒイロ君はつくづく厄介事にぶつかりますね」

ソルディアスがバーラットとヒイロの不幸を楽しそうに笑うと、オリミルが諌《いさ》める。

「その厄介事を解決してくれたからこそ、私達は救われているのでしょう」

「もっともです。ですが、救うといえばトウカルジア国王。よくぞ、チブリア帝国を救援するという発想が浮かんだものです」

自身も国政の中心に携わるソルディアスは、自国が危機に晒されている中で他国にまで気を回すラスカス王に、自分には真似できないと感嘆の声を上げる。

しかし、そんな息子の賞賛に、オリミルは頬に手を当てながら小首を傾げた。

「トウカルジア国王には失礼な推測ですけれど、もしかするとその提案をしたのは、ヒイロ殿ではないでしょうか？」

「ヒイロ君が？」

「ええ、救える者は全て拾い上げようとする御仁《ごじん》ですもの、ホクトーリクとトウカルジアが組めばそれも可能なのではないか、と考えても不思議ではありません」

「確かに。ヒイロ君は大が付くお人好しですからねぇ」

必死で人を救うヒイロの姿を思い出しながら微笑《ほほえ》むソルディアスにつられて、オリミルも微笑みながら頷く。が、その笑みはトウカルジア国王に対する苦笑いへと変わっていく。

「トウカルジアとしても、戦場が自国内から隣国へと移れば被害は大きく抑えられますから、ヒイロ殿の案に乗る利は大いにありますよね」

「もっともです。そのことを踏まえれば、チブリア帝国に踏ん張ってもらいたいと一番願っているのは、トウカルジア国王かもしれません」

オリミルと同じく、苦笑いへと表情を変えるソルディアス。そんな二人を前にして、跪いたままのミリーも苦笑いで口を開く。

「ご推察の通りのようです。チブリア帝国への救援は、ヒイロ殿の案だと、妹からの報告には御座いました」

「やっぱりね。トウカルジア国王の思惑は置いておくとして、大恩あるヒイロ殿の望みとなれば、私達としては全力で応えなければなりません。ソルディアス、軍編成の方はどうなっていますか？」

「王城に詰める兵に関しては、ベルゼルク卿《きょう》の指揮の下、大まかな編成は終了しております。あとは各地の貴族達ですが、セントールから北の者達は、先日のゾンビ騒動で期待できません」

急に真顔になったオリミルに、ソルディアスも真面目な口調で答える。

純血の魔族がもたらした寄生型魔法生物の被害は、トウカルジアの北の地域がより大きかった。その理由は、北の地からセントールへと街道を進んできたジャイアントゾンビのせいで、街道沿いの大きな街が軒並み大きな被害を受けていたからである。

「仕方ありませんね。時間もないことですし、北の大貴族達の軍は諦め、南の貴族達の軍と合流しながらトキオへ進軍することにしましょう。それと、冒険者ギルドへの通達も忘れてはなりませんよ」

「心得ております。冒険者ギルドへは通達済みですよ。貴族達の方はその旨、報告を出しておきます。しかし――」

オリミルに返答しながら、ソルディアスは困ったものだと顎に手を当てる。

「セントールの復旧もまだまだ途中。本来なら周辺の有力者達に要らぬ野心を持たせないために、軍を動かすなんて真似はしたくないんですけどね」

先の事件も記憶に新しいこの時期に、軍の大部分がセントールから離れれば、王家の力が弱まっていると判断する馬鹿が現れるかもしれない。そう懸念するソルディアスに、オリミルも困ったように眉尻を下げながら顔を向ける。

「それに関しては仕方がないでしょう。今動かねば、国自体が無くなりかねないのですから。そういう馬鹿は、あの時に捕まえた者達で全てと思いたいところですが、念の為、陛下には残ってもらわねばいけませんね」

「はい。軍の指揮は不肖《ふしょう》、このソルディアスが請け合います」

「それが良いでしょう。これだけの大事、王族が先頭に立たねば沽券《こけん》に関わるというものです。補佐として副官にベルゼルク卿、そして私が――」

「言っておきますが、母上にも残っていただきますからね」

自分の胸を威勢良くポンと叩く母に向かって、ソルディアスは慌てて釘《くぎ》を刺す。そんな息子に、オリミルは驚いたように目を剥いた。

「何故ですか⁉」

「何故って、当然でしょう！　国内の貴族への牽制《けんせい》となる役割である母上がこの混乱した時期に国を離れるなんて、あり得ないじゃないですか」

「ああ、こちらのことはスミテリアさんに任せています。世代交代も近いことですし、私が不在の国内をまとめる今回の機会は、良い経験となるでしょう」

自分の妻に全て任せていると言われ、ソルディアスは目眩《めまい》を覚えた。

「スミテリアの口数が減っていると思ったら、そんなプレッシャーをかけられていたんですね……あのねぇ母上、こんな大変な時期に後継に全て丸投げするなんて、あんまりじゃないですか？」

「大変な時だからこそ、良い経験だと言っているんです」

「だ、か、らぁ、それで……」

時間が無いと言いながらも親子ゲンカを始めるこの国のトップ達に、ミリーは跪き頭を下げながらいたたまれない気持ちになっていた。

「えっ！　国からの要請ですか？」

コーリの街の冒険者ギルド。そのギルドマスター室に呼び出された戦士レッグスは、不審そうな声を上げる。

「一体、どのような内容の要請なんです？」

レッグスの隣に立つ魔道士リリィが、重厚な机の向かいに座るコーリの街のギルドマスター、ナルステイヤーに確認を取る。

「国からの要請ねぇ……」

「Sランクに昇格してすぐの私達に声がかかるくらいだ、大した案件ではないのではないか？」

そんな彼女の背後では、リリィの兄バリィと、小柄な重戦士の少女テスリスが小声でそんな会話を交わしていた。

コーリの街ではトップクラスの実力を持ちながらも相変わらず騒がしいパーティに、書類を手にナルステイヤーの隣に立つ副ギルドマスター、アメリアが苦笑する。

するとナルステイヤーが大きく咳払いをして、面々のひそひそ話を中断させた。

そうしなければ、このパーティは延々と騒がしくなり続けると知っていたからである。

わざとらしい忠告を受けて、レッグス達が口を噤《つぐ》んだところで、ナルステイヤーは話し始めた。

「国からの要請は、トウカルジアへの出軍に君達にも参加してほしい、というものじゃ」

「……えっ？　出軍？　軍が出なければいけない程の魔物でも出たのですか？」

聞き慣れぬ単語に不安感を大いに煽《あお》られながら、レッグスが恐る恐る尋ねると、バリィが慌てて訂正する。

「待てよ、レッグス。ギルドマスターはトウカルジアへのと言っただろ。隣国の魔物討伐に、軍を動かすなんてあり得ねぇよ」

「バリィの言う通りよな。これは――」

「ホクトーリクとトウカルジアで戦争？」

バリィに続き、テスリスとリリィが勝手に想像を膨らませると、レッグスが慌てたように机を両手で叩き、ナルステイヤーへと詰め寄った。

「ギルドマスター！　俺達、戦争に駆り出されるのですか？」

「冗談じゃねえよな。冒険者は対人戦闘の専門家じゃないっつうの」

「ええ、そうですね兄様」

「確か、Sランクの冒険者には、国からの要請への拒否権があったような……」

「それだ！」

テスリスの言葉に、レッグスが振り向きざまに人差し指で指しながら同意すると、名案だと言わんばかりにバリィとリリィも頷く。

勝手に想像を膨らませて話を進めるパーティを前にして、ナルステイヤーが今度はどうやって黙らせるかとうんざりしながら頭を悩ませていると、隣に立つアメリアがポツリと呟く。

「今回の国からの要請は、バーラットとヒイロさんが絡んでいるみたいですよ」

小さな声ながらも、バーラットとヒイロの名を聞き逃さなかったレッグス達は、急に黙り込み一斉に視線をアメリアへと向ける。

やっと黙ったレッグス達に、今だとばかりにナルステイヤーは口を開いた。

「今回の軍事行動は、トウカルジアとの戦争の為ではない。逆に、トウカルジア軍と合流するのだと聞いておる」

「戦争が始まる訳ではないのですか？」

「うむ、ある意味では戦争と言えるかもしれん。何せ、チブリア帝国の救援が目的だからな」

「救援……」

レッグスが小さく呟くと同時に、パーティの面々は円陣を組み、顔を付き合わせて小声で会議を始める。

「救援ってことは、チブリア帝国が今、何処かから襲撃を受けてるのか？」

「ですわね。ですが、今回の要請にヒイロ様が噛《か》んでいるとすれば、相手はただの軍隊ではないでしょう。国同士のいざこざで、ヒイロ様がどちらかに肩入れするとは思えません」

レッグスに答えるリリィの言葉に、全員が納得して頷く。

「ってことは、大規模な魔物による襲撃でも受けているのか？」

「それはなかろう。チブリア帝国にはエンペラー種のフェニックスが住むフジの山があるのだぞ」

国同士でなければ魔物ではないかと考えたバリィの憶測を、テスリスがすぐに切って捨てた。

魔物を標的とすることが多い冒険者の間で有名な定説に、強大な力を持つエンペラー種のテリトリー内では、魔物が他の地域より大人しくなる、というものがある。

エンペラー種の知能か高ければ高い程、そして力が強ければ強い程、この傾向は顕著《けんちょ》に現れ、周辺に住む人間や亜人の被害が減る。

それ故に、エンペラー種を神のごとく崇める人間や亜人が多くいるのである。

エンペラー種の中でもトップクラスの力を持つフェニックスのテリトリーは、東はトウカルジア国の首都トキオ、西はチブリア帝国の帝都であるナーゴ辺りまでと、広大である。トキオとナーゴは、フェニックスの加護の下、発展したと言っても過言ではないのだ。

ちなみに、ホクトーリクの首都であるセントールもフェニックスと肩を並べるエンペラー種、独眼《どくがん》龍《りゅう》のテリトリー内である。

そんな理由から、魔物の大規模な襲撃ではないと判断しつつも、結局は何が起きているのかは分からないレッグス達だったが――

「まっ、バーラットさんとヒイロさんの頼みなら……」

「断る理由は無いわな」

「ですわね。あの二人から頼られるなんてこの先、あるか分かりませんもの」

「ここは、理由など聞かずに応えるのが、世話になった者の務めというものだな」

レッグス、バリィ、リリィ、テスリスは、正確には国からの要請なのだが、バーラットとヒイロからの頼みにすり替えて、理由など二の次で頷いた。

その結論に、してやったりと微笑むアメリア。ナルステイヤーはそんな部下を横目に苦笑いを浮かべつつ、次なる話題へと移る。

「では、国からの要請は受諾ということで良いのじゃな」

「ええ、受けさせていただきます」

「ならば、会わせたい者がいる」

「私達に、ですか？」

リリィが不審そうな声を上げる。

国からの要請を受けた後で会わせるということは、今回の任務と関係がある人物だろう。そんな結論に達し、誰なんだと不思議がるレッグス達に頷いた後で、ナルステイヤーは隣室で待たせている客人を呼んでくるようにアメリアに頼む。

アメリアは部屋を出ていくと、すぐに戻ってきた。その背後から、赤い髪と黒い上着が印象的な二十代半ばの男と、まだ子供と言っても差し支えない少年と少女が続いて部屋へと入ってくる。

「あっ、マスティスさん」

「久しぶりだね、レッグス君。今回の国からの要請は、君達と一緒に行動しようと思ってね」

赤い髪の男に見覚えがあったレッグスがその名を口にすると、その男――SSSランクの冒険者マスティスは、爽やかな笑みとともに右手を挙げた。

「マスティスさんと一緒ですか。心強いです」

久々に会う偉大な先輩とレッグスが談笑していると、リリィがずずいと二人の間に割って入る。

「マスティスさん、お久しぶりです。何故コーリの街に？　私はてっきり、マスティスさんはセントールでじっくりとレクリアス姫様との親密度をお上げになっているものだと思っておりましたが」

「あっ……ああ……リリィ君、お久しぶり」

皮肉交じりの言葉を満面の笑みでぶつけてくるリリィに、苦手意識を全開にしながらもマスティスは果敢に向き合う。

「ちょっとクエストで、ここから西のキタタカの街に出向いていてね」

「キタタカの街にですか？」

「うん、Aランク以上の案件だったのだけど、旅に出るからと断ったバーラットさんが僕を指名していったみたいで」

「まったく、半年程前に自分が関与したクエストだと言うのに、人に丸投げしおって」

ナルステイヤーの苛立った声に、マスティスは苦笑いを浮かべ、レッグス達は小首を傾げる。

「半年前って言うと、バーラットさんがヒイロさんと出会った頃ですよね」

「うむ。あの頃、キタタカでティスマ熱が流行しての。人と人の間で感染しないティスマ熱がどうして流行しているのか、調査するように儂《わし》がバーラットに頼んだのじゃ」

「えっ？　マスティスさんが出向いたってことは、バーラットさんが行った時は解決しなかったんですか？」

バーラットは注意深く、状況判断も的確である。故にクエスト成功率も百パーセントに近かった。

そんな彼がしくじったのかと驚くレッグスに、マスティスが苦笑しながらかぶりを振る。

「違うよ。バーラットさんはその時、ポイズンラットという魔物の変異種がティスマ熱の感染源になっていると掴んでいたんだ」

「ポイズンラット……鼠《ねずみ》の魔物ですか」

「うん。だからバーラットさんはポイズンラットの巣穴を見つけ、殲滅《せんめつ》した。その時は一旦、ティスマ熱の流行が止まったんだけどね」

「時間を置いてまた流行しだした、ということですか？」

リリィの疑問に、マスティスとナルステイヤーが同時に頷く。

「バーラットさんは僕を指名すると同時に、また流行しだしたのなら、ポイズンラットを変異させる何者かがいるのかもしれないと言い残していったそうだよ」

「その可能性に気付いていたのなら、どうして最初の調査の時に徹底的に調べん。と怒鳴ったら……憶測《おくそく》だけで無駄働きになるかもしれん仕事なんかやってられるか。と言い返しおった」

ナルステイヤーは疲れ切った様子を見せる。マスティスは、バーラットさんらしいと思いつつ苦笑いを浮かべながら話を続ける。

「で、バーラットさんの言葉を信じてポイズンラットを観察してたら、こんなものを見つけてね」

そう言ってマスティスは、マジックバッグから一抱え程ある黒い箱を取り出した。

二十センチ程の穴が二つ開いている以外、何の変哲も無い箱のように見える。しかし、レッグス達はその箱に得体の知れない不気味さを感じていた。

「何ですか、その箱は？」

恐る恐るといった様子で聞いてくるレッグスに、マスティスは箱を再びマジックバッグに仕舞いながら真顔で説明する。

「魔道具、と言ってもいいのかな？　この箱の中を魔物が通り抜けると、強化型の変異種に早変わり、っていう寸法らしい」

「マジっすか？　そんなもんポンポン置かれたら、大混乱じゃないっすか」

「ですわね。小さいから、小型の魔物ぐらいしか対象にならないのでしょうけど、同じ性能の大型のものがあるとしたら……」

半信半疑のバリィと、更なる可能性に戦慄《せんりつ》を覚えるリリィ。

そんな二人にマスティスは肩をすくめる。

「うん。その可能性は否定できないんだよ。だからキタタカの街を中心に同じ箱が無いか、捜索するクエストを発注しようと思ってコーリまで戻ってきたんだよ――彼等を連れてね」

マスティスはそう言って、緊張した面持ちで両隣に立つ二人組の冒険者の肩をポンポンと叩く。

「彼等は？」

「彼等はリックとティーナ。キタタカの街でティスマ熱が流行していた時に、その回復薬の原材料であるファルマ草を大量に採取してきた冒険者でね。そのお陰で、キタタカの街で死者はほとんど出てなかった。彼等は、キタタカの街の英雄なんだよ」

「やめてください、マスティスさん。俺達は運が良かっただけなんですから」

マスティスの過大評価をリックは心底困ったように否定し、ティーナもウンウンと頷く。

そんな二人に、マスティスは楽しそうに笑みを零《こぼ》しながらレッグス達へと向き直った。

「彼等のお陰で救われた人が沢山いるのは事実なのに、謙虚《けんきょ》だよね……ところで、そのファルマ草採取の過程が面白くてね。思わず、クエスト発注元のキタタカの街代表として連れてきちゃったんだ」

軽い口調でそう言うマスティスに、そんな理由で自分達を選んだのか。と、リックとティーナは呆れ顔になる。

「過程が面白い？」

一人楽しそうなマスティスに、レッグスが尋ねる。すると、マスティスは話してあげてと言うようにリックへと目配せした。

そんなマスティスにため息をつきながら、リックは話し始める。

「俺達は、ファルマ草採取のクエストを受けて、その群生地があると聞いたイワナー湖のほとりの森へと向かったんです。そこでヒイロさんとニーアに出会いました」

「ヒイロ様に！」

リックの話に、リリィが食いつく。そんな彼女に続きをせがまれながら、リックとティーナはヒイロがゴールデンベアやゴブリン達を蹴散らす様《さま》を語って聞かせた。

そして話は、ニーアがヒイロとともに行動することになった理由へとたどり着き——

「郷単位で行動する妖精が何故ヒイロさんと一緒にいるのか不思議ではあったけど、そうか、ニーアは仲間から見捨てられていたのか」

「しかも理由が髪と瞳が黒いからって、ニーアのせいじゃねぇよな」

「普段から明るい子で、そんなことがあったなんて微塵《みじん》も感じさせませんでしたね」

「うむ。だが、その時に居合わせたのがヒイロ殿であったのは僥倖《ぎょうこう》であったな」

レッグスとバリィがニーアに同情すると、リリィとテスリスも同調する。

そんなしんみりとした雰囲気に、アメリアとナルステイヤーも流されかけたが、完全に脱線していることに気付いて、ナルステイヤーは慌てて話を元に戻す。

「いやいや、その箱の捜索の件じゃったな」

「ああ、そうでした。それで、この件はお任せしても？」

「うむ。魔物の変異体が大量発生すれば、周囲一帯の混乱は免れん。今回の問題は一つの町の問題という訳にもいくまい。キタタカの街ではなく、冒険者ギルドからの依頼としてクエストを発注しておこう——マスティスはレッグス達とともに、国からの要請を受けてくれ」

「分かりました」

ナルステイヤーがマスティスへと正式にクエストの発注を宣言すると、リックとティーナは安心して胸を撫で下ろす。そんな二人を見て微笑みながらも、リリィは考え込むように口元に手を添える。

「ですが、あんな物騒な箱を一体誰が？」


「ハックション！」

とある森の中の洞窟。

洞窟内に反響するほどの大きなクシャミをした、右目にモノクルを掛けた魔族——青い肌の男に、他の三人の魔族の視線が刺さる。

「おい。近くにあのバケモノ《ヒイロ》がいるかもしれんのに、大きな音を出すな」

「そうだぞ、セルフィス」

ゴスロリ少女ティセリーナの非難の声に、紳士然とした格好のグレズムが頷く。彼の腕に守るように抱かれている魔族の王の忘れ形見、マリアーヌも恐怖に怯《おび》えた目をセルフィスへと向けていた。

「すみません。何故か急にクシャミが出てしまって……と、そういえばティセリーナ。以前渡した魔物進化の箱、あれってどうしましたっけ？」

「なんだ？　藪《やぶ》から棒に――」

技術者である彼は以前、妖魔からの依頼で、月の魔力を瘴気に変える魔道具の図面を書いたことがある。その開発中、月の魔力を吸収し、魔物の核に影響を与える魔物進化の箱が偶然できたのだが、セルフィスは不意にそのことを思い出したのだ。

尋ねられたティセリーナは、不審に思いながらも記憶の糸を手繰《たぐ》る。

「確かあれは、適当な森の中に置いてきたと思うが？」

「そうですか。迂闊《うかつ》に解体しようとすると暴走する代物だったのですが、今のティセリーナの言い方だと、どこに置いてきたのか覚えていませんよね」

「なっ！　そんな危険なものだったのか？　そんな話、聞いておらんぞ！　暴走って一体、どんな惨状となるのだ！」

突然のセルフィスの告白に、ティセリーナは勿論、グレズムとマリアーヌも目を見開く。

そんな仲間達の様子に、セルフィスはカラカラと笑いながら頭を掻く。

「アハハ。実際に試した訳ではないので確証はありませんが、おそらく周囲の魔物の核の情報を書き換える。そんな所ではないでしょうか」

「となると、魔物がスキルを使えなくなるのか？」

魔物の核は、魔力が込められているだけでなく、魔法やスキルの情報も入っている。それは、人間側が知らない魔族の常識であった。その知識からグレズムが聞くと、セルフィスは小首を傾げた。

「情報を書き換える訳ですから、確かに、使えなくなるかもしれません。一回、実験してみたかったんですが、あれは偶然の産物でして、もう一度同じものを作ることができないんですよ……っと、そういえば今はそんな話をしている場合ではなかったですね」

セルフィスは自分で振っておきながら話題を変えると、今までニコニコしていた表情を引き締め、一同を見回す。

「勇者達は、人間世界の教会という組織とともに、この大陸の他の国を攻め始めているみたいです」

セルフィスは従順の首輪という魔道具で魔物を従え、勇者達の動向を探っていた。

魔物の記憶を読み取る必要があるため、情報を得るのに時間がかかっていたのだが、勇者達との距離が徐々に狭まってきたことで、魔物が戻ってくる頻度は上がってきていた。

「南から、こちらの方へと。行軍速度は相当速いようですね」

「なっ！　人間どもは、勇者達を止められんのか？」

「難しいみたいですね」

普段、笑顔を絶やさないセルフィスの珍しく神妙な表情に、淡い期待が消えてティセリーナは黙り込む。そんなティセリーナの代わりに、覚悟を決めながらグレズムが口を開いた。

「この世界が勇者どもに呑み込まれれば、どちらにしても我々の生き残る術《すべ》はなくなる。御姫様《おひいさま》の身の安全を第一に隠れ忍んできたが、ここいらが限界ではないか？」

「うむ、元々は先代様の無念を晴らす為に行動してきた我々ではないか。ここは打って出るべきであろう」

グレズムとティセリーナの言葉に、セルフィスは自分達の王であるマリアーヌを見た。マリアーヌは三人の覚悟を受け取ったのか、小さいながらも健気に、しかし力強く頷く。

「御姫様《おひいさま》もお覚悟を決められましたか。先代様の無念を晴らすべく、ここはすぐにでも――」

「待ちなさい、ティセリーナ」

立ち上がり、洞窟の外へと出ようとするティセリーナだったが、そのひらひらのスカートの裾を、セルフィスがガシッと握る。結果――

「おがっ！」

ティセリーナは盛大に前のめりになり、転んだ。

「何をする！　セルフィス！」

強《したた》かに打った顔面を手で押さえながら立ち上がり、ティセリーナが非難の声を上げる。そんな彼女、を、セルフィスは人差し指を立てながらジト目で睨《にら》んだ。

「ティセリーナ。まさか、我々だけで勇者達と対峙《たいじ》するつもりですか？」

「いかんのか？」

意外そうに聞き返してくるティセリーナに、セルフィスは呆れたように嘆息する。

「そんなことをすれば、一矢報いることすらできずに全滅です」

「ならば、どうするというのだ。我々にはもう仲間はおらんのだぞ」

苛立ちながら詰め寄ってくるティセリーナに、セルフィスはニッコリと微笑んだ。

「仲間がいないのなら、作れば良いではありませんか」

「作る？　この辺の魔物達でも屈服させるのか？」

「いえいえ、魔物の数をいくら増やしても、抵抗できる時間が長引くだけです。そんなことをしても時間の浪費というものですよ。いるではありませんか……勇者達をも超えるほどに危険な、仲間になればこの上なく頼もしい方が」

「あ……う……」

二の句が継げなくなるティセリーナ。代わりにグレズムが、青い顔を更に青ざめさせつつセルフィスに恐る恐る尋ねる。

「まさかセルフィスは、あの者を仲間に引き入れるつもりなのか？」

「引き入れるのは無理でしょう。ですが、我々があちら側に取り入るのであれば不可能ではないかと思います」

「「……正気か？」」

ティセリーナとグレズムの声がハモると、セルフィスはニコニコしながら頷くのであった。

第5話　魔族との邂逅《かいこう》

ラスカスがトキオに戻ってから数日、ヒイロ達は森で訓練《くんれん》がてら模擬戦を行っていた。

その日も智也とミイ対ヒイロ、ニーア対ヒビキ、ネイ対レミーという三組が模擬戦を終え、瞑想《めいそう》を行っていたバーラットの方へ近付いていく。

「バーラット、そろそろお昼ですし休憩《きゅうけい》しますか。修業の方はどうですか？」

バーラットは銀槍と意思疎通を図るため、この数日は瞑想ばかりしていた。というのも、独眼龍に強化してもらった際、この槍が龍の角でできており、バーラットの力不足によって深い眠りについているると知らされたからだった。

ヒイロの問いかけに、目を開いたバーラットは眉間《みけん》に皺《しわ》を寄せる。

「うむ、だんだんこいつの性格が分かってきたんだがな。なかなかに難しい」

「難しい、ですか？」

「うむ」

小首を傾げるヒイロに、バーラットは頷く。

「こいつは潔癖《けっぺき》なんだよ。姑息《こそく》を良しとせず、毅然《きぜん》としてやがる。結果よりも過程を大事にするタイプだな。つまり――」

「結果を出せればどんな手段も厭《いと》わないバーラットさんとは、正反対のタイプだね」

「でも、それならヒイロさんとは相性が良さそうですね」

言い淀《よど》んでいたところをネイとレミーにあっさり言われ、バーラットは憮然《ぶぜん》とする。

「そんなこたぁ、分かってるんだよ。だからこいつは今まで表に出てこなかったんだからな」

苛立ちながらそう言って、バーラットは小さく息を吐く。

「こいつは元々、セントールの城の宝物庫に長らく仕舞われてたものなんだが、使用中に急に重くなったせいで持ち主が殺されたり、鍔《つば》迫《ぜ》り合《あ》いで弾かれた刃先が急所に刺さって持ち主が死んだりして、所持者殺しなんて異名が付いていたんだよ」

そこまで話して、バーラットは愛槍へ視線を向ける。

「独眼龍の爺《じい》さんの話では、こいつは今まで寝ていたって話だが、寝ている状態でもそんな真似をするんだ、起きれば何をやらかすことやら……」

「何それ？　なんでそんな曰《いわ》く付きの武器をバーラットが持ってるのさ？」

「【勘】だよ。【勘】がこいつを使えと俺に囁いたんだ」

ニーアの問いに答えながら、バーラットは付き合いが長くなった銀槍を愛おしそうに撫《な》でる。

そんなバーラットを見つつ、今度はヒイロが疑問を投げかけた。

「所持者殺し……持ち主の行動を槍が許容しきれなかった結果、とも考えられますが、そうなるとバーラットの性格で、よく今まで無事でいられましたね」

「俺は手段は選ばないが、人様に顔向けできない真似はしてこなかったからな。もっとも、今思えば

【勘】がこの銀槍に殺されるような行動を阻んでいた可能性もある」

照れ隠しか、自分の行いをスキルの賜物《たまもの》と言うバーラットに、素直じゃないなと思いつつ、ヒイロ達は笑みを浮かべた。

話も一段落ついたところで、ヒイロはお昼の準備をするべく時空間収納から皿や食材を出そうとしたのだが――

「っ！　誰ですか⁉」

ヒイロの手伝いをしようとしていたレミーが、後方を振り返り鋭く問いかける。

そんな彼女の反応に、ヒイロ達もまた身構えながら後方へと振り返った。

彼等の視線の先には、鬱蒼《うっそう》とした木々や草が生い茂っており、人影は見当たらない。しかし、レミーの言葉に応じて、木の陰から人影が現れた。

「いやはや、まさか見つかるとは」

緊張感の無い口調で呟くのは、一人の学者風の男性だった。

人懐っこい笑みやゆっくりとした動作は、ヒイロ達を刺激しないためか。それでも警戒を怠らないバーラットは、突然の来訪者を慎重に見定める。

歳は二十代中程の、腰まで伸びた青いストレートの髪と、右目に付けたモノクルが印象的な青年だ。服装は薬剤師などが着ているような白衣姿に近い。そして肌の色は――肌色。

一見すれば、薬草を探しにきた薬剤師にしか見えないのだが、ここは高レベルの魔物が現れる森である。戦闘職ではない薬剤師が護衛無しに一人で歩き回れる場所ではない。

それ以前に、レミーの索敵を逃れてここまで接近してきたという事実が、バーラットの警戒心を一層高めていた。

「誰……」

「いやー、索敵無効の指輪を付けていたのですが、よく僕を見つけましたね」

バーラットの投げかけようとした「誰だ？」という言葉より早く、青年はベラベラとフレンドリーに話し始めた。そこに敵意は無い。そんな青年の話の内容にヒイロが食いつく。

「索敵無効の指輪？　もしかして、魔道具ですか？」

「ええ。装備者の魔力を周囲の空気に同化させることにより、同化させた魔力の内側の気配すらも曖昧にして【気配察知】や【魔力察知】のスキルを誤魔化せるという魔道具ですが……どうやらそちらのお嬢さんは、スキルに頼らない索敵能力をお持ちだったみたいですね」

ヒイロの疑問に、自身の持つ魔道具を嬉々《きき》として自慢するように細部にわたり説明する青年。

そんな彼の説明を興味津々《きょうみしんしん》に聞いていたヒイロは、事実確認をする為にレミーへと視線を向けた。

得体の知れない相手を前に視線を外すという愚行をするヒイロに呆れながらも、レミーは彼の疑問に答えるべく口を開く。

「忍者学校では、スキルに頼らない索敵方法も教えています。ものが動いた時に生じる空気の乱れや、心音、匂い。姿を隠そうとしている敵を探る術《すべ》はいくらでもありますから。もっとも、有効範囲で言えばスキルの方が断然広いので、ここまでの接近を許してしまいましたが」

「なるほど。だから私のスキルには反応が無かったのに、レミーには分かったのですね」

納得がいき、頷きながら青年へと視線を戻すヒイロ。青年もまた、ヒイロと同じように感心しながら頷いていた。

「五感に頼った索敵とは、盲点《もうてん》でした。この魔道具もまだまだ改良の余地があるということですね」

「改良の余地？　もしかして、その魔道具は貴方が作ったのですか？」

ヒイロの問いに、青年はにこやかに頷く。

「おお、それほどの魔道具をお作りになるということは、さぞや優秀な……」

「そこまでにしとけ」

敵意を持たぬ者に対して友好的に接する。ヒイロの性格がなせる善行にして、こういう場面では愚行でしかない行為を、バーラットは手で制する。

戸惑いながらもヒイロが口を閉ざすと、バーラットは青年をギロリと睨んだ。

歴戦の戦士すら怯《ひる》むようなバーラットの眼光。それを真正面から受けても、青年は笑みを崩さない。

「――名前を聞こうか」

「セルフィスと申します」

「セルフィス……ね」

青年は問いにすぐに答えた。

そんな彼に、バーラットは嘆息交じりに槍の切っ先を向ける。ヒビキとレミーもまた、バーラットに倣《なら》い武器に手をかけた。

そんな三人にネイとヒイロが驚く。

「ちょっと、なんで武器を向けるの？」

「そうですよ。相手は武器すら持ってないんですよ」

しかしバーラットもヒビキも、にべもなく答える。

「だからだよ。武器も持たずにこんな魔物が跋扈《ばっこ》する森を歩いてきたんだぞ」

「その通り。それに、気配を消す魔道具？　そんなとんでもない魔道具の製作者なら、名が通っているのが道理ですが、セルフィスなどという魔道具技師の名を、私は知りません」

バーラットが名前を聞いた理由に気付いてネイは黙るが、それでもヒイロは、敵意を見せない相手に武器を向けるという行動に難色を示した。

「ですが、武器を向けるのはやり過ぎです」

「ヒイロさん、いい加減に分かれよ。訳の分かんねぇ初対面の相手に無条件で友好的になるのは、元の世界では有効かもしれねぇけど、こっちの世界では致命傷になりかねねぇんだよ」

バーラット達が警戒している時点でろくな相手ではないと初めから決めつけていた智也の制止に、ヒイロはやっと口を閉じた。

だが、ヒイロ達のやり取りを黙って見ていたセルフィスが、今まで顔に貼り付けていた笑みを消し、神妙な表情で口元に手を当てる。

「元の世界？　勇者である智也と同郷ということですか？　今回は様子見のつもりでしたが、これはまた、とんでもない情報が転がり込んで来たものです」

「なんだと？　……っ!?」

誰も口にしていない勇者、智也といった単語を呟くセルフィスに、不審なものを感じるバーラット。

そんな彼が構える槍の穂先《ほさき》の根元を、誰かが掴んだ。

驚くバーラットの目には、自身の槍にまとわりつく霧《きり》のようなものが映っていた。

「だから言ったのだ。こやつらの偵察《ていさつ》など、危ないからやめろと」

その霧は、言葉を発しながら徐々に濃さを増し、小さな少女の姿を作り出す。

とんでもない力で穂先の根元を掴む彼女に、バーラットは見覚えがあった。

腰まで伸びた銀髪に特徴的な黒いドレス。病的なまでに白い肌と眼光鋭い赤い瞳。

——かつて、魔族の村で苦戦を強いられ、逃した純血の魔族である。

それに気付いたバーラットが口を開く前に、ヒイロが声を上げる。

「ややっ！　貴女は」

指差すヒイロに、少女はあからさまに顔を背ける。

「確か……」

回り込み、少女の顔をしっかりと確認しようとするヒイロ。しかし少女はまた顔を反対側に向け、ヒイロから顔を背ける。

「魔族の村で……」

更に回り込んでくるヒイロから、またまた顔を背ける少女。

そんな攻防を繰り返す少女とヒイロに、バーラットとセルフィスは二人揃って頭を抱える。

「ヒイロ……顔を確認しなくても、分かるだろ」

「ティセリーナ……姿を現しておきながら、無駄な抵抗をするのはやめなさい」

自分の周りをうろちょろしていたヒイロの首根っこを掴むバーラットと、ティセリーナの頭頂部をガシリと鷲掴《わしづか》みにするセルフィス。

「ふぅ……貴女が姿を現しては、せっかくの僕の偽装も無意味になるではありませんか」

そう言うなり、セルフィスの肌の色が、肌色から薄い青へと変わっていく。

その肌の色で全てを察したバーラットが口を開いた。

「兄ちゃん、純血の魔族だったのか」

「ええ、そうです」

「純血の魔族は滅ぼされたと聞いていたが？」

「絶滅はしてませんよ。数少ない、生き残りです」

真面目に言葉を交わすバーラットとセルフィス。しかし、手で押さえているヒイロとティセリーナがジタバタするせいで緊張感が削がれてしまう。二人は額に青筋を浮かべて、バーラットは後方に、セルフィスは自身の隣へと、ヒイロとティセリーナを押し退け話を続ける。

「で、生き残った魔族が何の用だ？」

「興味本位と事前調査、といったところでしょうか」

正体が分かったことでとりあえず槍を引いたバーラットの問いに、セルフィスは静かに答えた。

「興味本位？　事前調査？」

「ええ、僕は貴方達を知りませんから。実行に移す前に直接見たかったんです。まぁ、見つかってしまったのは予定外でしたが」

困ったものだと笑うセルフィスを、バーラットは訝《いぶか》しむ。

「実行に移すだと？　一体、何を企んでやがる？」

「それを語る前に――」

言いながらセルフィスは笑みを消し、視線をネイと智也に向ける。

「翔子《しょうこ》・橘《たちばな》、智也・加藤……勇者である貴方達が、何故ここにいるんですか？　翔子の方は大分前から単独行動を取っていると知っていましたが、智也まで合流しているとなると……」

「あー、そういうこと」

明らかに警戒しているセルフィスに、ネイは腰に手を当ててやれやれと言葉を返す。

「つまり、勇者の私達を警戒して監視してた訳ね。でもお生憎様《あいにくさま》、私と智也はとっくの昔に勇者達から離反《りはん》してんのよ」

魔族が勇者への復讐《ふくしゅう》の為に情報収集していると推測したネイの言葉に、セルフィスは目を見開く。

「離反……そうですか。確かに僕達の本拠地に攻め込んできた勇者達の中に、貴方達はいませんでしたね。あの戦いに参加していなかった以上、今の言葉に嘘は無いのでしょう。では、もう一つ――」

セルフィスは納得しながら、今度は視線をヒイロへと向けた。

「先程、智也は貴方に対して元の世界ではと語っていましたが、貴方は智也達と同郷……つまり、勇者なのですか？」

「事後確認ですか？　その答えは、聞いてきた時点で確信しているんじゃないですか？」

しまったと、口元に手を当てながら顔を曇らす智也をよそに、ヒイロは動揺を見せずに答える。

「そうですか」

ヒイロの返答は肯定に他ならず、そのことを踏まえてセルフィスは神妙な面持ちで考え込んだ。

一方、ヒイロが勇者だと分かったティセリーナは、目を見開いてワナワナと肩を震わせていた。

「勇者……だと。お前、勇者だったのか！　セルフィス、やはりこいつらは信用ならん！　こいつらの力を借りるなど！　モガモガモガ……」

袖をグイグイと引っ張りながら力説するティセリーナだったが、セルフィスは彼女の後頭部から腕を回して、その口を塞ぐ。

「ちょっと黙っていてください」

ジタバタするティセリーナに一言入れた後で、セルフィスはヒイロ達へと視線を向けた。

「勇者達は現在、存在意義を誇示《こじ》するように戦火を広げています。それに参加せず、ここで燻《くすぶ》っている勇者が三人。ヒイロさん、翔子、智也……貴方がたは、勇者達の蛮行をどう思っているのですか？」

「勿論、止めるつもりです。異世界から来た我々がこの世界の人々をどうこうしようなど、おこがましいにも程がありますから」

静かに言葉を発するセルフィスを、ヒイロが真っ向から見据える。その両隣に立つネイと智也も同意するように頷くと、セルフィスは三人の顔をまじまじと見つめた後で、フッと表情を和らげた。

「清廉《せいれん》にして不撓不屈《ふとうふくつ》。貴方がたの方が、よっぽど勇者という名に相応しいですね……分かりました。我々の用件は、後日改めてお伺《うかが》いさせていただいた時に話しましょう。我々の主人を抜きにして話したのでは、こちらの誠意が伝わらないでしょうから」

セルフィスはそう言うと、口を塞いでいたティセリーナへと目配せする。

ティセリーナはその視線を察すると、自身の身体を霧へと変え始めた。

「おい、ちょっと待て！　主人だと？　どういうことだ」

言うだけ言って消えようとしている二人に、バーラットが慌てて声をかけるが、ティセリーナの霧がセルフィスを包むと、二人はその場から音もなく消え失せた。

「ちっ！　レミー、索敵できるか？」

舌打ちするバーラットの言葉に、レミーが慌ててスキルによる捜索を開始するが、すぐにその頭を左右に振る。

「あの魔道具の力ですね。離れられると、探しようがありません」

「くそっ！　言いたいことだけ言って消えやがって」

「まあ、まあ。また改めて来ると言ってたではありませんか。聞きたいことはその時に聞けばいいでしょう」

憤《いきどお》るバーラットを宥《なだ》めるヒイロ。そんな彼にバーラットはジト目を向ける。

「次来る時に、闇討《やみう》ちを仕掛けられる可能性だってあるんだぞ」

「考えすぎですよ」

「お前……あの女にどれだけ苦戦させられたか、忘れた訳じゃないだろうな」

「ええ、ですからそんな方が仲間になってくれれば心強いじゃないですか」

「はぁ？」

　何を言い出すんだとバーラットが訝しむと、ヒイロは真顔で見つめ返す。

「セルフィスさんは、次は自分の主人を連れて現れると言いました。私達を敵と見なしたのなら、そんな相手の所にわざわざ主人を連れてくるなんて愚行を犯しますか？」

「そりゃあ、そうだが……」

「主人を連れてきて誠意を見せるということは、勇者達を倒す為に私達の力を借りたい。彼等の狙いはそんな所ではないでしょうか」

　思いの外《ほか》的を射たヒイロの推論に、バーラットは口を噤む。しかし、ヒイロの頭の上にふわりと乗ったニーアが異論を唱えた。

「ヒイロ、あいつらが仲間になるとして、ヒイロはそれを許せるの？　ぼくなんか、あの女が出てきてから、いつでも攻撃できるように魔法の準備をしてたっていうのにさ」

　ニーアがいつも以上に大人しいと思っていたら、そんなことをしていたのかと驚いたヒイロは、確かにその通りだと思いながら口を開く。

「私としても、魔族の村やセントールでの彼等の行いを許容できるほどの器は持ち合わせていません。セルフィスさんは清廉と評価してくれましたが、私は清濁《せいだく》併《あわ》せ呑むのに苦痛を伴《ともな》う凡人《ぼんじん》ですから」

　自分を凡人だと言うヒイロに、全員が『どこが？』というツッコミを頭に浮かべたが、話の腰を折ってはいけないと誰一人口には出さない。

「彼等がやったことは許されることではありませんが、かといってやり直しが利かない以上、これからの行動でそれを挽回してもらいましょう。少なくとも私は、そうやってこれまで生きてきましたから、彼等からその機会を奪う真似はできません」

　失敗を周りの助けと自身の頑張りで挽回してきたヒイロの言葉に、甘いのか厳しいのか、微妙なところだと思いながら全員が頷いた。

第6話　その頃チブリア帝国では

「その人はあちらに寝かせて。A班は休憩に入って、D班はA班から引き継ぎをお願いします」

　辺りに響く怪我人の呻き声。漂う血の臭いは、石畳の床に布を敷いただけのベッドとも呼べない場所に寝かされた、三千を超える兵士達から発せられるものだ。

　そんな戦場とも言える修羅場《しゅらば》でテキパキと指示を出すのは、銀髪の一人の女性。

　白地に金の刺繍《ししゅう》が施された、高貴な印象を与えるローブを着たその女性は、指示を出し終えると片膝をつく。そしてそこに寝ていた怪我人の胸元へと手の平を添え、呪文の詠唱に入った。

「ハイヒール」

　魔法を発動させると銀髪の女性は立ち上がり、次の怪我人へと視線を向けたのだが——

「あら？」

　自身の意思とは関係無く両膝から力が抜けてしまい、その場にしゃがみ込んでしまう。

そんな彼女に、一人の女性が慌てた様子で駆け寄った。

背中の中程まで伸びたストレートの赤い髪に、強い意志を感じさせる赤く鋭い瞳。

タイトなズボンと上着。その上から羽織《はお》った厚手のマントは、彼女が高い地位の者であることを示すような高価なものだ。

「シルフィー司祭、大丈夫か？　そろそろ貴女も休んだらどうだ。ここ数日、ろくに休憩も取ってないではないか」

「いえ、大丈夫です」

凛《りん》とした顔を狼狽《うろた》えさせる女性に対して、シルフィーは力なく微笑みながら立ち上がる。

無理して立ち上がった為、シルフィーはその場でよろけるが、赤い髪の女性がすかさず支えた。

「ほら見ろ、やはり限界ではないか」

「いえ、アストリィー皇帝陛下。これは単なる魔力欠乏です。こんなものはこれを飲めば……」

そう言いながらシルフィーは、ローブの胸元を掴み、パッと開いて見せた。そのローブの裏地には、小さなポケットがびっしりと付いており、その一つ一つに親指程の大きさの小瓶が入っている。

そしてそのうちの一本を取り出すと、コルクの蓋を開け一気に飲み干す。

「くぅ〜！　効きます」

瓶の中身はＭＰポーションの原液。薬草の絞り汁そのままの味のそれは、魔力を回復するだけでなく眠気まで吹っ飛ばし、シルフィーはシャキッとしながら自身の足でしっかりと立つ。

そんな彼女を、アストリィーは申し訳なさそうに見た。

「すまんな、我がチブリア帝国の為に、貴女達にこんな無理をさせてしまって」

「いえ、元はと言えば、我々教会の馬鹿げた侵攻が原因ですから。これくらいは」

ここはチブリア帝国の首都、ナーゴの城。その一階にある大広間。

城の外壁の周りは、教会の兵士達に幾重《いくえ》にも取り囲まれている。圧倒的な戦力差に籠城戦を強いられているチブリア軍は、城門を破られまいと四方の城壁の上からの弓矢や魔法での攻撃を行なっていた。だが、同じく弓矢や魔法、投擲《とうてき》などの反撃により傷付く兵士は多い。

そんなチブリア軍を支えているのは、司祭シルフィーを筆頭とした約千名の元教会信者達であった。

チブリア帝国は完全な実力主義であり、だからこそ女性であるアストリィーが、多くの皇位継承者達を押し退け皇帝の地位に就いている。

そんな彼女は当初、このシルフィー達の救援の申し出を訝しんでいた。こんな状況であれば、教会の送り込んだ間者ではないかと疑うのは、当然であろう。

そのため最近までは、シルフィー達の治療の際は兵士達に監視させていた。

しかし、彼女達の身を削るような献身的な治療行為を目《ま》の当たりにして、今では直接現場に足を運んで労う程に、教会からの協力者を信頼していた。

「ありがとう――しかし何故、君達は我々に協力してくれるのだ？　教会側についていれば近い将来、大陸制覇というふざけた理想を叶《かな》えて甘い蜜を吸えただろうに」

帝国の為に頑張ってくれているシルフィーに、心からの感謝の言葉を口にするアストリィーだったが、前々から思っていた疑問がふと浮かび、思わずそれが口から出てしまう。

そんなアストリィーに、シルフィーは真剣な表情で答える。

「こんな力任せの布教など、私達の望むものではありません。それに、私の考えに賛同してついてきてくれた者達のほとんどは、クシュウ国の出身者なのです」

「確かに教会の総本山はクシュウ国にあるのだから、クシュウ国出身の信者が多いのは当然だと思うが……その者達が教会から離反することにどんな意味が？」

「荒ぶる火山の守護神、エンペラー・アースジャイアント様……」

「ああ、クシュウ国内の魔物どもに目を光らせて大人しくさせていた、名実ともにクシュウの守護神と言えるあのアースジャイアント殿か。彼《か》の方がどうかしたのか？」

人との交流もあり、温厚で有名だったエンペラー・アースジャイアントの噂を思い出してアストリィーが聞き返すと、シルフィーは苦しそうに言葉を絞り出す。

「エンペラー・アースジャイアント様は……勇者達の手で討たれました」

「そんな馬鹿な！　そんなことをして一体、教会と勇者に何の益があるというのだ。大体、エンペラー種を倒すなんて……」

友好的なエンペラー種を倒すなど、何の利益にもならない。それ以前に、人が倒せるものなのかと声を震わせるアストリィー。そんな彼女に、シルフィーも悲痛な思いで言葉を返す。

「アースジャイアント様はクシュウ国の守護神。ですが創造神様以外の存在が、ましてや魔物が神として崇められるのは、勇者としては我慢できなかったみたいです。我々も勇者達のそんな思考を聞いてはいたのですが……まさか、アースジャイアント様を倒せるとは思ってもいなかったのです」

教会は創造神を崇める一神教。その他の神を認めないという理由だけで、守護神たるエンペラー種に挑み、しかも倒したと聞き、アストリィーは戦慄を覚える。

「では、君達は……」

「実のところ、クシュウ国出身である我々の中にも、アースジャイアント様を神として崇めていた者は少なくありません。そんな者達が、今の教会の在り方に叛意《はんい》を抱いてここに集まったのです」

その献身的な働きから、元教会信者達を信頼しているアストリィーは、今の話に嘘は無いと確信する。それと同時に、最悪今回の戦争に負けても、自身の命を差し出せば国民にとっては指導者が変わるだけだと、楽観視をしていた自身の甘い考えを、改めなければならないと痛感した。

「負けるわけにはいかなくなったか……」

「はい。今の教会のやり方は、絶対に許容できるものではありません」

「しかし、籠城戦でしか抵抗できていない私達に、ここから逆転することができるかどうか……」

自身の力の無さに、奥歯を噛み締めるアストリィー。その気持ちはシルフィーも同じで、戦況の打開策を見出せない二人は、黙ってしまった。そんな二人の元に、一人の騎士が駆け寄る。

「突然、失礼いたします。陛下に御目通りを願う者が一人いるのですが、いかがいたしましょう？」

それなりの地位にいるのだろう。立派でありながら年季の入った鎧《よろい》を着た年配の騎士は、アストリィーの前で片膝をつくと、そう進言してきた。

「目通りだと？　この戦いの打開策を見出した策士でもいたか？」

「いいえ、それがどうも……外からこの城に入ってきた者らしく、城の者ではないのです」

「城の者ではない？　では、教会側の者が降伏勧告でもしに来たのか？」

「それが……教会の奴らでもないようなのです」

「馬鹿な！　教会の包囲網《ほういもう》を抜けて、この城に侵入できる部外者がいるものか！　そんな者、教会側の者に決まっているではないか」

　城を囲む教会側の軍は、五万にも及ぶ。その厚い囲みを突破するなど、空でも飛べなければ不可能だ。たとえ空を飛べたとしても、感知系のスキル持ちに発見され撃墜されるのがオチであろう。

　歯切れの悪いもの言いをする騎士を一喝するようにアストリィーが言葉を荒らげると、年配の騎士は覚悟を決めて来訪者の容姿を口にした。

「それが、その者はメイドでして」

「メイド？　……メイドとは、給仕などをするあのメイドか？」

「はい。そのメイドです」

　唖然とするアストリィーに、その姿を見ておきながらも、信じきれない年配の騎士が返す。すると、アストリィーは少し考えた後で哀れむように騎士を見た。

「お前、少し休んだ方が良くないか？　疲れて幻覚でも見たのだろう」

「優しいお言葉嬉《うれし》しい限りですが、自分は至って正常です。その者は、トウカルジア国の使いだと名乗っておりまして」

「トウカルジア！　何故それを早く言わん！　すぐに連れてきてくれ」

　アストリィーが急かすように騎士へと命ずると、その様子にシルフィーは困惑した。

「皇帝陛下、トウカルジア国の使いなら、この城に来られても不思議ではないのですか？」

シルフィーの疑問はもっともであった。

この窮地に現れ、トウカルジア国からの使者であると名乗る者の言葉を信じるなど、聡明なアストリィーらしからぬ反応だ。そう考えるシルフィーに、苦笑しながらアストリィーは答える。

「トウカルジアの忍者……ならば不可能ではないかもしれない」

「トウカルジアの忍者？　噂には聞いたことがありますが、それほどの力量の持ち主なのですか？」

「ああ、あいつらは誰にも気付かれずに何処にでも侵入してくるそうだ。我が帝国も、それなりの数の忍者が潜入しているという報告を受けて調査したことがあったが、誰一人として捕まらなかった」

「……捕まっていないとなるとやはり、眉唾物《まゆつばもの》ですね。ありもしない存在の情報を流して、他国の不安を煽るトウカルジアの策略だと私なら愚考いたしますが？」

かつて、レミーという一級の忍者と行動をともにしたことのあるシルフィーであったが、レミーは自分を忍者であるとは明かしていない。

故にシルフィーは忍者の存在に対して懐疑的だった。そんな彼女に、アストリィーは言葉を続ける。

「私もそう考えていた時期があった。しかし調べてみると、トウカルジアが忍者育成に力を入れているという情報がごろごろと舞い込んでくるのだよ」

そこまで言って、アストリィーは急に真顔になる。

「大体、圧倒的不利なこちらに教会がトウカルジアの名を騙って策略を仕掛けてくるなんて、意味がないだろう。だとすれば、今回の来訪者は本物のトウカルジアからの使者。そう考えるのが合理的だというものだよ」

「確かにそうかもしれませんが、教会側の刺客、という可能性も捨てきれないのではないのですか？　皇帝陛下を暗殺できれば、この膠着《こうちゃく》状態を一気に解決できるでしょうから」

アストリィーを心配するシルフィーの言葉を、彼女は盛大に笑い飛ばす。

「アハハ、私を暗殺？　そんなことをすれば教会はいい笑いものだよ。勇者を擁し、神の名の下に侵攻しておきながら暗殺などという愚劣な行為をすれば、神の名は地の底に落ちる。いくら欲にまみれた者が教会のトップに立っていたとしても、そんな愚行は選択しないだろう」

「……そうでした。確かに教皇やその取り巻き達は、そういったことには計算高い方ばかりでした」

「だろう。だとすれば、トウカルジア国が教会の脅威に対抗する為に手を打ってきた、というのが妥当というものだよ」

アストリィーがそこまで言うと、騎士が戻ってきた。その背後には確かにメイドがついてきている。

「陛下、お連れしました」

「うむ」

恭しく返事をするアストリィー。その視線はシルフィーとともに背後のメイドへと向けられていた。

眼鏡をかけた物静かそうな女性。メイドに対するシルフィーの第一印象はそうであったが、アストリィーは違ったようだ。メイドをしげしげと見つめ、彼女はニヤリと笑う。

「なるほど、佇《たたず》まいに隙がないな。君がトウカルジアからの使者かな？」

アストリィーから興味津々の視線を向けられたメイド――エリーは、臆《おく》せず優雅に一礼する。

「はい。ギチリト領領主、メルクス・ゼイ・ベースト様のメイドを務めるエリーと申します」

「ほほう、かの有名なメルクス卿の」

アストリィーは目を輝かせる。

忍者の存在を調べる上で、その考案と養成施設の設立を行なったメルクスの名は、否応なしにアストリィーにも伝わっていた。その配下を名乗るエリーが自分に接触してきたのだ、期待が高まるのは当然だろう。

そんなアストリィーを前にして、エリーは自身の使命を果たすべく口を開く。

「これからのお話はトウカルジア国国王、ラスカス様からの伝言になります。お聞きいただけるでしょうか」

「うむ、聞こう」

「今、トウカルジア国はホクトーリク王国と協力して、戦力を集めております」

「なんと！　トウカルジアとホクトーリクは同盟を結んだのか」

迫り来る教会の脅威に対して、自国だけで対抗する決断をしたアストリィーは、トウカルジアとホクトーリクの同盟という情報に目を大きく見開いた。

確かに彼女も、他国との共闘を考えなかった訳ではない。しかし、カンサル共和国の敗北があまりにも早く、その考えを実行まで移せなかったのだ。それ以前に、今まで大きな争いを経験したことのなかったアストリィーが、教会の戦力を楽観視していたという事実もあったのだが。

そんなアストリィーは、トウカルジア国のラスカスの決断の早さに驚いた後で、エリーを使いに出してきた理由に考え至り、顔をしかめた。

「まさか……その戦力が整うまで、我らに踏ん張れ。などと言う、ふざけた話を持ってきた訳ではあるまいな」

捨て駒にさせられるのではと、怒りに声を震わせるアストリィーに、エリーは冷静に首を横に振る。

「いえ、そのようなお話ではありません。ラスカス様は、戦力が整い次第、こちらに援軍に向かうと仰ったのです。ですから、援軍が到着するまで、持ち堪えていただきたいと」

「えん……ぐん？　……援軍だと？　トウカルジア王がそう言ったのか！」

「はい」

言葉の意味が理解できなかった訳ではないのだが、思わず聞き返すアストリィーに、エリーは静かに頷いた。

その姿に、アストリィーは信じられないとばかりに目を見開いたまま口角を震わせる。

「……トウカルジアは一体、何を考えている？　……戦場を自国まで広めない為に？　だが、せっかく集めた戦力を待ち伏せではなく進軍に使おうと言うのか？」

援軍の話は確かにありがたい。しかし、そんな美味い話がそうそうあるはずがない。アストリィーはトウカルジア国国王ラスカスの思考を読まんと、必死に考えを巡らせた。

大規模戦闘においては、地理的優位のある場所で戦うことが必然とアストリィーは考える。防御や奇襲に適した地で相手を待ち構えた方が、よっぽど有利に戦いを進められるというものである。

そんな地理的優位を捨ててまで、敗戦濃厚な他国まで援軍に来るという話を、アストリィーは本気で受け入れられなかったのだ。

だが、いくら考えても答えは出ず、それ故に彼女は返答に困った。なにせ、下手な約束をしてしまえば、この国が本当に捨て駒にされかねない。

彼女は聡明だが、それ故に相手の腹の中を必要以上に探ってしまい、思考の渦にハマってしまった。

そんなアストリィーに向かって、このままではいつまで経っても返答が貰《もら》えないと危惧《きぐ》したエリーが仕方がないとばかりに口を開く。

「救援の件に関しては、確かにラスカス様が最終決定をしておりますが、進言した者は他にいます」

「何？　まさか、メルクス卿か？」

「いえ、その者は冒険者です」

「ぼうけんしゃ？」

冒険者の意見を一国王が呑んだ。

そんな馬鹿な話があるのかと、アストリィーはすっとんきょうな声を上げる。

帝国は良くも悪くも実力至上主義の国であり、優秀な人材は帝国軍に入るのが常識であった。そのため、冒険者とは軍に入ることもできない半端者の末路だと思っている者が多く、アストリィーもその例に漏れない。

実際は、実力はあるが堅苦しい軍には入りたくないという理由で、国を離れて自由な冒険者になる者が少なくないのだが、その事実をアストリィーは知らなかった。

「はい。冒険者の意見です。その者はホクトーリク王国出身なのですが、ホクトーリクでエンペラーレイクサーペントを打ち破っているのです」

「はあ？　冒険者がエンペラーレイクサーペントを？」

淡々と話すエリーに、唖然とするアストリィー。そんな彼女にエリーは動じることなく頷く。

そんな馬鹿なと一笑に付しかけたアストリィーだったが、今の話が事実だとしたら、今回のトウカルジアとホクトーリクの同盟の中心にはその冒険者がいる筈だと思い至る。そして、そんな冒険者の意見なら、ラスカス王は仕方なく呑まねばならなかったのではないかと、彼女は眉間に皺を寄せた。

「今の話が事実として、ホクトーリクとトウカルジアは何故それほどの人材を放っておく？　自国に勧誘するべきではないか」

「確かにその通りかもしれません。実際、ラスカス様は勧誘を試みたそうですが、その冒険者はことの外自由を愛する方でして、断られたそうです」

「ふん、自身の力の重要性も理解していない愚か者か……そんな者、力尽くで――」

アストリィーの言葉はそこで止まる。

彼女も気付いたのだ、エンペラー種を倒すほどの相手を力尽くで従えようとした場合、どれほどの被害が出るのか、そしてそれに見合う成果は得られるのかということに。

その冒険者が死ぬまで抵抗するかもしれない。たとえ生け捕りにできたとしても、こちらの要求を拒否されれば、牢《ろう》にでも繋ぐしかない。

どちらにしても、軍の被害分だけ損失にしかならない。

思考の迷路にはまり込んで黙ってしまったアストリィーを前にして、エリーは口を開く。

「自国の力を損なわず、冒険者の意見を尊重して協力態勢を取る。トウカルジアとホクトーリクはそのような方式を採っております。ですから、冒険者の意見も国の損失にならない限り呑むのです」

「そうか……そういうことなら理解しよう。その者を冒険者という位置に遊ばせておくことも、我々の救援に来てくれると決断したトウカルジア王の選択も」

「では……」

「救援の件、ありがたく聞き入れよう。援軍が来るまで何とか籠城で持たせてみせる」

「ありがとうございます」

アストリィーの返答を受け、エリーは内心ホッとしながら表面上は平然と頭を下げる。そんな彼女に、今まで国同士の話し合いだからと黙っていたシルフィーが疑問を投げかけた。

「ところで、エンペラーレイクサーペントを倒した冒険者とは、一体どなたなのです？　それほどの偉業を成し遂げた冒険者なのですから、さぞかし名の通った方なのでしょう」

「それは……ですね……」

シルフィーの質問にエリーは言い淀む。

ヒイロの名は、有名ではない。そんな名を出してしまえば、エンペラー種を倒したという説得力がなくなり、要らぬ疑惑を持たれるのではと危惧したからである。

エリーは何とか説得力のありそうな言い回しを考え、しどろもどろに伝えた。

「その方は、ホクトーリクのSSランク冒険者であるバーラット様の仲間の方でして……名は通っていませんが、バーラット様がお認めになった程の方です」

「ホクトーリクのバーラット。確かにその名は聞いたことがある。なるほど、そのような者が認めたとなると――」

「ヒイロさん、ですか？」

アストリィーの納得の言葉を遮って、シルフィーが期待に満ちた声を上げた。

突然ヒイロの名を言い当てたれたことにエリーは目を見開くが、思い当たる節があったため冷静さを取り戻す。

「失礼ですが、もしや、シルフィー様ですか」

「そうですが、何故私の名を？」

「以前、妹がお世話になっておりますから」

「妹さん？」

「レミーです」

エリーの返答に、シルフィーは「ああ」と納得の声を上げた。

「そうでしたか。トウカルジアの諜報部は、その頃からヒイロさんに目を付けていたということですね」

「はい。ですが、ヒイロ様を知っている方がいるのならば、話が早くて助かります」

「ええ、ヒイロさんなら信用できます」

「おいおい、二人して何を納得しているのだ？　私にも分かるように説明してくれないか？」

和やかに納得し合っている二人に疎外感を覚えたアストリィーが不満を口にすると、すっかり表情が明るくなったシルフィーがクスッと笑う。

「ヒイロさんやレミーさんとは、以前、とある事件で一緒に行動したことがあるんです。内容については約定《やくじょう》により詳しく話せませんが、信用できる方ですよ。性格的にも、実力的にも」

「実力的にも、か。それは、勇者を相手取っても、と受け取って構わないのか？」

「はい。少なくとも私は光明《こうみょう》を見出しています」

「そうか……エンペラー・アースジャイアントを屠《ほふ》る程の相手、正直どうしようもないと思っていたが、希望は持てるのか」

やっと年相応の笑顔を見せたアストリィーに、シルフィーが微笑み返していると、二人の話を聞いていたエリーが口を挟んだ。

「エンペラー・アースジャイアントが死んでいる？　それはどういうことなのですか？」

「知らなかったのか？　勇者どもは、エンペラー・アースジャイアントを殺してしまっているのだ」

エンペラー・アースジャイアントの死は、クシュウ国では口にすることも禁じられていた。

今まで自分たちを守ってくれていた存在の死は、国民に大きな衝撃を与えた。

しかしそれを為した勇者達が新しい守護者となったため、自衛の術を持たない国民は、彼等を非難することはできなかったのだ。

当然、納得がいかない者は多数いたのだが、人知れず住民の意識操作を行なう何者かの力もあり、声高に反勇者を叫ぶ者はいなかった。

それでも意識操作に抵抗し、国を離れた教会関係者もいて、彼らによってチブリアやトウカルジア、ホクトーリクの教会へと情報がもたらされたのである。

しかしその情報を公《おおやけ》にすれば、教会本部との対立が決定的になる。そのため、シルフィーを始めとした教会からの離反者達は、秘密裏にチブリア帝国に合流した。

そういう理由からエンペラー・アースジャイアントの死の情報は、世界に広まっていない。

勿論、トウカルジアの密偵達は、クシュウ国でも活動していたが、教会本部のあるフーカオを中心に情報収集を行なっている。ところがアースジャイアントのいる荒ぶる火山アソとフーカオは、クシュウ国の端と端。あまりに距離が離れていた。

故にフーカオでは噂話にも上らなかったアースジャイアントの死を把握できなかったのである。

「アースジャイアントが勇者によって倒されている……何故そんな重大な情報がこちらに入っていないんです……」

珍しく動揺を見せながら小さく呟くエリー。

クシュウ国に派遣されている同僚の怠慢にすら思える情報をいち早く本国に届ける必要がある。そう判断したエリーは、アストリィーへと視線を向けた。

「申し訳ありません。私にはまだ仕事がありますので、これで失礼いたします」

「ああ、ラスカス王にはくれぐれもよろしく頼むと伝えてくれ」

「承知しました」

恭しく一礼し、エリーはその場から一瞬で姿を消した。

その見事な去り姿に、アストリィーは目を見開く。

「本当に凄いな、トウカルジアの忍者は。それ故に今は頼もしくもあるがな」

「そうですね。それにヒイロさん達も協力してくれるのですから、本当に頼もしい限りです」

瘴気の中でヒイロが放った魔法の一撃。全てを滅する神の一撃のごときその光景を思い出し、シルフィーは微笑む。

「そうだな。ただ——」

その姿に先程までの気負いが消えていることに気付き、アストリィーは相槌《あいづち》を打ってから提案する。

「やはり君は疲れている。少し休んではどうだ？」

「そう、ですね。長丁場になりそうですし、無理をして倒れては元も子もありませんものね。お言葉に甘えて休ませていただきます」

今度は提案を受け入れられ、アストリィーは顔を見たこともないヒイロに感謝しつつ、ホッと胸を撫で下ろしたのだった。

第7話　来訪者

「はっ？　エリー姉さん、今なんて！」

メルクスの屋敷の応接室。

すっかりヒイロ達の溜《た》まり場となっていたその部屋に、レミーの叫び声が響く。

部屋の片隅で皆に背を向けながら、コソコソとエリーからの連絡を受けていたレミーの唐突な叫び声に、今日の特訓を振り返りながら雑談していたヒイロ達がビックリして振り向いた。そんな中、高級なソファに座り背もたれに片肘をかけながら寛いでいたバーラットは眉をひそめる。

「何だレミー、何かあったのか？」

レミーが口にしたエリーの姿はここには無いし、話題にもしていない。ならば、エリーからの伝言魔法が届いたのだろうと当たりをつけたバーラットがそう尋ねる。

一方通行の伝言魔法に聞き返しても意味は無いのに、それをしてしまった自分を恥ずかしく思いながら、レミーは振り返り口を開いた。

「エンペラー・アースジャイアント……勇者に倒されているそうです」

「なにぃ！」

すっかり寛ぎモードになっていたバーラットは、レミーの返答に目を丸くした。

「アースジャイアントと言うと……？」

「クシュウ国のエンペラー種ですね。人との共存を望む温和な魔物だと聞いていましたが、何故そんな魔物を勇者は倒したのでしょう？　周りの魔物を抑制していたという話もあるのに」

「えっ！」

ヒイロの問いに答えながら疑問を口にするヒビキ。しかしそれを聞いたヒイロは絶句してしまった。

「そういえば、エンペラー種のテリトリー内じゃ、魔物は大人しくなるって話があったっけ」

「…………」

「弱肉強食の魔物は、強大なエンペラー種を刺激しないようにそのテリトリー内じゃ大人しくなるんだよ。だから、無暗にエンペラー種を倒すと、周辺の魔物の行動が活発になるんだ」

「…………」

「ふ～ん。どうせ、周りの迷惑なんて考えねぇで、ボス攻略ぐらいのつもりで殺っちまったんだろうさ。奴等、ゲーム感覚がまだ抜けてねぇんだろうな」

「…………ああ～！」

ネイ、ニーア、智也の会話も無言で聞いていたヒイロであったが、ついに呻きながら頭を抱えた。

「どうしたの？　ヒイロおじちゃん」

心配したミイが近寄ると、ヒイロは不安そうな表情で顔を上げる。

「私もエンペラーレイクサーペントを倒しているんです。そのせいで、あの周辺の魔物も被害が大きくなっている可能性が……」

「ああ、その事なら心配は無い。水から上がれないあいつのテリトリーはイワナー湖のみだからな。陸上での被害は皆無《かいむ》だ」

「……そうでしたか」

ホッとするヒイロに、今頃になってそんな心配してんじゃねぇよと呆れるバーラットだったが、すぐさま「そんなことよりも」と話を続ける。

「勇者がアースジャイアントを倒せる程強いって方が問題なんだよ」

「ですね。アースジャイアントは独眼龍、フェニックスと並ぶ、エンペラー種の中でも古参の強者《つわもの》ですから。それを倒したとなると、私達は勇者達の実力を見誤っていたことになります」

バーラットの意見を肯定するヒビキ。

バーラットは、勇者の実力をネイと智也を基準に割り出していた。二人の口振りから、先ノ目《さきのめ》なる少年だけは他の勇者より数レベル上、それでもヒイロほど規格外ではないだろう、というのがバーラットの今までの見解であった。

だが、今の話が事実であるならば、その認識を見直さねばならないとバーラットは考える。

「ヒイロ……お前、独眼龍の爺さんと戦って勝てると思うか？」

バーラットの疑問に、ヒイロは静かに首を横に振った。

「無理ですね」

「だよな」

分かりきっていたヒイロの即答に、バーラットはため息をつく。

独眼龍が欲望の為に力を振るう悪《あ》しき者ならば、ヒイロは無理にでも「勝ってみせます」と答えただろう。実際、独眼龍の実力の底を知らない以上、戦ってみなければ勝算の有無は分からないのだ。

だが、独眼龍の人となりを知ってしまったヒイロは、それを加味して勝てないと答えるだろうと、バーラットには分かりきっていた。

それでも聞かずにはいられなかった自分に呆れながら、バーラットは眉間に皺を寄せる。

「ネイや智也と別れた後で強くなったのか、それとも、元々実力を隠していたのか……それは分からんが、それほどの力があるならば、ホクトーリクとトウカルジアの軍が協力するとしても、楽観視はできなくなったな」

エンペラー種など、軍をもって対峙したとしても勝てるものではない。そのエンペラー種を倒した者達が相手となれば、ある一定の強さを超えていなければ、いくら頭数を揃えても、何の役にも立たないだろう。

勇者達にぶつけて疲弊させるくらいはできるかもしれない……とそこまで考えたバーラットだったが、そんな死者を量産するような作戦、ヒイロは認めないだろうし自分だってできれば避けたい。

困ったものだとバーラットは嘆息する。そんなバーラットに、ヒイロが口を開きかけたのだが——

コンコンコン。

ヒイロの言葉が口から出る前に、部屋のドアがノックされた。

「はい、どうぞ」

ドアに一番近い場所に座っていたネイが返事をすると、メイドがゆっくりとドアを開け一礼した。

「ヒイロ様、お客様がお越しですがいかがいたしましょう」

「お客さんですか？　私に？　この街に知り合いはいない……って、まさか」

メイドからの申し出に身に覚えがないヒイロは小首を傾げたが、ふと思い当たった。

「あいつらか。早いお出ましだな」

バーラットも誰が来たのか分かり、背もたれに預けていた背中を浮かせ、前屈み気味になる。何があっても対応できる体勢のバーラットを見て、ヒイロの頭の上で寝そべっていたニーアも面倒くさそうに起き上がった。

「会いに来るとは言ってたけど、こっちの本拠地に直接乗り込んで来るなんて、随分と勇ましいね」

「それほど本気なんでしょう、あちらも」

「誠意ってやつか。本番前から命を懸ける覚悟を持った奴らの相手なんて、面倒くせぇなぁ」

「そんなこと言わないの。相手が誠意をもって来るのなら、私達も誠意をもって対応しなきゃ」

ニーアの冷やかしとも取れる言葉にヒビキ、智也、ネイが答えながら席を移動し、相手を迎え入れる準備を始める。

ドア側の三人掛けのソファーを空け、部屋に入って右側にあるソファーにヒイロ、ネイ、智也が、来客の正面となるソファにバーラット、ヒビキ、レミーが座った。ニーアは所定位置であるヒイロの頭の上で、ミイは智也の膝の上である。

「では、こちらに通していただけますか」

「分かりました」

出迎える準備が整い、ヒイロが頼むとメイドは一礼してドアを閉めた。そしてあまり時間を置かずに再びドアがノックされる。

「ヒイロ様、お客様をお連れしました」

「入ってもらってください」

ヒイロの返答とともにドアが開かれる。

ドアを開きながら壁際へと避けたメイドが一礼すると、客人達はゆっくりと部屋に入ってきた。

「丁重なご案内、痛み入ります」

「敵意が無い以上、こっちから仕掛けるつもりはありませんよ。ですが、随分と早い来訪でしたね」

「時間が惜しいものでしたから」

先頭で入ってきたセルフィスと簡単な会話を交わすヒイロ。時間が惜しいという言葉から、やはり迫り来る勇者の対応を話し合いに来たのだとヒイロは推察する。

客人は四人。先頭のセルフィスとその後ろにいるゴスロリの少女ティセリーナは会ったばかりだから分かるが、ティセリーナに続いて入ってきたタキシードを着た紳士然とした中年男性と、高貴そうなドレスを着た五才くらいの少女にヒイロ達は見覚えが無かった。

「えっと、後ろのお二方は？」

どちらかが彼等の主人なのだと察したヒイロの疑問に、タキシードの男が優雅に腰を折り一礼する。

「俺の名はグレズム。かつて、貴方に辛酸《しんさん》を舐めさせられた者です。そして、こちらが我等の主人、マリアーヌ様です」

グレズムはそう言って、自身の足にしがみ付くように隠れている少女を紹介する。

「グレズムさんとマリアーヌ様ですか……って、グレズムさんですって！」

グレズムの名に反応し、ヒイロとネイ、レミーが腰を浮かせた。

それは、寄生型魔法生物を用い、セントールの街を地獄《じごく》とした凄惨な事件の首謀者《しゅぼうしゃ》の名前である。

対峙したヒイロ達が騒然となると、バーラットは静かに制した。

「落ち着け、あの事件で倒したグレズムは、魂が死体に憑依《ひょうい》していただけだっただろう。だったら、本体が生きていることぐらい、予想はついていただろ」

まさか気付いていなかったのか？　とでも言いたげなバーラットの視線に、ヒイロ達は無言になり恥ずかしそうに腰を下ろした。

そんなヒイロ達にため息をついてバーラットが視線を戻すと、グレズムとティセリーナが怯えながら、セルフィスの背に隠れてこちらの様子を窺《うかが》っていた。

「……何やってるんだ？」

「いえ、二人ともヒイロさんにこっぴどくやられてから、苦手意識が芽生えているようで……ヒイロさんの行動に過敏に反応したみたいです」

苦笑いのセルフィスにバーラットは呆れ返ったが、すぐさま気を取り直して席を勧める。

マリアーヌとセルフィスが席につき、その後ろに護衛としてティセリーナとグレズムが立つ。

そうして会談は始まった。

「じゃ、そちらの用件とやらを聞こうか」

バーラットの言葉にセルフィスは頷き、マリアーヌへと視線を向ける。

当のマリアーヌは、セルフィスと視線を交わすと、意を決して正面を見た。

「今日、私達が来たのは、一緒に勇者達を倒して欲しいから……なの」

マリアーヌは舌ったらずな口調で、しかし一生懸命《いっしょうけんめい》に述べる。

返事を待つように藍色の大きな目で力強く見つめられて、ヒイロは勿論、他の者も力を貸してあげたいと思ってしまった……が、バーラットだけは違った。

何でも言うことを聞いてやりたくなる誘惑。この感情が自然なものではないと感じ取ったバーラットは、誘惑を断ち切るようにセルフィスに苛立ちの視線を向ける。

「てめぇ、汚ねえ手を使いやがって」

「あれ？　気付いちゃいましたか。ですが、マリアーヌ様のこの力は、スキルなどではありませんので、そこのところは勘違いしないでください」

スキルによる精神的誘導を疑ったバーラットの言葉を、セルフィスは真っ向から否定する。

「どういうことだ？」

「我々の王族の直系には、不思議な力が宿るのです。強《し》いて言うならば、強大なカリスマ性、とでも申しましょうか」

「カリスマ性だと？」

「ええ、数を揃えることで力の優劣がある程度決まる他種族と違い、我々は個で圧倒的な力を待ちます。そんな者達をまとめ上げるには、有無を言わさずに他者を魅了する能力が必要だったのでしょう。王族にはいつしか、種族特性として不思議な魅力が備わっていたのです」

「なるほどな。意識した魅了系の能力ではなく、天然でやってるわけだ」

抵抗しているものの、理由を聞いてもなおマリアーヌに対して嫌悪感を抱くどころか好意を持ってしまっている自分に納得し、バーラットは呻くように呟く。

秘密にしておくべき能力を包み隠さず話したあたり、セルフィス達の誠意は存分に伝わってくる。

しかし、この能力は話し合いにおいてはあまりにも不公平だ。

事実、マリアーヌ本人には否定的な態度を取れず、セルフィスに対して悪態をつくくらいしかできない。

そんなバーラットは、自分よりも遥《はる》かに高い精神力の持ち主――つまりはヒイロへと期待を込めて視線を向ける。

しかし、当のヒイロは、満面の笑みをマリアーヌへと向けていた。その、よく頑張って言えましたね、とでも言いたげなヒイロの顔を見て、バーラットは天を仰いだ。

（ありゃあダメだ。抵抗云々《うんぬん》以前に、素でメロメロになってやがる。そういやあ、ヒイロは根本的に一生懸命なガキに弱かったな）

魔族が用意してきた最終兵器の威力に、屈服しかけるバーラット。しかし、そんな彼の視線の先で、突如《とつじょ》ヒイロの表情に変化が起こった。今までの蕩《とろ》けた笑顔が、苦痛に満ちた険しい表情になったのだ。

突然のヒイロの変化に、ビクッと怯えながらも膝の上で震える両拳をギュッと握りしめるマリアーヌ。そして、彼女は果敢にヒイロの視線を受け止めた。

その背後では、ティセリーナとグレズムが、恐怖に抗いながら主人を守らんと身構える。

一瞬で張り詰める部屋の中の空気。その空気に当てられて、今までマリアーヌの魅力にやられていた他の仲間達も正気に戻り、ヒイロへと視線を向けた。

全員の視線を受けて、ヒイロはゆっくりと話し始める。

「そちらの用件は分かりました。自分達の同胞を殺した勇者への復讐。そう捉えて問題ないですか？」

ヒイロの確認に、マリアーヌはおずおずと頷く。それを見て、ヒイロはため息をついた。

「ふぅ……そうですか。ですが、これから合流してくるホクトーリク軍の兵士達もまた、魔族に対して遺恨《いこん》を持っているということを理解していますか？　セントールでは、貴方がたのせいで多くの犠牲者が出ているのですよ」

いくら幼いマリアーヌの頼みでも、セントールで死んでいった者達を蔑《ないがし》ろにすることは、ヒイロにはできなかった。

魔族と手を組むこと自体、ヒイロに異存は無い。しかし、魔族のせいで死んでいったホクトーリクの民は多く、その事実を有耶無耶《うやむや》にするべきではないヒイロは考えていた。

俯《うつむ》いて黙り込む主人《マリアーヌ》の姿を背後から見つめて、当事者であるグレズムが意を決して口を開いた。

「だったら、俺の命をくれてやろう。それならば、その者達も納得がいくだろう」

「なっ！　グレズム！」

グレズムの覚悟の言葉に、隣でティセリーナが驚きの声を上げるが、ヒイロはやれやれと首を左右に振った。

「貴方の命で亡くなった方々が帰ってくるわけでもありません。何の解決にもならないのですよ」

セントールでの凄惨な事件を目の当たりにしているヒイロは、柄にも無く冷たく言い放つ。

二の句が継げなくなったグレズムの代わりに、ティセリーナがキッとヒイロを睨みつけたが、その口から言葉を発することはなかった。

そんな中、言葉を発したのは、事の成り行きを静かに見守っていたセルフィスだった。

「お言葉を返すようですが、でしたら貴方がたは我々の先代の王を返してくれるのですか」

「先代の王？　それはどういうことですか？」

突然出た単語にヒイロが狼狽《うろた》ると、知らないことが罪であるとでも言いたげに、グレズムとティセリーナ、それにマリアーヌまでが悔しそうな視線をヒイロへと投げかけた。

困惑するヒイロに、セルフィスは話を続ける。

「先代の王は、我々がいた不毛の地の結界に穴が開いた時『非の無い我々が封じられた事実を恨み、復讐に身を燃やしては、余計な血を流してしまう。我々はこの千年で随分と数を減らした。これ以上、同胞の血を流すような真似はやめましょう』と我々を説得し、人間側に和平を申し出たのです」

「えっ！」

そんな話は聞いたことがないと驚き、ヒイロはかつてチュリ国にいたネイと智也の方に視線を向けるが、そこにはヒイロと同じ困惑した二人の顔があった。

「魔族の王が和平の申し入れを？　そんな話、聞いたことない」

「俺達に話さなかったってことは、どうせ連中は他人に言えないことをしたんだろうさ。違うか？」

困惑するネイと悟ったような智也。そんな智也の言葉に、セルフィスは頷く。

「敵意が無いことを証明する為に、戦闘能力の低い者しか連れていかなかったことが災いしました。人間達は先代を人質にしようと捕縛にかかったのです。ですが、先代の抵抗で多大な被害が出て……」

「軍を総動員して王を殺しちまった、か」

チュリ国の王や軍部の人間の醜い様《さま》を思い出しながら、苦虫を噛み潰したように智也は呟き、それが事実であるとセルフィスは頷く。

「私達はそれを魔道具、遠見《とおみ》の水晶で見ていました。それで先代の弔《とむら》い合戦を始めたのです。ですが、戦況がこちらに有利に傾き始めた頃に勇者が現れまして」

「逆に押され始めたって訳か。だが、戦っていたのはチュリ国だろ、何故セントールに——ホクトーリクにまで戦火を広げたんだ？」

バーラットのもっともな疑問に、セルフィスは困ったように微笑んだ。

「私達は一千年、彼の地に閉じ込められていたので、その間に人間が、国という括りで複数に分かれているなんて知らなかったんですよ。ですから、後方の攪乱《かくらん》を私が提案し、ティセリーナとグレズムに動いてもらったのです」

「数が少ない魔族側にしたら、有効な戦略だった訳か。結局のところ、当のチュリ国にはなんの打撃にもならなかっただろうが」

バーラットの皮肉に、セルフィスは苦笑いする。

「で、王の仇《かたき》であるチュリ国のトップは事もあろうか勇者達によって粛正されてしまったから、今度は自分達の仲間を殺し尽くした勇者達に復讐か……」

「みんな優しかったの……そんなみんなを……魔族というだけで殺した勇者は、絶対に許せないの」

バーラットの更なる皮肉に、マリアーヌが声を振り絞って反論する。

そんな覚悟を見せた主人を見たセルフィス達が目を潤《うる》ませて感動しているのを見て、バーラットはさすがに黙り込んでしまう。

そしてそれは他の仲間達も同じだった。唯一、強大な精神力でマリアーヌのカリスマ性の呪縛《じゅばく》から逃れられるヒイロですらも。

本当は、自分達の王や仲間を殺した人間になど、協力を求めたくはなかっただろうに。それでも勇者達への復讐を遂げようとするマリアーヌの姿に、ヒイロは素で魅了されていた。

「――分かりました。最初に刃を向けたのはこちらですから、そちらの非を一方的に責め立てるのは確かに筋違いですね」

本来なら、他国の不始末をヒイロ達が受け入れる必要性はない。

だが、どこの国にも属していないヒイロだからこそ、国の枠を越えて人間という種族として、自分の罪のように受け入れる。

「そこのところをご理解いただけたのなら、先へと話を進められます」

ヒイロの言葉にセルフィスはホッと胸を撫で下ろすと、その顔から笑みを消した。

「では、勇者達を抹殺《まっさつ》する為の同盟を結んでくれるのか、返答をいただきたい」

抑揚《よくよう》の少ない冷たい声。

先程までの笑顔が嘘のようなセルフィスの変貌に、勇者達への憎しみの深さが見て取れた。

そんな彼の態度に、ティセリーナやグレズムは勿論、マリアーヌですら狼狽《うろた》えた様子は見せない。

彼女達は知っているのだ、普段温厚そうなセルフィスの、敵に対する冷酷《れいこく》な一面を。

セルフィスは全ての人間を敵視していた頃、瘴気の発生装置の図面を引き妖魔に渡している。

瘴気は人間にとって毒でしかない。そんなものを広範囲にばらまく魔道具を発明している時点で、彼の敵に対する非情さが窺える。

その一方で、バーラット達はセルフィスの変貌に面食らっていた。

一番取っ付きやすいと思っていたセルフィスが冷徹な一面を出したのだ、無理はないだろう。

そんな中、ヒイロだけは違う反応を見せる。

「勇者達を抹殺？　セルフィスさん、何を言っているんですか？」

キョトンとするヒイロに、魔族達は元より、バーラット達までもが唖然として目を丸くした。

「おいヒイロ、何を言っている。俺達は今まで、勇者を倒す為に準備をしてきたんだろ」

「何を言っているんですかバーラット？　私達は勇者を止める為に準備してきたんじゃないですか」

「「……はぁ？」」

お互いの見解の違いに気付いたバーラットとヒイロは、同時にすっとんきょうな声を上げる。

「ちょっ！　ちょっと待ってくださいヒイロさん！　貴方は勇者達を殺さないと言うんですか？」

冷酷モードから、素に戻ってしまったセルフィスが慌てて問いただすと、キョトンとしたままヒイロは彼の方に振り向く。

「勇者達を殺すことに、何の意味があるんですか？　先程も似たようなことを言いましたが、勇者達を殺しても、失ったものが返ってくるわけではないのですよ」

「いやいやいや、勇者達は敵なんですよ。ならば、どちらかが死ぬまで戦い、決着をつけなければ」

セルフィスの返答に、ヒイロは更にキョトンとしながら仲間達を見渡す。

バーラット、レミー、ヒビキは勿論、同郷のネイや智也、子供のミイからも驚愕《きょうがく》の表情を向けられ、ヒイロは自分だけが思い違いをしていたことに気付く。

「え～と、ニーアも同じ意見なんですか？」

唯一、自分の頭の上に乗っている為に表情の見えないニーアに確認を取るヒイロ。

「う～ん、やっぱり殺しちゃった方が後腐れないんじゃないかな。勇者が死ねば、教会も大人しくなるだろうし」

しかし、ニーアからはそんな答えが返ってきた。

本当に自分だけが思い違いしていた事実に、ヒイロは目眩を覚えてこめかみに指を当てた。

「邪魔な者は消す……強者の理論ですね。私のような弱者の立場で言わせていただくと――」

「「「はぁ～!?」」」

自分は弱者という発言に、セルフィス、ティセリーナ、グレズムから強めのクレームが入る。

バーラット達も一度、その点について徹底的に議論を交わしたいとは思っていたが、そこは話の腰を折らないように、心の内に突っ込みの言葉を呑み込んでいた。

ヒイロの言葉の意味を理解していないマリアーヌ以外の魔族達からの非難の声を受け、一旦は話を中断したヒイロであったが、気を取り直して口を開く。

「弱者である、私の意見を言わせてもらえば――」

弱者を強調して話し始めるヒイロの圧力に、今度はセルフィス達も口を噤む。

強気の口調で自分達を黙らせるヒイロどこが弱者なのかという叫びは、心の中に押し込んでいたが。

そんな彼らを尻目に、ヒイロは持論を展開する。

「死とは、生きる者全てに与えられた、最後の逃げ道なんですよ」

「逃げ道、ですか？」

生まれながらの強者である魔族には、死に逃げるという概念は無い。それ故に生まれたセルフィスの疑問にヒイロは頷く。

「はい。だからこそ人間は時として、苦しみから逃れる為に死を選ぶんです。他ならず私も、死んだ方が楽なのではという考えに、かつては少なからず囚われたものです」

元の世界でヒイロが何の才能も無く生きてきたことを知っているネイと智也は、ヒイロの言わんとしていることを察して小さく頷く。バーラット達もまた、貴族ですら進退窮《きわ》まり死を選ぶ者がいる為に、ヒイロの言葉は理解できた。

だが、魔族は違う。ティセリーナが叫ぶように反論する。

「死が逃げ道？　はっ！　何をふざけたことを。奴等は今、大陸の半分を制圧して有頂天《うちょうてん》になっているのだぞ。そんな奴等を殺し地の底に落としてやる、これ以上愉快な復讐があるものか」

「だから、先程から言ってるじゃないですか。死は何も生まないと。彼等が罪を償うには、生きていなければなりません」

「ふむ、彼等に罪の償いをさせると？　具体的には？」

更に食ってかかろうとするティセリーナを手で制して、ヒイロの言い分に興味を持ったセルフィスが尋ねる。

「たとえば、彼等はクシュウ国のアースジャイアントを倒しています」

「ああ、その情報ならこちらも掴んでいます。我々魔族がこの世界に誕生する前から存在していた、古参のエンペラー種であるアースジャイアント。勇者がそんな存在を倒せるほど強い存在になってしまったからこそ、我々も貴方がたに接触せざるを得なかったのですから」

「そうでしたか。では、そのアースジャイアントの不在によって、クシュウ国が今、抑えが利かなくなった魔物の脅威に晒されていることはご存知ですか？」

「それは勿論予測できますが……まさか、その魔物の処理を勇者達にやらせると？」

セルフィスの言葉に、ヒイロはコクンと頷く。

すると、セルフィスの顔に普段の温厚な笑顔ではなく、意地の悪い笑みが浮かぶ。

「敗者である勇者達には、今の強引な手口も相まって、民からかなりの非難が集中するでしょうね」

「仕方がありません。彼等のやっているのは、それほどまでに酷いことなんですから」

「そんな非難を浴びせてくる者達を守る為に、勇者達は魔物を討伐するのですか？」

「彼等がアースジャイアントを倒したことが原因ですから、当事者が解決するのは当然でしょう」

ヒイロからしてみれば、不始末を自分で始末させることで、地に落ちた勇者達の立場も救済できるのでは、と思っての提案だが、魔族側の捉え方は違った。

勇者達が座らされることになる針のむしろの鋭利さを察して、マリアーヌを除くセルフィス達三人は邪悪に笑う。

「それは確かに、一瞬の死よりも長く苦しめることができそうだな」

「違いない。さすがは俺を徹底的に嬲《なぶ》ってくれたヒイロ殿の提案だ。守っている者から責められる勇者達を観ながら、ぶどう酒を傾けるというのも乙なものかもしれん」

ティセリーナの言葉にグレズムも嬉しそうに頷く。酒の肴《さかな》に勇者の落ちぶれた姿を見ると言われては、さすがのバーラットも食指が動かなかったようで、若干引き気味だ。

「なかなか魅力的な提案ですね、ヒイロさん。分かりました。勇者達は極力生け捕りという形を取りましょう。ですが、それでこちらの生命が危ぶまれる場合は……」

「ええ、彼等に贖罪《しょくざい》の機会を与えたいのは山々ですが、勇者達は本気でこちらを殺しにくるでしょうから、その場合は全力で抵抗してください」

勇者達の更生を望むヒイロと、苦しむ未来を愉悦と考えるセルフィス。

視点が大分ズレつつも同じ結論に達した二人をバーラット達が呆れながら見ていると、セルフィスはマリアーヌへと向き直る。

「御姫様《おひいさま》は今の結論について、思うことはおありでしょうか？」

「ん、問題ないの」

マリアーヌも頷いたことにより、互いの目的は違えどヒイロの言い分は通った。

これで一段落ついたと、バーラットは少し緊張感を緩める。

「とりあえず同盟は成り、作戦目的も決まったは良いが……肝心の勇者は今、一体どこにいるんだろうな。チブリア帝国には姿を現していないんだろ」

「あれ、知らないんですか？」

口調を崩したバーラットに、セルフィスもいつもの笑顔に戻って反応する。

その口調が、自分達は知っているような雰囲気で、バーラットは眉をひそめた。

「なんだ？　お前らは知っているのか？」

「ええ、彼等は私達にとって第一級の要注意人物ですから、監視を付けるのは当然でしょう」

小型の虫タイプの魔物を監視として勇者達に付けていたセルフィスは、人差し指を立てながら得意満面にバーラットを見る。

「彼等は今――」

第8話　勇者、擬神討伐に向かう

象徴の山と呼ばれるフジの麓《ふもと》にある樹海《じゅかい》は、静まり返っていた。

時折吹く風に揺れる草木が擦れ合う音は聞こえるが、虫の鳴き声や鳥の羽ばたき音など、生物の気配は一切無い。

緑濃いこの森で、生物の気配が全く無いというのは、あまりに異様だった。

そんな森の中を、七人の若者が歩いていく。

「本当にやるんですか、先ノ目君」

「当然やりますよ、魔物のくせに守護神なんて崇められていい気になっているなんて、許せないじゃないですか」

後方を歩く眼鏡をかけた少年の言葉に、先頭を歩いていた先ノ目光《ひかる》は振り向きもせず返事する。

先ノ目の言葉には、顔に張り付いた笑顔とは正反対の侮蔑《ぶべつ》がこもっていて、これから向かう先にいるモノへの大いなる怒りが窺える。
それに反して、眼鏡をかけた少年とその仲間の二人には覇気がなく、ただ仕方なくついていってい
る、という感じである。
「まっ、僕等としては、高い経験値と高品質の戦利品が手に入れば文句はありませんけどね」
それでも眼鏡の少年は、先ノ目に対して反意を見せないように肯定の意を口にする。
対等である風に精一杯振る舞ってはいたが、そこには明確なる力関係が存在していた。
眼鏡をかけた少年達の年齢は十七、八歳。対して先ノ目は十二歳である。年上の意地で平静を装っ
てはいたが、眼鏡をかけた少年達は、明らかに先ノ目を恐れていた。
「文句が無いのなら、確認なんかしなければいいのに」
弓を肩に担いだボブカットの長身の女性が小さく呟くと、身長の低い白いローブの女の子と金髪碧《きんぱつへき》
眼《がん》の女性は無言で頷く。
先ノ目の仲間である女性三人は、眼鏡の少年達のちっぽけなプライドなどお見通しであった。それ
故に眼鏡の少年達に呆れた様子である。
眼鏡の少年達には聞こえていないボブカットの女性の呟きに、先ノ目は小さく笑う。
「そんなこと言わないで、彼等だって歴とした僕達の仲間なんだから、意見ぐらい言わせてあげな
よ……それよりも、この樹海って森、本当に何もいないんだね」
「うん、アイツの高すぎる魔力の影響で、この辺一帯には生物は住み着かないみたいだね。夜になる
と魑魅魍魎《ちみもうりょう》が跋扈《ばっこ》するって話だけど」

白いローブの女の子はそう返しながら、夜の森に蠢《うごめ》く悪霊の姿を思い浮かべて、身震いをする。

悪霊に対してパーティの中で一番有効な手段を持っているのに、その手のものが一番苦手なのも白いローブの女の子なのだ。

そんな彼女の態度に笑みを零していた先ノ目は、不意に足を止めた。

「ほら、見えてきたよ」

先ノ目の指し示した先には、木々の切れ間から雪帽子を被る壮大な山があった。


「――ん？　何者かが近寄ってきてる？」

暗闇の中、その者は静かに赤い目を開き、光が差し込んでいる天へと向ける。

そこを見たからといって気配の正体が分かる訳ではないのだが、外界に通ずる光の先に意識を向け、ゆっくりと探っていった。

「……七人……人間かな？　……ん？」

気配の中に違和感を覚えて、その者は眉をひそめる。

「これは……まさか、アースジャイアント？」

違和感の正体が、気配の中の一つに友の存在が混じっていることだと確信して、その者は動揺した。

しかし、それも一瞬のことで、細かに肩を震わせながらこうべを垂れる。

「そうか、君は……」

全てを察すると同時に心の中に生まれる、哀しみと虚無感。

それを味わいながら、その者は人の姿から、燃え盛る強大なモノへと変貌していった。

白いローブの女の子が声を上げ指差した先には、フジの火口から飛び立つ、大きな赤い影があった。

「あっ！　出てきた」

「デカい……」

その姿に、眼鏡の少年は後退りながら小さく呟く。

翼を広げた体長は三十メートルほど。燃え盛る火の鳥――フェニックスの姿がそこにあった。

「本当に思ったより大きいね。もしかしたら、アースジャイアントより強いのかな？」

「かもしれませんが、それでも光様に敵《かな》うほどではないでしょう」

フェニックスの存在感に仲間達が狼狽《うろた》える中、冷静な先ノ目に金髪碧眼の女性が平然と答える。

「そうだよね。神の祝福を受けている僕達が、魔物なんかに負ける訳がないよ」

金髪碧眼の女性の言葉に気を良くした先ノ目は、フェニックスを見上げたまま右手を高く掲げる。

「ほら、強化してあげるから、みんな頑張って。【王者の愚進《ぐしん》】」

先ノ目がスキルを発動させると、仲間達から動揺が消えた。

【王者の愚進】。それは、自分の臣下から恐怖心を消し、生命力と膂力《りょりょく》を高めるスキルだ。

これは、ゴブリンエンペラーが所持していたスキルである。

先ノ目が何故そのスキルを持っているのか、理由を知る仲間達は疑問を持つこともなく、すぐさま戦闘態勢に入った。

フェニックスはそんな勇者達の頭上まで飛んでくると、その場で大きく羽ばたいた。

羽ばたいた翼から、炎の羽が雨のように無数に勇者達へと降り注ぐ。

「させない。【結界】」

手に持つ木製の杖《つえ》を掲げながら、白いローブの女の子が結界を展開させる。

並みの魔法で作られた結界であれば、フェニックスの炎の羽は簡単に砕いたであろう。だが、彼女の展開した結界は、スキルで作られた結界であった。

展開中は使用者は他の行動が取れなくなり、内側からの攻撃もできないという制限はあるが、防御系スキルの中では最強の防御力を誇る。

そんな【結界】が無数の炎の羽をことごとく防ぐと、フェニックスは不快そうに嘴《くちばし》を開いた。

「あの腐れ創造神……相変わらずふざけたスキルを勇者に与えるものだね」

愚痴《ぐち》を零しつつ、フェニックスは次なる手を打たんと、大きく翼を広げる。

そんなフェニックスの行動を見ていた先ノ目は、面白くなさそうに口をへの字に曲げた。

「相手が空の上じゃ、こっちの攻撃手段が限られちゃうね。誰か、何とかならない？」

「私が、やる」

ボブカットの女性が弓に矢を番えつつ、白いローブの女の子に目配せする。

その視線に応じて白いローブの女の子が【結界】を解くと、ボブカットの女性は大きく弓を引いた。

「【神弓《しんきゅう》】　飛べずの矢」

女性の放った矢は、白く輝きながら空高く飛んでいく。

普通ならば重力に引かれた矢は徐々に失速していくはずだが、彼女の放った矢は速度を落とすどころか、スピードを増して上空へとグングン飛んでいき、フェニックスの腹部へと命中した。

フェニックスにしてみれば、蚊に刺された程にも感じない、なんてこともない攻撃にしか見えなかった。それゆえに次の攻撃に移ろうとしていたのだが、異変が起こる。

浮力を失い、落下し始めたのだ。

「バカな！」

戦闘において圧倒的優位となる制空権を失い、フェニックスは地に落ちる。

大きな地響きを立て、周りの木々を押し倒しながら落ちてきたフェニックスに向かって、先ノ目は大きくショートソードを振り下ろす。フェニックスと先ノ目の間合いは優に五メートルは離れており、ショートソードの届く間合いではないのだが、先ノ目にとってはそんなことは関係なかった。

「【エクスカリバー】」

放たれた不可視の刃は、フェニックスの右の翼を切り落とした。

しかし、翼は地に落ちる前に燃え尽きるように消え、すぐにフェニックスの右の翼が復元した。

「不死鳥の名は伊達《だて》じゃないって訳か」

自身の絶対的な威力を持つ攻撃が不発に終わったというのに、先ノ目に動揺は見えない。すぐにショートソードを構え直し、次の攻撃準備に移る。

「でも、無条件に再生し続けるってことはないよね。必ず限界が来る筈」

ショートソードを何度も振るい、【エクスカリバー】を連発する先ノ目。

そこに、ボブカットの女性の弓矢攻撃と白いローブの女の子の水系の魔法攻撃も加わる。

フェニックスの大きな身体は無数に切り刻まれ、矢に穿《うが》たれ、水魔法が着弾した箇所の火が弱まる。

本来なら、普通の攻撃でフェニックスに手傷を負わせることはできないのだが、これは勇者のスキルによる攻撃である。先ノ目の防御無効攻撃である【エクスカリバー】。ボブカットの女性の、様々な効果を及ぼす弓術【神弓】。そして白いローブの女の子の、魔法効率と威力を高める【魔法巧者《まほうこうじゃ》】。

それらは確かにダメージを与えていたが、フェニックスは瞬時に復元してみせる。

「無駄だよ。その程度で僕は滅ぼせない」

自らの身体を復元させながら、フェニックスは赤い瞳を勇者達へと向ける。

実際のところ、先ノ目の読み通り、フェニックスの再生は魔力を必要とするため、無限ではない。

だが、長い年月を生きるフェニックスの魔力は膨大で、そうそう尽きることはないのだ。

だが、先ノ目達は攻撃の手を緩めない。再生する先から切り刻み、穿ち、蒸発させる。そんな状態になっても、フェニックスは冷静に勇者達を観察していた。

(うざい攻撃だな。一旦、空に退避して態勢を整えたいところだけど――)

再生し終わった両翼を羽ばたかせてみるが、身体が地から離れる感触は無い。

(さっきの弓の効果かな、飛べないや。だったら――)

フェニックスは気を取り直して、間合いを取ることよりも攻撃に専念する選択をした。

「バーニングフレア!」

見た目はボロボロのフェニックスの前に、無数の火球が生まれる。

「っ!!【神弓】魔矢《まし》の矢」

ボブカットの女性が魔法を消し去る効果を持つ矢を複数の火球に放つが、全てを消すには至らない。

彼女は更に矢を番えるが、それを放つ前に、複数の火球が勇者達へと向かい動き始めた。それを察して先ノ目が前に出る。

「【エクスカリバー】」

【エクスカリバー】によって火球を切断し数を減らすが、全てを撃退することはできなかった。

残った火球は八つ。その全てが先ノ目に着弾し、大爆発を起こす。

それを見てもフェニックスは気を緩めない。自分に一番手傷を負わせていた相手が、この程度で倒れるとは思っていなかった。そして念には念を入れるべく、追撃の準備に移ったのだが――

「【エクスカリバー】」

舞い上がっていた土煙を切り裂きながら、透明な刃がフェニックスに向かってきた。

「なんだって！」

驚きの声がそれ以上続くことはなかった。【エクスカリバー】によって首を斬り落とされたのだ。

「ふう、さすがはエンペラー種ってところかな。今のは危なかったよ」

土煙の中から姿を現した先ノ目は、装備は焼け焦げていたものの、身体の方は火傷《やけど》どころか煤《すす》がついてすらいなかった。

「今ので傷一つ付いていていない？　魔法無効化か？　いや……」

落とされた首を瞬時に再生させたフェニックスは、驚きながらまじまじと先ノ目を見つめる。そんなフェニックスを見つめ返しながら、先ノ目は呆れたように呟く。

「首を落としても死なないんだ。ホント理不尽な再生能力だね」

「僕の魔法で傷一つ付かない君も大概だと思うけど。それ、もしかして【絶対防御】じゃないの？」

【絶対防御】とは、魔法攻撃、物理攻撃、双方に絶対的な防御力を発揮するスキル。無効化ではないので、強力な攻撃を当てれば多少のダメージは負うものの、生半可な攻撃であれば全て防いでしまう。

そんなスキルを持っていた者に、フェニックスは心当たりがあった。

「へー、よく分かったね」

その推測を裏付けるような先ノ目の返答に、フェニックスの目が、驚愕から冷酷なものへと変わる。

「僕が知る限り、そのスキルを持っているのはアースジャイアントしかいなかったはずだけど」

「うん、そうだよ。響きが悪いからあまり好きじゃないんだけど、僕は【悪食《あくじき》】ってスキルを持っていてね。魔物の核を食べると、その魔物の力を自分の物にできるんだ」

それは、考えうる可能性の中でも最悪な返答だった。

友が食われ、力をも奪われた。その事実に、フェニックスは怒りを露《あら》わにする。

「そうか……じゃあこの戦い、絶対に負けるわけにはいかなくなったよ」

「勝つつもり？　神を騙《かた》る尊大な魔物ごときが、大きく出たじゃないか」

フェニックスと先ノ目。互いに相容《あいい》れない二人は、これ以上語ることはないと、戦いを再開させた。

戦闘は丸一日にも及んだ。

どんな攻撃をされてもすぐに再生するフェニックスと、どんな攻撃も防ぐ【結界】や優れた防御力を誇る【絶対防御】を持つ先ノ目達の戦闘は、どうしても消耗戦にならざるを得ない。

苛烈《かれつ》な攻撃をものともせず、火系の魔法を連発するフェニックス。対して勇者達は、先ノ目を盾として総力戦で応戦する。

先ノ目を無視して戦力を削ろうとフェニックスが後方に攻撃を加えると、白いローブの女の子の【結界】で防がれてしまう。唯一【結界】の外にいる先ノ目は、フェニックスの攻撃後の隙を狙って【エクスカリバー】を繰り出す。

切り裂かれたフェニックスは、すぐに再生し再び反撃をし始める。

稀《まれ》にフェニックスの攻撃が後方に通ることもあったが、防御と回復に専念し始めた白いローブの女の子により、勇者達の傷は瞬《またた》く間に回復される。

そうして両者決定打が出ないまま、時間だけが過ぎていった。

だが、旗色はフェニックスの方が悪かった。【王者の愚進】の効果を受けた勇者達は、攻撃の手を緩めない。肩で息をするほど疲弊しているにもかかわらず、手数が減らないのだ。対してフェニックスは、再生と魔法攻撃で多大な魔力を消費してしまい、もう長くは戦えない状態であった。

（でも、解《げ》せないな。あの【エクスカリバー】ってスキル。確かに相手の防御力を無効化する能力があるみたいだけど、アースジャイアントの【絶対防御】はスキルだから無効化されない筈だ）

戦いの最中で浮かんだ疑問。

（まだ、何かしらの能力を隠しているのか？　でも、どちらにしてもこのままでは押し負ける）

そんな考えがフェニックスの脳裏を過る。残っている魔力は、既に元の十分の一を切っていた。

こんな絶望感は、世界を滅ぼしかけた黒龍と対峙した時以来だと、小さく笑うフェニックス。

実はかつてのフェニックスは、死んでもすぐに転生する能力を有していた。

転生とは本来、死んだ後に生まれたばかりの姿に生まれ変わることを指す。しかし黒龍との戦いの際に、殺されてはすぐに復活するという無茶な転生を繰り返した結果、その能力を失っていた。

(このまま僕が負ければ、こいつは僕の再生能力まで得てしまう。アースジャイアントの防御力と僕の再生能力を併せ持つ化け物……そんな者を友のもとに行かせるわけにはいかない!)

フェニックスは戦いながら、独眼龍の姿を思い浮かべていた。

アースジャイアントを倒し、自分をも倒しに来たのだ。目の前の勇者達がこの先、どういう行動を取るのか想像に難《かた》くなかった。

友に迷惑をかけるわけにはいかない。そう考えた時、最近できた新しき友の姿が浮かぶ。

自分に物怖《ものお》じしない、陽気な小さき友。

自分の仲間の為に力を求める、いじらしい友。

その姿を思い出し、フェニックスはフッと優しく笑った。

(力を与える為に眷属《けんぞく》にしたんだったな……そうか、僕の眷属ならば、あるいは……)

ある可能性を思いついたフェニックスは、意を決して背中から小さな分体を生み出した。

小鳥のような小さな火の鳥。その嘴には小さな赤い珠《たま》が咥《くわ》えられている。

(僕の核。こんな奴らに奪われる訳にはいかない。お願い、それを小さな友に届けておくれ)

本体の願いを聞き、小さな火の鳥は飛び立つ。

普通の魔物ならば、核を失えば生き続けることはできない。だが、フェニックスは未だに勇者達との戦闘を続けていた。転生する能力を失ったとしても、不死鳥の名は伊達《だて》ではないのだ。

（核を失っても、数刻は身体を維持できる。その間に少しでもこいつらに痛手を与えてやる！）

残る魔力を滾《たぎ》らせ、文字通り命の炎を燃やしながら、フェニックスは勇者達に特攻を開始した。


「【エクスカリバー】！」

渾身《こんしん》の力を込めて、先ノ目はショートソードを振り下ろす。その射線上にいたフェニックスは、身体を縦に両断された。

数刻前に核を失っていたフェニックスはもう、再生しなかった。炎の身体がゆっくりと消え始める。

（ここまでか……でも、僕の核は君らには渡さない。きっと、小さな友の願いの糧に…………）

ここで自分が死んでも、自分の魂とも言える核が友の役に立つのならば。そう思いつつ、フェニックスは穏やかな笑みを浮かべ、ゆっくりと空に溶け込むように消えていった。

「やっと、死んだか……」

フェニックスがもう再生しないことを確認し、眼鏡をかけた少年がへたり込むと、他の仲間達も、彼に倣ってその場に座り込んだ。

皆が息も絶えで、先ノ目ですら、その場に大の字に倒れていた。

「まったく、疲れる相手だったね」

「でも、勝てた」

先ノ目の愚痴にボブカットの女性が答えると、言葉を発する元気も無いのか、白いローブの女の子がコクコクと頷く。

そこで会話が途切れ、疲労しきった勇者達はしばらく無言で疲れを癒していたのだが、不意に眼鏡をかけた少年が頭を上げた。

「そういえば、戦利品は！」

欲していたものを思い出した彼は、四つん這《ば》いのままフェニックスが息絶えた場所まで移動する。

「言っとくけど、核は僕が貰うからね」

それ以外には興味がない先ノ目の言葉を無視し、眼鏡をかけた少年は地面を舐めるように探したが、そこには何も落ちていない。

フェニックスは身体が炎の魔物であって、素材など残る筈がなかった。

「ふざけるなよ！　あんだけ苦労したのに、何の戦利品もないのかよ！」

戦利品を必死に探す眼鏡をかけた少年に、仲間の二人も加わっていたのだが、何も見つからない。

「あのねぇ、魔物なんだから核は落ちてるでしょ？」

眼鏡をかけた少年達に、上半身を起こした先ノ目が声をかける。しかし、眼鏡をかけた少年は先ノ目の方に顔を向けて無言で首を振った。

「嘘でしょ！　核がない魔物なんている筈がない。まさか君達、落ちてた核を隠してないだろうね」

剣呑《けんのん》な口調になる先ノ目と仲間の三人の女性から睨まれて、眼鏡をかけた少年達は両手の平を突き出しながら慌てて首を横に振った。

「そんなことしませんよ！　本当に何も無いんです！」

「そんなわけ、ないじゃないか！」

言いながら先ノ目も捜索に加わると、女性達もその後に続く。

丸一日戦い続けた後だというのに、勇者達は見つかるはずのない戦利品を探し続けるのだった。

第9話　核来たりて

そんな探し物をしている彼らの姿を、セルフィスが放った魔物の目が捉《とら》えた。

「――樹海にいます。何かを探しているようですが……」

セルフィスの衝撃発言に、何故彼等がそこにいるのか思い至ったバーラットは目を丸くする。ヒビキやレミーも同じ反応で、ニーアは呆れて肩をすくめていた。

そんな仲間達に、ヒイロ、ネイ、智也、ミイの四人は小首を傾げる。

「樹海ですか、そこに何か重要な場所でも？」

勇者達が教会の者達と別行動してまで向かった場所なのだ、重要な施設でもあるのかと考えたヒイロの言葉に、バーラットはため息交じりに口を開いた。

「樹海の中心には、象徴の山、フジがあるんだよ」

「フジって……ああっ！　フェニックス！」

フジに住まうフェニックス。あまりに有名なエンペラー種を思い出したネイに、バーラットは頷く。

「アースジャイアントの次はフェニックスが標的みてぇだな」

「フェニックスのテリトリーはチブリア帝国の首都ナーゴは勿論、この国の首都トキオまで及びます。フェニックスが倒されれば魔物が活性化し、両国に大きな混乱が起きますよ」

ヒビキは神妙な表情を浮かべるが、一方のバーラットはそこまで悲観していなかった。

「フェニックスが倒されるってことはないいんじゃないか？」

「アースジャイアントを倒した勇者が相手なのですよ」

「アースジャイアントは、凄まじいまでの膂力と絶対的な防御力が特徴の魔物だ。だから、勇者どものリーダーである少年が持つ【エクスカリバー】ってスキルが、アースジャイアントの防御力を上回れば勝ち目は十分あっただろう」

バーラットの推測にヒビキは頷く。

ヒビキは、ネイと智也から先ノ目のスキルがどのようなものか聞いていた。

剣を振るった軌道上のものを無条件で切り裂く、攻撃特化型のスキル。その性能で防御を破れるのであれば、確かにアースジャイアントに傷を負わせることができる。

だが、フェニックスは――

「フェニックス最大の特徴は無限の再生力。切り裂かれたとしてもすぐに再生してしまう、か」

ヒビキが呟くと、今度はバーラットが頷く。

「そういうこった。それに、たとえ倒されたとしても、フェニックスには生まれ変わりの能力が……」

「それ、独眼龍さんの話で、フェニックスさんの不死性は黒龍と戦った時に失われたと言ってませんでしたっけ」

ヒイロの言葉に、バーラットはそちらを向いて黙り込んだ後、気を取り直したように話し始める。

「たとえ生まれ変われなくなっていたとしても、再生しながら高火力の魔法を連発されれば、それを防げる鉄壁の守りでもない限り、勇者どもに勝ち目はねぇよ」

自信満々のバーラットに、確かにそうだと皆が頷いた時、不意に庭に面した側の窓が赤く輝いた。

突然の異変に、皆がそちらへ視線を向ける。

ここは領主メルクスの屋敷。メイドや執事は歴戦の忍者達である。そんな者達の警戒を掻い潜って起こった異変に、全員に緊張が走る。

だがその窓の向こうにいたのは、羽ばたきながらこちらを見つめる小さな赤い鳥だった。

よろめき、今にも地に落ちて、陽炎のように消え去りそうな鳥。

「鳥……いえ、あれはフェニックスの分体？」

いち早くその正体に気付いたセルフィスが呟くが、それを遮って何かを察したニーアが叫んだ。

「誰か、早く窓を開けて！」

ニーアの剣幕に、警戒することも忘れて慌ててレミーが窓を開けた。

窓が開け放たれると、赤い鳥はヨロヨロと火の粉を散らしながら部屋の中に入ってくる。

その姿に、鳥が火で形成されたものなのだと全員が気付いた。

見守られながら、赤い鳥は最後の力を振り絞ってヒイロの頭の上にいるニーアのもとへ飛んでいく。そして、咥えていた小さな赤い珠をニーアに渡すと、鳥は一枚の鮮やかな赤い羽へと姿を変え、ヒラヒラとテーブルの上に落ちた。

両手で赤い珠を受け取ったニーアは、その様子を無言で見つめていたが、不意に小さく呟く。

「…………フェリオ」

仲良くなった友の名を口にしながら、ニーアは赤い右目から一筋の涙を流す。

普段から陽気で、悲しんでいるところなど他人に見せないニーアのその姿に、仲間達は声をかけられない。

ニーアのそんな一面を、他の妖精達から拒絶された時に見て知っていたヒイロは、姿は見えなくても声の調子から彼女の悲しみを感じ取り、言葉を選びながらゆっくりと口を開く。

「フェリオさんとは、ニーアが友達になった方でしたね」

「……うん。でも、死んじゃったみたい」

「……何故、そんなことが分かるんですか？」

「この、フェリオの……フェニックスの核が教えてくれたから」

ニーアの言葉に、皆が動揺した。

「ニーアはフェニックスと知り合いだったのですか!?」

「知り合いっつうか、どうも、ニーアを眷属にしたみたいなんだが……」

驚きながら小声でセルフィスがバーラットに問うが、そのフェリオという人物がフェニックスだったことなど、バーラットも今初めて知った。

「フェニックスが死んだ……勇者に負けたのですか……」

「それは……」

ヒビキの不安そうな声に、レミーが彼女に目配せする。ヒビキはその視線を受けて、神妙な面持ちで頷いた。

「それが本当であるなら、今すぐではありませんが、近いうちに魔物どもが活性化するでしょう」

ついさっき鼻で笑っていたことが現実になろうとしている。その事実に、ヒビキは顔を青くする。

「フェニックスは何故負けたんだ?」

ニーアへの気遣いよりも、フェニックスが負けたという危機感が勝ったバーラットが尋ねる。

すると彼女は、俯けていた顔を上げ、バーラットを力強く見た。

「勇者のリーダーは【悪食】ってスキルを持ってる。魔物の核を食べて、その魔物の能力を自分のものにするスキルみたい」

「何だと！　ということは、そいつはアースジャイアントの……」

「うん、アースジャイアントの【絶対防御】っていうスキルを持ってるって。でも、フェニックスは疑問に思っていたみたい。勇者のリーダーの【エクスカリバー】は対象の防御力を無視するスキルだけど、スキルによる防御までは無効化できないみたいだから」

ニーアによって得られた情報に、バーラットは自分の甘い考えを悔いて額に手を当てる。

「フェニックスが負けたのは、先ノ目ってガキが【絶対防御】を手に入れたからか……そしてそのスキルを手に入れるのは、【エクスカリバー】だけでは無理、と……」

バーラットの呟きを、全員が固唾を呑んで聞く。

そんな仲間達に言い聞かせるように、バーラットは押し殺した声で言葉を続けた。

「つまり勇者達には、そのスキル以外に、アースジャイアントを倒した手段があるってことか」

「勇者達っていうより、先ノ目にね」

バーラットの言葉をネイが訂正すると、智也が頷く。

「他の連中がそんな奥の手を持ってたなら、あそこまで先ノ目に好き勝手やらせてねぇよ。エンペラー種を殺せる力を持ってるとしたら、そいつは先ノ目以外に考えられねぇ」

勇者達の関係を実体験として知っている二人の見解に、誰も反論があろうはずがない。

「くそっ！　アースジャイアントを倒す程の力に、アースジャイアントの防御力だと！」

「幸いだったのは、フェニックスの核がここにあるということですね。フェニックスの再生能力を勇者達が得ることは防げました」

苛立って拳を自身の手の平に叩きつけるグレズムと、プラス材料を見つけて、笑顔で場を明るくしようとするセルフィス。そんな彼等にニーアが頷く。

「うん、フェニックスは勇者達に核を渡さない為に、ぼくの所まで運んだみたい」

「それはありがたいことだが、それでも勇者達はアースジャイアントの防御力を持っているんだ。そんな化け物、どうやって倒せばいい……」

ティセリーナはアースジャイアントの防御力を破る術《すべ》は無いと考えているようだったが、バーラットは違った。バーラットは深刻な表情でヒイロを見る。

「ヒイロ……」

「ええ、破ってみせます」

自信をみなぎらせて力強く握った拳を見せるヒイロに、バーラットは小さく笑った。

「そうか」

バーラットが安堵にも似た笑みを浮かべた瞬間――

「ああっ！」

フェニックスの核が突然光り輝き、手に持っていたニーアが苦しそうに叫んだ。

「ニーア！　どうしたんですか!?」

突然の異変に、ヒイロは頭上のニーアをそっと両手で包み、眼前に持ってきた。

「くっ！」

包み込んでいた手の平を開けると、目が眩《くら》む程の赤い光が漏れ出し、ヒイロは反射的に目を瞑《つむ》る。

それは、他の者達も同じで、全員がニーアを直視できなかった。

「ううっ！　うわっー」

「っ!!　ニーア！」

視認できないが、苦しそうなニーアの叫び声が聞こえて、ヒイロは必死に彼女の名を呼んだ。

「ああっ！　あ……ヒ……イロ…………」

「ニーア！　どうしたんですか！　ニーアー！」

段々と弱くなっていくニーアの声。それと同時に、瞼《まぶた》の裏にまで強烈に差していた光も弱くなっていることに気付き、ヒイロは目を開けた。

「ニーア！　しっかり……って、ニーア？」

強烈な光もすっかり消え、手の平の上に横たわるニーアの姿を確認したヒイロの言葉は、最後には疑問形になっていた。

それもそのはずで、ニーアは髪が腰辺りまで伸び、姿も十二、三歳から、十七、八歳くらいに変わっていたのだ。

胸はゆっくりと上下しているから、眠っているだけなのだとは確認できるのだが――

「ニーア……なのか？」

「状況的にニーアちゃんだと思うけど……」

「思いっきり成長してますね。ニーアちゃん、大きくなったら絶対にボン、キュ、ボンになるって言ってましたけど……」

「大して変わらないな。まあ、大丈夫そうで良かったけど」

ヒイロの手の平を覗《のぞ》き込みながら、バーラット、ネイ、レミー、ヒビキがそう口にする。

レミーとヒビキはニーアのスレンダーな姿に、憐《あわ》れみにも似た一言を含ませていたが。

「いやいや、ナイスバディな妖精なんて、おかしいだろ」

「うん。そんなニーアちゃん、なんか嫌」

ニーアを心配し立ち上がっていた智也も、智也に抱き抱えられているミイも、無事な姿を確認して安堵しながら腰を下ろす。

そんなゆるい反応の面々に対して、ティセリーナとグレズムは今起きた現象に目を丸くしていた。

「いやいやいや、なんでお前らそんなに落ち着いているのだ！」

「ティセリーナの言う通りだ。何故この不可解な現象に冷静に対処できる！」

「驚いてはいますよ。ですがニーアが無事だった安堵感の方が勝りまして」

そんな二人にヒイロが弁明していると、「良かった」と純粋にニーアの無事を喜んでいるマリアーヌの横で、いつもの笑顔を顔に貼り付けたセルフィスが顎に手を当てた。

「ふむ、実に興味深い。フェニックスの核が消えたということはもしや……核との融合でしょうか」

「核との融合？　それはあれか？　職人が武器や防具に施すという……」

「ええ、道具の能力向上を狙って行なうあれです」

バーラットの問い掛けにセルフィスが答えると、智也が眉をひそめる。

「おいおい、いくらニーアが人形みてぇなサイズでも、れっきとした生物だぜ。道具にやる術式を生身でやったっつうのか？　そんな前例、あるのかよ」

「いえ、さすがにそんな前例はありません。生身に魔物の核を取り入れるなど、どんな生物になるのか、そもそも生きていられるのかすら分かりませんから」

ニーアを物扱いするような言い様にムカつき、棘《とげ》のある言い方をする智也に、セルフィスは平然と返す。その返答の内容に全員が黙り込んだ。

死んではいない。姿が多少変わってはいるが、ニーアの面影はある。

しかし、セルフィスの言葉を鵜呑《うの》みにするならば、ニーアは何か得体の知れないモノに変わっている可能性があるのだ。ニコニコしているセルフィス以外が、ニーアを心配していた。

「えっと……ネイ、鑑定を……」

「えっ！　ちょっ！　ちょっと待ってよ。心の準備がまだ……」

静まり返った室内で、ヒイロがおそるおそる頼むと、ネイは慌てて首を横に振った。

ニーアに【森羅万象の理】を使い、とんでもないものが見えてしまったら。その恐怖で二の足を踏むネイに、バーラットも視線を向ける。

「心の準備って、どうせ見ることになるんだから、さっさとやっちまった方が良いんじゃねぇか？」

「いやいや、さすがにニーアの許可無しに勝手に見るのはマナー違反かなって」

「マナー違反……確かにそうかもしれませんね。鑑定はニーアが起きてから考えましょう。ですが、核との融合だなんて、何故そんな現象が突然起きたのでしょう？」

ネイの言い分ももっともだと、ニーアに関する問題は先送りにしてヒイロが次の疑問を口にすると、セルフィスは顎をさすりながら口を開く。

「フェニックスがここに核を運んだのは、勇者達に奪われることを恐れたから、ですよね」

セルフィスの話に全員が頷く。

「だとしたら、核を絶対に勇者達に渡さない為にはどうすれば良いのか……答えは簡単です。核自体をこの世から消してしまえばいい」

「はぁ？　核を消す？　そんなことどうやって……って、これが答えか？」

バーラットが驚きながらニーアを指差すと、セルフィスは頷く。

「私は【物質鑑定】という、物に対する鑑定に特化したスキルを持っているんですが、この部屋にも、ニーアの中にも、魔物の核の反応が何処にもないんですよ」

「するってぇと何か？　フェニックスの核は完全にニーアに溶け込んで、消えたって言うのか？」

「ええ、ですから融合だと言ったんです。物に魔物の核を融合させる場合、核という物質は消え、その能力のみが物へと宿ります。それと同じことがニーアに起きているのだと思います」

「そんなこと……本当に可能なのかよ」

半信半疑のバーラットの言葉に、セルフィスは困ったような笑顔で肩をすくめる。

「先程も言いましたが、断言はできません。ですが私の見解では、魔物の核を普通の生物に融合させれば、間違いなく死ぬでしょうね。魔物と普通の生物では、あまりに体の構造が違いますから」

「なっ！　ですがニーアは！」

セルフィスの物騒な物言いに、ニーアがこのまま目を覚まさないのではないかと不安になるヒイロ。

しかしそんな彼に、セルフィスは笑顔のままかぶりを振ってみせる。

「普通ならば、です。ニーアは幸か不幸か、フェニックスの眷属になっていました。眷属化とは、他種族を自分の種族に近付ける行為。つまり、既に何割かはフェニックスと同質になっていたんです」

自分の仮説を話すセルフィスは、生き生きとしていた。

肩書き的には魔道具技師であるセルフィスだが、その技術と知識は物作りに関しては多岐にわたっており、魔物にすらも魔道具を組み込み手駒にしてしまうことがある。

そうした技術の為に魔物の研究にも手を出していたセルフィスは、自分の知識を楽しそうに話す。

「核の融合は、複雑な術式を用いて初めて発動する技。勝手に融合するなんてありえません。ならば、そこにフェニックスの思惑《おもわく》があったと考えるべきでしょう。自分の眷属であるニーアになら、融合が可能であると確信していたのかもしれません」

鼻息を荒くするセルフィスに、仲間であるマリアーヌ、ティセリーナ、グレズムの三人は若干引き気味である。

隠遁《いんとん》生活中、セルフィスのこうしたうんちくを聞き続けていたのだから仕方がないのかもしれない。

だが、そんなセルフィスの推測に異論を唱える者がいた。

「………う～ん、それは違うよ」

それは、頭に手を当て、ヒイロの手の平の上でゆっくりと上半身を起こすニーアであった。

「ニーア、大丈夫ですか？」

「うん、大丈夫だよ」

ヒイロの心配の声に応えながら、ニーアはセルフィスの方に目を向ける。赤くなった両の瞳で。

「フェリオ……フェニックスは、ぼくの願いを聞いてくれたんだよ。ヒイロ達と一緒に戦えるくらい強くなりたいっていう、ぼくの願いをね」

「……十分強かったではないか」

自分と互角に渡り合うニーアに、まだ満足していなかったのか？　とヒビキが突っ込むと、ニーアはチラリと彼女の方に目を向けた。

「ぼくがヒイロに勝てると思う？」

「……いや、そもそもの基準が間違っていると思うが？」

ヒビキのもっともな意見に全員が頷くと、ニーアは小首を傾げた。

「ぼくの初めての仲間はヒイロだもん。ヒイロ以外を基準にできるわけないじゃん」

妖精の郷で村八分《むらはちぶ》にされていたニーア。そこに現れたヒイロにより救われた彼女にとって、ヒイロの横に立てるか、つまりはヒイロが苦戦した場合に手助けできるかどうかが、力の有無の基準になっていた。

もっとも、ヒイロが苦戦するような相手など、そうそういないのだが、ニーアは気にしていない。

そんなニーアの狂気にも似た渇望《かつぼう》を目の当たりにして、全員が唖然とする。

と、ニーアが突然叫び声を上げた。

「あーーー！　なんだこりゃーーー！」

ニーアは伸びた自分の髪を両手に握り、目を丸くしていた。今になって、自分の身に起きた変化に気付いたようだ。

「ああ、それですか……髪だけじゃなく、姿も少し変わってますよ」

言い辛そうにヒイロが報告すると、ニーアは彼の方を見上げ手を差し出す。

「……鏡」

ショックを受けた様子のニーアに、ヒイロは彼女をテーブルの上に下ろすと、時空間収納から髭剃《ひげそ》り用の鏡を取り出す。

ヒイロが取り出したのは、メルクスから貰った、ちゃんと姿を映す高級品である。

その鏡を目の前に立てて置かれたニーアは、自分の姿を見て一瞬固まった。

「…………」

黙り込んでいたニーアであったが、不意に後頭部や腰に手を当ててポーズを取ったり、腰を曲げて上半身を倒しながら顔を鏡に近付けてウインクしてみたりしている。

鏡の中で同じ動作をする見覚えの無い姿に、ニーアもやっと今の自分の状態を認識したのか、目をまん丸にして両手でペタペタと身体を触る。そしてその手が自分の両胸に来たところで――

「胸どこ行ったのさーーー！」

心からの叫びを高らかに上げた。

その言動に、全員がガクッと肩を落とす。

「ニーア、そこですか？　明らかに歳をとって成長してるのに、そっちは気にならないのですか⁉」

ヒイロに尋ねられ、ニーアはプクッと頬を膨らませた。

「歳なんて、ほっとけば勝手にとるもん。でもぼくの計画じゃあ、この歳の頃にはボン、キュ、ボンになってた筈なのに～！」

両手を胸の前でスカスカと上下させながら本気で悔しがるニーア。その姿はニーア以外の何者でもなく、フェニックスの核が融合した影響は出なかったのだと、全員が胸を撫で下ろした。

「とりあえず、良かった……で、ニーア。どのくらい強くなったか、見てみる？」

今なら安心して調べられるとネイが提案すると、ニーアはジロッと彼女の方を見た。正確にはネイ

の胸の辺りだが。

ネイの体型も、標準よりやや慎ましい方である。そんな彼女をジッと見てニーアは嘆息する。

「はぁ～、これよりは成長すると思ってたんだけどな。歳とっても胸は成長しない現実を突きつけられたんだから、力ぐらいは上がっててほしいよ」

「えっと……ニーア、これってなんのことかな？」

こめかみに青筋を立てながら、ネイはドスの利いた声を上げる。そんなネイの怒りのオーラを無視して、ニーアは「早く見て」と催促した。

「はいはい、分かりましたよ」

自分の胸をこれ呼ばわりされて不満に思いつつも、ネイは【森羅万象の理】をニーアに使う。

「種族は炎と風の妖精帝《ようせいてい》……って何？」

ニーアの元々の種族は、風の妖精であった。それが、あまりにゴツい種族名に変わっていて、ネイは絶句する。

「炎と風の妖精帝ですか。エンペラー種の核との融合を果たして、帝王の名が付いたのですね」

ワクワク感を滲ませてセルフィスが言うと、バーラットはやれやれと肩をすくめた。

「魔物の世界では、キングより上がエンペラー種だからな。妖精王や妖精女王より上の存在になってるんじゃねぇのか？」

「あり得ますね。まぁ、ニーア以外にそんな妖精、いるとも思えませんが」

唯一無二の妖精の頂点にニーアは立ったのだと、セルフィスは仄《ほの》めかす。

そんな二人の会話を苦笑いで聞きつつ、ネイは続きのステータスを確認していく。

「えっと……能力値は体力と筋力が五千台……」

「ちぇっ、思ったより上がってない」

「バカ言え、そんな数値の人間、そうそういねぇぞ」

不満を漏らすニーアを、バーラットが一喝する。

そんなバーラットだが、実は内心、密かに胸を撫で下ろしていた。バーラットの能力値は平均八千台。それは、人間の中ではトップクラスといっても過言ではない数値である。

体のサイズ的に、妖精はどうしても体力と筋力が他の種族より数段劣るのだが、とんでもない種族になったニーアであれば、数値上負けてしまうのではないかと、バーラットは心配していたのだ。

そんなバーラットは、とりあえずニーアに負けなかったため、冷静さを保てていたのだが——

「敏捷度《びんしょうど》、精神力、魔力は……何これ？　五万超えてるんだけど」

「はぁ？」

他の能力値のとんでもない数値を聞いて、さすがにすっとんきょうな声を上げてしまう。

「五万を超えてるだと？　あり得ん」

「「…………………」」

驚くバーラット。その横では、ヒビキやレミーが驚きを通り越して顔を青ざめさせていた。

敏捷度はスピード。精神力は魔法の抵抗力や制御力。魔力は言わずと知れた魔法の威力に関係する能力値である。

つまりニーアは、高速移動を可能とする強力な魔法砲台と化したということだ。

「エンペラー種の能力値は五万超えは当然だと言われてますから、古参のフェニックスなら十万に届いていたかもしれません。その核を取り込んだのですから、別段驚くことではありませんよ」

セルフィスが冷静にそう言うが、ヒイロとバーラットは、悪戯好きなニーアにそんな力を与えたらどんな目に遭うのかと、気が気ではなかった。二人は互いに目配せして、同時に嘆息する。

そんな二人を尻目に、ネイはステータスを読み上げ続ける。

「あとは……うわっ、【無詠唱】とか、【魔法威力増強】、【飛翔スピード上昇】なんてものもあるよ。それに、【無限再生】、【分体】も当然のようにあるわね」

「おいおい、【無限再生】なんて生身でやれたら化け物だろ」

自動で肉体が再生していく様《さま》を想像したのか、苦い表情の智也。そんな彼の言葉に、ネイは更に【無限再生】の鑑定を試みる。

「んー、肉体の欠けた部分を炎で包んで再生するみたい。ビジュアル的には耐えられるんじゃない？」

「いやいや、フェニックスじゃねぇんだから……」

「いえ、妖精は精神だけの存在である精霊の系統を始祖とする種族だと言われていますから、他の種族よりも精神寄りの種族といえるかもしれません。だから、炎で体を形作っているフェニックスの眷属になれたのではないでしょうか」

セルフィスの説明に、ニーアはエヘンと胸を張る。その姿を見てバーラットは苦笑いした。

「精神寄りの種族？　精神年齢は相当低そうだがな」

「まっ、ニーアですから」

バーラットに同調するヒイロ。二人のおっさんの自分をバカにするような態度に、ニーアはムッと口をへの字に曲げ、ファイティングポーズを取った。

「喧嘩《けんか》売ってる？　今ならバーラットにだって負けない自信があるよ」

「ちなみに魔法は、ヘルフレアとか、バーニングタックルとか、デスフレアスピアとか、物騒な名前の火系の魔法がズラッと並んでるよ」

ニーアを後押しするようにネイが追加情報を口にすると、バーラットは慌てて両手の平を前に出しながら首を横に振った。

「やめろニーア。この屋敷を燃やすつもりか！　てか何で俺だけなんだ、ヒイロにも突っかかれよ」

「だって、ヒイロじゃぼくの魔法を手の平でペチンッて叩き落としそうなんだもん」

「やりそうだな」

「やりそうね」

「やりますね」

ニーアの言葉に、智也とネイとレミーが確かにそうだと口を揃える。

「そんなことされたら、せっかく強くなったぼくのプライドがボロボロになるじゃないか」

「……それで、俺かよ」

力試しの的にされたのではたまったものじゃないと、バーラットは咳払いをした後で話を戻した。

「まっ、ニーアの強さは分かったが……それでも勇者を相手取るには不安が残るな」

「ですね。なんせ、今のニーアより強いフェニックスを倒しているんですから」

戦い前の準備には手を抜かないバーラットと、どんなに入念に準備をしても不安が消えることの無い心配性のヒイロ。

二人の憂いに、ポンとセルフィスが手を叩く。

「では、願掛けでもしましょうか」

「願掛け？」

「ええ」

訝しむバーラットに、セルフィスは笑顔で頷く。

「我が魔族には、初代が神から賜《たまわ》ったという援助の秘宝というものがあるんですよ」

「援助の秘宝ねぇ」

胡散臭《うさんくさ》さ満載の名前に、バーラットの不信感が増すが、セルフィスはにこやかに話を続けた。

「まあ、結界に閉じ込められた時にいくら願っても、何も聞き入れてくれなかったんですけどね」

「おいおい、そりゃあ何の御利益《ごりやく》もねぇんじゃねぇか」

「まあまあ。我々魔族はそれでも、何かあった時にはこの秘宝に願ってきたんですから。ダメで元々、願ってみましょう」

バーラットの突っ込みなど無視して、セルフィスはマリアーヌに目を向ける。

マリアーヌはセルフィスからの合図に応えて、首から下げていたネックレスを外した。

そのネックレスは、直径は五センチ程で、薄黒い球体の水晶が付いている。

それをテーブルに置くと、マリアーヌは胸の前で手を組み静かに祈り始める。

すると、黒水晶が鈍く光り始め――

「この通信球は使用期限が切れています」

事務的なアナウンスが流れた。

その内容にネイ、智也、ヒイロの転移組がずっこける。

「何、今のアナウンス？」

「バカにしてんのか？」

「何ともはや、何ですかこれ？」

テーブルに突っ伏していた三人が顔を上げると、セルフィスはニコニコと言う。

「ありがたい神のお言葉ですよ。我々は危機に瀕《ひん》した時にこの言葉を聞き、自分たちで切り開くしかないと、気構えを正してきたのです」

「その神の導きによって勇者が呼ばれ、お前らが滅ぼされかけてるんだが、神に願掛けしたのか？」

「……あっ」

バーラットの皮肉に、セルフィスの笑顔がぎこちなく固まった。

魔族が困難にぶち当たった時に行なう恒例の儀式であったが、今回ばかりは神のお言葉を聞いてもありがたみが湧かない。マリアーヌも苦笑いしたその時――

「あー待った、待った！　今の無し！」

焦ったような声が黒水晶から響いた。

第10話　創造神現る

「緊急事態につき、通信球の機能を復活させるよ。あー、あー、聞こえる？　ヒイロのおっさん」

「えっ！　私ですか？」

魔族の秘宝に突然名前を呼ばれて、ヒイロは驚きながら自分を指差す。

「あー、やっぱりいたね。僕だよ、僕」

「いやー、僕と言われても、私は黒水晶に知り合いは……」

「何ふざけたこと言ってんの、これはただの通信装置。通信先は神界だよ」

「えっ！　神界ですって？　では貴方はもしかして創造神様？」

「そうだよ。ちょっと待っててね……」

断りの言葉とともに、黒水晶からの声は一旦途切れた。そして少しして、黒水晶から一筋の光がテーブルの中央へと放たれ、そこにニーアサイズの創造神の姿が現れる。

創造神の姿は薄く透けて見えて、ホログラムのようであった。

「久しぶりだねヒイロのおっさん。智也と翔子……今はネイって名乗ってるんだっけ、も久しぶり」

軽薄な笑顔を振りまき、創造神は片手を挙げて挨拶する。

そんな気軽な創造神の姿に、セルフィス達魔族もバーラット達も絶句していた。

どう対応すべきか誰も分からない中で、唯一ニーアのみが臆《おく》することなく創造神をジロジロと見る。

「へー、これが創造神なんだ。なんか、思ってたよりちっこいね」

「あのねぇ、ニーアちゃん、本物はちゃんと人サイズなんだよ」

「うん？　ぼくのこと知ってるの？」

「勿論。君は本当に良い性格をしてるからね、楽しく見させてもらってるよ」

「へー、やっぱりぼくの良さは、分かる人には分かるんだね」

まんざらでもない様子のニーア。しかし、創造神の言うニーアの良い所というのは、騒動を起こす所なのだろうなと、ヒイロとネイは密かにため息をついていた。

ニーアのお陰で思いがけず和やかになった空気感だったが、それを壊すように智也が創造神を睨む。

「おい、創造神。一つ聞きたいんだが、武彦《たけひこ》はどうしたんだ？　ちゃんと元の世界に送り届けたんだろうな！」

死んだ親友のことがずっと気掛かりだった智也。そんな彼の剣幕に、創造神は「ああ、彼ね」と軽く答えて話し始める。

「彼なら元の世界の輪廻《りんね》の輪にちゃんと返したよ。それが地球の神との約束だったしね」

「輪廻の輪？　なんだそりゃ？」

「死んだ後の魂が生まれ変わる為に向かう所よ、多分。確か、仏教用語じゃなかったかな」

ネイの説明に愕然《がくぜん》とした後、智也はキッと創造神を睨む。

死んでも生き返られるというゲーマー達の話を信じていなかった智也だったが、それでも心の何処かでは、もしかしてという一縷《いちる》の望みは抱いていた。

それを砕かれ、智也は怒りのままに言葉を吐く。

「やっぱり、武彦は死んだんだな……生き返らせることはできなかったのかよ」

「無茶言わないでよ。死んだ者を生き返らせるなんて、世界の法則に逆らう行為だよ。そんな真似、神自ら行なうわけにはいかないじゃないか」

できないことはやらない。そう言い切る創造神に納得がいかず、智也は今にも殴りかかりそうな表情で、握った拳をワナワナと震わせていた。しかし、相手は本体ではないおそらく映像のようなもの。殴りかかったとしても無意味であることは智也にも分かっていた。

そんな智也をネイが宥め、代わりにヒイロが創造神と話し始める。

「それで創造神様、何故私達の前に？　確か、世界に干渉することは御法度《ごはっと》だった筈では？」

「あれ？　ヒイロのおっさんは、死んだ勇者のことは納得してるんだ。君の性格からしたら、智也以上に怒ると思ってたんだけど？」

「神様のお導きでこの世界に来たのだから、死んでも生き返られる……そんな都合良く世界ができていないことを、私はこの身に染みて理解してますから」

冷やかすように聞いてくる創造神に、ヒイロは嘆息交じりに返事をする。

その言葉には、元の世界にいた頃のヒイロが抱いていた、世界に対する諦めにも似た含みがあった。

「あははは、さすがは何の才能も無く生きてきた苦労人だねぇ、言葉に重みがある」

創造神の笑い声が癇に障り、智也と彼を宥めていたネイですら一瞬殺意を覚えたが、笑われている本人が苦笑いで受け流していた為、彼女達はグッと堪《こら》えた。すると、そんなヒイロの姿を見ていられなかったのか、今まで驚きに声すら出せなかったマリアーヌが、おずおずと声を上げる。

「あの……創造神様……何故私のネックレスからお出ましになったのですか？」

「ん？　ああ、魔族のお嬢さんか。理由は簡単だよ。この黒水晶は元々、神界と通信する魔道具だったんだ。世界が出来上がる前、せっかく生み出した種族が簡単に滅びないために、種族ごとにこの魔道具を渡していたんだ。生み出した苦労が水の泡にならないよう、僕が手助けする為にね」

「では、使用期限が切れたというのは……」

「世界が出来上がって、僕が手を貸す訳にはいかなくなったから」

ありがたい神の声と言っておきながら、黒水晶から流れる言葉の内容が気にはなっていたのだろう。セルフィスの疑問に、創造神は素っ気なく答える。すると、セルフィスは唖然とした後、すぐに真剣な視線を創造神へと向けた。

「それではもう一つ。何故、創造神様は私達の討伐を勇者に指示したのですか？」

「だって、そうしなければ君達は人間を滅ぼしかねなかっただろ。僕にとっては、君達よりも人間の方が重要だったんだよ」

「「なっ！」」

きっぱりと自分達より人間の方が重要だと言われ、ティセリーナとグレズムは怒りの声を上げたが、創造神はジロリと睨んで二人を黙らせる。

「だってそうだろ。君達や同時期に生み出したハイエルフなどの長寿の種族は、安寧《あんねい》を望む傾向がある。安寧は停滞、世界に変革を生み出すことはない」

「そんなことは……」

「無いって言い切れる？　ハイエルフなんて、最初に自分達で作った規律を律儀に守って、森の奥に結界を張って多種族との接触を拒み、そこから出てこないじゃないか。君達もそう、シコクに封印される前までは何の生産性も無く、人に己が力を貸してただけだろ」

確かに創造神の言う通りであった。

人は住居を穴ぐらから木造、そしてレンガや石造りへと変えた。食事もそれに合わせて焼くだけのものから、煮る、揚げる、更には調味料を生み出し、絶えず変化させてきた。

魔族達は請《こ》われればそれらを生み出すのに協力していたが、発想したのは全て人間であった。

その事実に気付き呆然とするセルフィスに、創造神は続ける。

「君達魔族やハイエルフには、過酷な世界で生き延びる為に優れた身体能力と長い生を与えたんだけど、長生きだと生殖能力が低下するみたいだね。しかも世代交代が緩慢になるからか、発想力も低くなっていく。たまに好奇心が旺盛《おうせい》で、ハイエルフの郷を飛び出すなんて輩《やから》もいるけど――」

そこまで言って創造神は、セルフィスを見る。

「君もそうかな。好奇心に任せて色々なものを生み出しているみたいだね。でもそんな考えの人、一族の中では少数派だったでしょ」

セルフィスは言い返せない。確かに彼は、一族の中では変人扱いされていた。魔族の中にも武器を作ったり、料理をしたりする者はいたが、それは既存のものの複製であり、新たなものを生み出そうと試行錯誤《しこうさくご》するのはセルフィスただ一人であったのだ。

「何も変わらない世界は、死んでるのと同じ。世界には常に変革が必要なのさ。そしてそれをもたらすのは、人間なんだ。大体、何も変わらない世界なんて、ちっとも面白くない……けふん、けふん」

「……なるほど、分かりました……」

最後に本音を漏らした創造神に、セルフィスは絞り出すように納得の意を告げる。だが……

「ですが、勇者の討伐……これだけは私達は曲げることができません」

「そこなんだよ。そこのところが、さっきのヒイロのおっさんの疑問に繋がる訳なんだけど」

言いながら創造神は視線をヒイロへと向ける。

「さっき、僕が世界に干渉するのは御法度なのに何で現れたって聞いたよね」

ヒイロが頷くと、創造神は顔を下に向けて、困ったもんだと首を左右に振った。

「実は、僕が姿を現さなければいけない緊急事態が発生しちゃってね」

「緊急事態？」

聞き返すヒイロに創造神は頷く。

「そう、緊急事態。実は、さっきまで地球の神とお茶をしていてね。そこで勇者の話が出たんだけど、こちらの世界に来た勇者が一人多いことに気付いたんだ」

「……勇者が一人多い？　……何者かが勇者の中に紛れ込んでいたということですか？」

「正解」

ヒイロを指差し、創造神は良くできましたと笑みを零す。

「ちょっと待って、誰か紛れ込んでいたってどういうことよ。私達が最初に召喚された場合は神界でしょ、その何者かは神界に忍び込んだっていうの？　そんなこと、普通の人間にできるの？」

勇者の中に亜人はいないから、紛れ込んだのは人間の筈だが、人間に神界に忍び込むような真似ができるのか。そんなネイの疑問に、創造神は首を横に振りながら否定する。

「できないね。だからこそ、犯人を特定できるんだけど」

創造神の返答で、偽物を勇者の中から探し出せという話ではないと気付き、ヒイロは眉をひそめた。

「犯人は分かっているんですか？」

「うん、さっきのネイの疑問は実に的を射ていたよ。この世界の人間が神界に来ることはできない、神界に自由に行き来できるのは……神族だけさ」

神族——世界を管理する為に、神によって生み出された種族。

その能力はあらゆる種族を凌駕《りょうが》し、自分が管轄するモノを自在に操る【神技】という能力を有する。

神話の中にしか出てこない種族名を口にする創造神に、バーラット達この世界の住人は目を丸くする。それに反して、ヒイロ達三人は懐疑的な視線を創造神に向けていた。

「おいおい、仮にも創造神を名乗る者が、飼い犬に騙されたっていうのかよ」

ここぞとばかりに攻勢をかける智也。そんな彼を、突っ込むところはそこではないと、ネイが手で制して黙らせる。

「前に、神族は嘘をつけないって聞いたことあるんだけど」

「ええ、私も聞きました。あれは虚偽の情報だったのでしょうか」

「ううん、間違いなく僕は、神族に嘘をつくことを禁じているよ」

ネイとヒイロに、創造神は素っ気なく答える。

神族の仕事は世界の管理。その報告を偽られれば事後処理が面倒になると、創造神は神族に嘘をつくことを禁じていた。

基本、真面目な者が多い神族がそんなことをするなどまず無いのだが、長い時が過ぎれば反意を抱く者が出てくるのではないかと、創造神は懸念していたのだ。

なにせ創造神は、自分の性格が他人から疎まれるものだと分かっていた。それでいて直す気がさらさらないことも、一部の神族に疎まれている原因の一つなのだが。

「では――」

「だけど一柱、自分を偽ることに関してだけ、嘘をつくことを許した奴がいるんだ」

神族ではないのではないかと希望を込めたヒイロの言葉を、創造神は遮る。

「彼女は人間や亜人を管理している神族でね。その仕事上、人と接する機会が多いんだけど、その度に自分は神族だと名乗っていたんじゃ、面倒でしょ。だから自分を偽る許しを与えたんだけど、まさか、それを利用して僕を偽るなんてね」

まるで他人事のように、後頭部に手を当てながら創造神は笑う。

彼にしてみれば、今まで体験したことのない新鮮な経験で、それがツボだったらしい。

そんな創造神の態度に、ネイのこめかみに青筋が浮かぶ。

「貴方ねぇ！　そんなんだから、部下に嫌われるのよ！」

「ん？　少なくともその神族——ヒューンからは嫌われてないよ。その逆さ、ヒューンは僕への愛情が強過ぎるんだ」

自意識過剰とも取れる創造神の言葉に、さすがのヒイロも困り顔になった。

「あの、さすがにそれは無いんじゃないですか？　好意を持つ相手を困らせることはしないと思うんですけど。大体、そのヒューンさんは何故、勇者の中に紛れ込むような真似をしたんです？」

「その答えが今の状況だよ」

気配をガラリと変え、創造神は低い声で答える。その声には怒りとも悲しみとも取れる音があった。

「ヒューンは僕への愛情が強過ぎる為に、自分が管理する人間や亜人が、僕を軽んじてることが許せなかったんだ。だけど一人で行動を起こせば、他の神族に止められる。だから勇者を動かせば、止められないと考えたんだろうね」

「勇者達が行なっている教会の勢力拡大行動は、ヒューンさんの意志が多分に含まれていると？」

「教会の勢力下に入った者達は自身の欲を捨て、僕の為だけに働き、財の全てを僕に捧《ささ》げている。そんなふざけた状況で、逃げ出す者が一人もいないことに疑問を感じなかったかい？」

試すような創造神の問い掛けに、全員が黙り込む。そんな中、神相手にどう話せば良いのか戸惑い、今まで黙っていたバーラットが反射的に口を開いた。

「そうか、【神技】。国全体なんて広範囲に影響を及ぼす精神攻撃、どうやってたか疑問だったが……」

「【神技】なら納得ですね、神族は自分が管理するものを自在に操る技を持っている。人と亜人を管理する神族ならば、その力はおそらく集団意識の操作といったところでしょうか」

バーラットに続いたセルフィスの回答に、創造神は満足そうに頷いた。

「大体、正解。ヒューンは人の心をある程度自由に操れる。個人個人に対してなら強力な精神操作を行えるんだけど、今は集団意識の操作に留めてるようだね。そのせいで、精神力の強い間者には国の外に逃げられているみたいだけど」

「強力な精神操作……そんな方を相手にしたのでは、こちらに勝ち目は無いのでは？」

どんなに強力な力を持とうが、相手への敵対心を奪われては戦いにもならない。そんなヒビキの躊《ちゅう》躇《ちょ》に、創造神は頷く。

「そうだね。ヒューンには近付かないことをお勧めするよ。だけど、それは君達に限ったこと」

そこまで言って、創造神はヒイロ、ネイ、智也へと意味ありげな視線を送る。

危険信号を感じとったヒイロが口の端を引きつらせると、創造神は楽しそうに微笑む。

「そう、僕が創造してない勇者達は、ヒューンの【神技】の影響を受けない。そして、神族にダメージを与えられるだけの身体能力と魔力を持っているのは、勇者の中でもヒイロのおっさんだけだね」

うんうんと納得顔で頷く創造神だったが、ヒイロの顔は青ざめていた。

「私、ですか……」

「そう。そしてヒイロのおっさんには、ヒューンを殺して欲しいんだ」

「!!　……それは……」

創造神の口から出た言葉に、ヒイロは返答できずに口籠った。

いくら諸悪の根源であろうと、改心する機会も与えずに殺してしまうことに、抵抗を抱いたのだ。

そんなヒイロの心情を汲《く》み取り、創造神は気軽に言葉を続ける。

「心配いらないよ、神族の本体は精神体で、肉体は仕事をする為に用意した器に過ぎない。ただ、肉体を持って地上にいる以上、僕は手出しすることはできないんだよ。そこでヒイロのおっさんにヒューンの器を壊してもらえば、精神体を無理矢理神界に連れてって説教することができる」

ヒイロを納得させる為に、殺すという言葉を器を壊すという言葉にすり替えた創造神。

説教という単語も、他の神族の手前それだけで済ませるつもりは毛頭ないのだが、あえて柔らかく表現したに過ぎなかった。

そんな創造神の配慮に釣られて、ヒイロは熟考した上で重々しく口を開く。

「本当に、ヒューンさんの器を壊しても、ヒューンさん自身が死ぬことはないんですね」

ヒイロの念押しに、創造神は間を置かずに頷く。

「それは、神の名において絶対にないと誓おう」

「分かりました。でしたらその使命、私が承ります」

ヒイロの返答に気を良くして微笑む創造神。その背後で、バーラットがニヤリと笑っていた。

第11話　バーラットの交渉術

「失礼ですが創造神様、一つ確認なのですが。今の話、神族ヒューンを倒して欲しいという、貴方からの依頼だと受け取って良いのですね」

「……うん、そういうことになるかな」

その言葉の意図を計りかねて、創造神は少し逡巡《しゅんじゅん》しつつ答える。それを聞いたバーラットは、一層笑みを深めた。

「では、依頼の報酬を確認したいのですが？」

「報酬？　君達は元々、勇者達を倒すつもりだったんだろ」

驚く創造神に、バーラットはやれやれと肩をすくめながら首を左右に振る。

「それはそれ、これはこれです。そもそも、我々の目的は勇者の捕縛だったんですよ。それを事もあろうに、神族の抹殺という大それた行為に変更するとなると、それなりの報酬をいただかないと、冒険者である我々の沽券《こけん》に関わります」

「そうね。いくら神からの頼みだからって、冒険者が命を懸けるのにタダ働きっていうのもねぇ」

「ああ、そうだな。それとも何か？　神は頼み事だけして礼もできねぇのか？」

神に報酬を要求するというバーラットの暴挙に、ネイと智也が乗っかる。

二人とって創造神は、自分達を勝手に連れてきて見世物にしてくれた、何のありがたみもない存在でしかない。創造神に意趣返しできる好機。バーラットの企みに二人は喜んで乗った。

「あの……これは世界を救う為であって……」

「はい、ヒイロは黙ってて。マジックストップ」

皆を宥めようと口を挟んだヒイロを黙らせるべく、ニーアが魔法を発動させる。

本来は空気振動を止めて呪文の詠唱を阻害《そがい》する魔法であるが、ニーアはそれをヒイロの口を黙らせることに使う。

「う～ん、でも僕はこの世界に干渉できないんだよ。この緊急事態でも、こうやって話をすることぐらいしかできない。何かものを渡すことも、力を与えることもできないよ」

「でしたら、そうですね……私が死んだ後に報酬を貰うというのはどうです？」

バーラットの提案に、創造神は眉をひそめる。

死んだ者は輪廻の輪に入り、次の転生を待つ。その前に報酬を与えるとなると、輪廻の輪に入る前に一旦神界へと魂を呼び出さなければいけない。

面倒ではあるが、今回の騒動がその程度で片付くのであれば安いものだろう。それにどうせ、新しく転生する時の優遇措置でも願われるのだろうと考えた創造神は、損得勘定の末に大きく頷いた。

「うん、それなら問題ないかな。で、君は何を望むんだい？」

「それでは、死後、神界で気が済むまで好きなものを飲み食いできる。というのはどうでしょう」

仲間全員の脳裏に、バーラットの気が済むまでって、永遠にってことじゃないの？　という考えが浮かんだが、そこまで思い至らなかった創造神は、なんだそんなことかとホッと胸を撫で下ろす。

「分かった。そんな報酬なら払えるから、死後神界に招待することを約束するよ」

「じゃあ、私もそれで良いわ」

「俺も同じく」

「智也お兄ちゃんがそうするなら、ミイも」

「では、私もそれにします」

バーラットの提案を安請け合いした創造神の浅はかさを心の中で笑いながら、ネイと智也が乗っかり、それに死後の同窓会も面白いかもと、ミイ、レミーも同じ報酬を望んだ。

神界で創造神をからかいながら永遠にどんちゃん騒ぎ。それがどれほどの嫌がらせになるかと思いを馳《は》せるネイ、智也。そして純粋に、死んだ後も皆と会えるんだと純粋に喜ぶレミーとミイ。

そんな四人の思惑を知らない創造神は「あー、はいはい。皆欲が無いねぇ」と、おざなりに約束をすると、視線を動かす。

「で、他の人達はどうするの？」

「私は……神様から報酬を頂くなんて大それたこと、とても思いつかないので、辞退させていただきます」

「あー、真面目だなぁヒビキは」

創造神と話すだけでガチガチに硬くなっているヒビキにニーアが冷やかしを入れるが、彼女はそれに反応できない程、緊張していた。

これが神と対面した人間の普通の反応であって、平然と報酬を要求するバーラット達は異常なのだ。

そんなことを思いながら、創造神は嘆息する。

「あっ、そう。でも一人だけ報酬がないと不公平だから、君には次の転生での優遇を約束するよ」

「えっ、そんな！」

「いいから、黙って受け取っといてよ」

「はい」

創造神の押し付けに、ヒビキは小さく頷いた。

創造神にとっては、自分の想像からかけ離れた行動をする者は好感が持てるのだが、ヒビキのようにかしこまられては、予想通り過ぎて面白くない。

そんな訳で少しテンションが下がった創造神は、次に魔族達へと視線を向ける。

「それじゃあ次は君達の番だけど」

創造神から声をかけられ、マリアーヌはビクッと肩を震わす。その姿に、こいつらもヒビキと同じかと落胆しかけた創造神だったが、不意にマリアーヌが意を決して顔を上げた。

「創造神様……私達は、もう四人しかいません」

「そうだね。でも、数を増やして欲しいなんて願いは聞けないよ」

「はい。それが不可能なのは存じております。ですが、一族が滅ぶ……こんな悲しいことはないのです。ですから創造神様には、今後このような判断をしないようにお願いしたいんです」

「へぇ……自分達に起きた悲劇を、他種族に起こすな。って君は言いたいんだね」

自分達ではなく、他の者達の為に報酬を使おうとするマリアーヌを、創造神はまじまじと見つめる。

そもそも魔族は、罪を犯していないのに閉じ込められ、和平を望んだ前王を殺されており、被害者でしかない。それでも創造神は、人間を生かすことを選んだ。

そんな創造神を諌めるように、マリアーヌは報酬を望んだのである。創造神は、いつしか優しい微笑みを浮かべていた。

「高貴だねぇ、自分達が滅ぶ憂き目にありながら、その悲しみを他種族に味わわせたくないんだね。分かった！　この先、僕自身が種族を滅ぼす決断をしないことを約束しよう」

「へー、正しい者に慈悲《じひ》を与える器量があったんだ」

魔族の願いを聞き入れた創造神を、ネイが冷やかす。すると創造神はジト目で彼女を睨んだ。

「あのねぇ、一応、僕だって神様なんだよ。君らみたいにふざけた報酬を望む輩にはそれなりの対応をするけど、真摯な願いには真剣に応えるさ。さて――」

ネイに愚痴るように応じた後で、創造神はヒイロとニーアへと向き直る。

「あとは君達だけだね。ヒイロのおっさんとニーアは何を望む？」

創造神の問い掛けにニーアは顎に手を当てて考え込むが、ヒイロはすぐに口を開いた。

「では、一つ確認なんですが、創造神様自ら、勇者達を説得してもらうことは可能でしょうか？」

「そうだなぁ……完全に勝てない状態まで追い込んでからじゃないと、僕の説得は無理じゃないかな。元気なうちに出て行ったたって、幻影、幻の類じゃないかって疑われるよ」

確かに創造神の言い分は一理あるとヒイロは考え、うむと頷く。

「分かりました。では、私の願いは倒した勇者達に更生を促してほしいということでお願いします」

「君も報酬は他人の為に使うんだ。まったく、お人好しも度が過ぎてるよねぇ……分かったよ。勇者達を倒したら、この通信球を使って。あとは僕が説得するから。じゃ、残りはニーアだけど……」

全員の願いを聞き、残りは一人だけだと創造神が視線を向けると、ニーアはまだ考え込んでいた。

「ねぇ、まだ決まらないの？」

焦れた創造神に声をかけられ、ニーアは彼の方に視線を向けたが、困惑の表情を浮かべていた。

「んー……ぼくって、フェニックスの力を貰ったじゃん？」

「ん？　そうみたいだね」

「皆死んだ後の願いをしてたけど、ぼくの寿命ってどうなってるの？」

「寿命？　妖精の寿命は二百年くらいだけど、フェニックスは……ああ、寿命設定してなかったや」

「えー！　じゃあもしかして」

驚くニーアに、創造神はテヘッと舌を出す。

「格的にフェニックスの方が上だから、多分、寿命もそっちに引っ張られてるかな」

「うー、だったらヒイロが死んだら、ヒイロとぼくをバーラット達に合流させて」

「えっ！　いや、それは……」

「ちょっ！　何を言ってるんですニーア！　それは、私と一緒に死ぬと言ってるようなものですよ！」

ニーアの願いに、創造神以上にヒイロが狼狽《うろた》えた。だが、ニーアはニパッと無邪気に笑う。

「だって、ヒイロ達がいない世界でずっと一人で生きていても、全然面白くないじゃないのさ。だったら、ぼくだって皆についていきたいよ」

「ニーア……」

ニーアの思いにヒイロは勿論、ネイ達も瞳を潤ませる。

そんな仲間達に水を差すように、創造神が手を挙げた。

「あのー、感動してるとこ申し訳ないんだけどさ。さっきも言ったけど、僕はこの世界に干渉できないの、ニーアの命を奪うなんてできっこないんだよ」

「えー！　別に何か欲しいって言ってるんじゃないんだよ。ヒイロと一緒に、パパッとぼくの魂も神界に連れてけって言ってるだけなんだよ！」

「いや、だからそれが命を奪うってことなんだって」

ニーアに駄々《だだ》をこねられ狼狽《ろうばい》する創造神に、ネイやレミーも詰め寄る。

「ちょっと、何でニーアの健気《けなげ》なお願いが聞き入れられないのよ」

「そうです。ヒイロさんとずっと一緒にいたいってニーアの思いを汲み取れないなんて……創造神様、酷いです」

「いや、それは分かるんだけど……」

良い返事をしない創造神に、ネイとレミーは顔を寄せ合いヒソヒソ話を始める。

「これはアレですね。創造神様に反感を持つ神族の方にも協力してもらって、反創造神様同盟を設立するべきです」

「それ良いね。いっぱいいそうだもん、創造神のことで腹に据えかねている神族の人って」

「あのね、僕に反旗を翻《ひるがえ》す気？」

呆れ顔の創造神がため息交じりに言うと、ネイは良い笑顔で振り返った。

「そこまではしないけど、ストライキぐらいはできるんじゃないかな」

「ストライキ……この世界の管理を任せてる神族達にそんなことされたら、この世界がめちゃくちゃになるじゃないか……」

できるかどうかは別として、本当に行動を起こしそうな二人と、そうなったら二人に与《くみ》しそうな神族達。それを想像して、創造神は盛大にため息をついた。

しかしそれも一瞬のことで、何かを思い出したのか、創造神の目には意地の悪い色が浮かんでいた。

「ニーアの願いは、ヒイロのおっさんが死んだら一緒に神界に来たいってことで良いんだね」

「うん！」

元気に頷くニーア。その了承に創造神はコクリと頷く。

「分かったよ。でも、その願いはちょっと保留にさせて。何とか叶えられるように考えるから」

自分の世界の生物の命を自ら奪うなど、他の世界の神々にバレたら邪神判定されかねない。

そんな危険があるにもかかわらず、創造神の顔には余裕が窺えた。

自分の願いが聞き入れられるかもしれないニーアは無邪気に笑う。

「頼んだよー」

「気軽に言わないでくれる？　君の願いってはっきり言って、相当危ない橋を渡らなきゃいけないんだからね。じゃあ僕は一旦帰るけど、本当にヒューンの討伐頼んだからね」

そう言いながら、創造神は真剣な視線をヒイロに向ける。

「分かってるとは思うけど、今、教会の勢力下にある国の住人達は本当に酷い有《あ》り様《さま》なんだ。黙々と働き、寝て、食事をする。何の娯楽も求めず、ただひたすらにその行動の繰り返しだ」

そこで言葉を切った創造神は俯いて、大きく息を吐く。

その姿に、なんだかんだ言っても創造神はこの世界の人を大事に思っているんだなと感動するヒイロ。しかし、次に顔を上げた創造神の表情には、うんざりという色があからさまに浮かんでいた。

「あんな人間達、見ててちっとも面白くない。あれを見てるくらいなら、アリでも観察してた方がよっぽどマシなんだよ。馬鹿げた行動をする人間がこれ以上増えないように、本当に頼んだよ、ヒイロのおっさん」

そう言い残して、創造神の姿はスッと消えた。

その場には唖然とする面々が残されたのだが、不意にネイがワナワナと震えながら拳を振り上げる。

「あの、腐れ創造神！　やっぱり娯楽対象がつまらなくなったから何とかしたいだけじゃない！」

「まあまあ、ネイ。創造神様なりの照れ隠しかもしれませんよ」

「な訳ないでしょ」

創造神への不満を爆発させるネイを宥めつつ、ヒイロは真顔になる。

「ですが、勇者だけでなく神族ですか……」

「勇者の絶対的な防御力と攻撃力に加え、神族の精神攻撃か……今のままではヒイロとニーア以外はちとキツイかもしれんな」

ヒイロの心配するような言葉に、バーラットも頷く。すると、同意を得られたヒイロは意を決したようにバーラットを見る。

「勇者達の相手は、私が一人でやるべきでは……」

しかしそんなヒイロの提案は、すぐに仲間達のジト目に遮られた。

「ヒイロさん。私達から勇者への復讐の機会を奪う気ですか？」

セルフィスの笑顔から繰り出されるドスの利いた声に、ヒイロは「うぐぅ」と呻く。

「ぼくらに手を出すなって言うのヒイロ。それじゃあ、ぼくらの存在意義って何なのさ？」

「そうです。何でも一人で解決しようなんて、優しさでも何でもないですからね、ヒイロさん」

「暗に私達が頼りにならないって言ってるようなものだからね」

「ええ、それは悲しいことですよ、ヒイロさん」

ニーア、レミー、ネイ、ヒビキの女性陣四人からも非難され、ヒイロは「あうあう」と自分の発言を後悔し始める。そんな彼に、バーラットが冷ややかな口調でとどめを刺しにかかった。

「大体、神族の相手をしなきゃいけないっていうのに、その前に勇者達の相手をして手の内を晒す気か？　てめぇは神族だけに集中してろ！　勇者達の相手は、俺らがしてやるからよ」

バーラットの本気が滲む口調に、さすがのヒイロも口を閉ざしたが、すぐに妥協案を出す。

「でしたらバーラット。せめてアレを使って武防備の強化をはかるべきではないですか？」

「ああ、アレか……確かに出し渋ってる場合ではないが、扱える職人が近くにいるかどうか……」

「アレって何のことです？　話の内容から、武器や防具を新調したいとお考えのようですが、それならば私が作れますよ」

ヒイロとバーラットの会話に興味を示したセルフィスが、割って入る。

ヒイロとバーラットは突然の申し出に同時に振り向き、セルフィスをまじまじと見た。

「武器と防具を作れるって……お前、魔道具技師じゃなかったのか？」

「ええ、本職はそうなんですが、千年間もろくな素材がない場所に閉じ込められてましたから、職人達の間で取り合いにならないように、私が窓口になって素材を全て引き受けていたんです。それで、必要な物の製作は全て私が行なっていたんですよ」

いかにも仕方なくと言った感じで話すセルフィスを、実際は自分の製作意欲を満たす為に職権濫用《しょっけんらんよう》して素材を集めていただけだと知っているティセリーナとグレズムは、苦笑いで見ていた。

そんなことは露知《つゆし》らず、千年という人間では到底到達できない時間を製作に費やしてきたセルフィスの実力に、ヒイロとバーラットは期待する。

「他に当てもないし、やらせてみるか」

「ですね。とりあえず素材を見てもらいましょう」

バーラットにそう答え、ヒイロはマジックバッグ経由で時空間収納から次々と素材を取り出しテーブルの上に置いていく。

あっという間に素材の小山が出来上がり、その品々を見たセルフィスは目を輝かせた。

「これは！　まさか、エンペラー種の素材！」

鱗《うろこ》や牙を手に取り、嬉々として【物質鑑定】のスキルで確認していくセルフィス。

「ほう、エンペラーレイクサーペントの素材ですか。鱗や牙がこんなに沢山！　アレは私達が封印されるちょっと前に現れたエンペラー種でしたから、素材を手に入れる機会がなかったんですよね……」

嬉しそうに鑑定をしていたセルフィスだったが、その素材の量に徐々に表情を歓喜から不審なものへと変えていき、饒舌《じょうぜつ》だった口数も無くなった。そして、素材の中から肋骨《ろっこつ》と目玉を見つけると、頬を引きつらせながら視線をヒイロへと向ける。

「鱗や牙はまだ分かります、たまに抜け替わるでしょうから。ですが、骨や目玉までありますね。さすがにこれらは抜け落ちないでしょう……まさか、ヒイロさん……」

信じられないと言わんばかりのセルフィスに、ヒイロはポリポリと頬を掻く。

「えっと……私が倒しちゃいました」

「……それでイワナー湖にエンペラーレイクサーペントの気配が無かったのか……」

ヒイロの告白と、背後からのティセリーナの呟きを受けて、セルフィスはあんぐりと口を開けた。

しかしそれも一瞬のことで、彼はすぐさま、瞳を少年のように輝かせる。

「まあ、それはさておき、これほどの素材があるのなら、最高の逸品を作ってみせますよ」

「置いとくのか！」というティセリーナのツッコミも無視して、自信ありげなセルフィス。そんな彼の出端《でばな》を挫くように、レミーが口を挟んだ。

「でも、エンペラーレイクサーペントって水属性ですよね。火と風属性になったニーアとは相性が悪いんじゃないですか？」

「あー、そうですね」

セルフィスが素材に視線を落としながら考えていると、彼の視界の端に、鮮やかな赤色が映った。

白い骨やエメラルドグリーンの鱗の中で異彩を放つ赤色。それを人差し指と親指で摘み、セルフィスはニッコリと微笑む。

「ありましたね。ニーアととても相性の良い素材が」

それはフェニックスの分体が姿を変えた、燃えるように赤い羽だった。

「あとは、製作をする為の作業場が必要なんですが……」

どうしたものかと尋ねるセルフィスに、レミーがニッコリと笑う。

「それならこの屋敷の離れにありますよ」

「おいおい、貴族の屋敷の敷地に何でそんなもんがあるんだ？」

呆れるバーラットに、レミーは人差し指を立てながら振り向く。

「ここを何処だと思っているんですか？　様々な新しいものを生み出す、メルクス様の屋敷ですよ。鍛冶場や木工所など、趣味と実益を兼ねた施設は設置済みです」

自慢げなレミーの発言に、嬉しそうにセルフィスは立ち上がった。

「それは、ありがたい。では、時間もないことですし、早速取り掛かりたいのですが」

「メルクス様に作業場の使用確認をいただければ、すぐにでもご案内できますけど」

「早速お願いします」

セルフィスに急かされてレミーは立ち上がり、二人は部屋を出ていった。

第12話　ヒイロと超越者と全魔法創造と

その日の夜、ヒイロは夢の中、真っ暗な空間に立っていた。

（お二人さん、いらっしゃいますか？）

《おう》

〈ええ、勿論です〉

ヒイロの呼び掛けに、暗闇の中から声が返ってくる。

一つは男の声で横柄に、もう一つは女性の声で優しく。

そして二人は闇から浮き出るように姿を現した。

ヒイロのスキルである【超越者】と【全魔法創造】が人型をとった姿である。

「お二人とも、先程の話は聞いていましたか？」

《ああ、勇者と神族を敵に回して大暴れするってやつだな》

〈違いますよ、【超越者】。勇者を改心させて、神族の方を肉体から解放するという話です〉

呆れ顔の【全魔法創造】に、【超越者】は意外そうな顔を向ける。

《似たようなもんだろ。結局は暴れるのだから》

〈違います。貴方のニュアンスでは、全てを破壊するようにしか聞こえないじゃないですか〉

《それで良いではないか。それこそが、我々の存在意義なのだから》

〈一緒にしないでください。私の本質は創造、破壊を本質とする貴方とは違います〉

「まぁまぁ、お二人とも落ち着いてください」

現れて早々に意見をぶつけ合うのをヒイロが宥めると、【超越者】と【全魔法創造】は、同時に彼の方へと振り向いた。

二人が聞く態勢になってくれてホッとしながら、ヒイロは本題に入る。

「お二人とも、事情を知っていて助かります。それで確認なんですが【超越者】さん。私は今、貴方をどれくらい使いこなせていますか？」

ヒイロの曖昧な質問に、【超越者】は難しい顔をしながら顎に手を当てた。

《ふむ、そうだな……力の解放で言えば百パーセントに近付いているが、技術面ではまだまだだな》

「技術面、ですか――」

それはヒイロにも自覚があった。

特訓の甲斐《かい》もあって、意識していれば、【超越者】を百パーセントに解放した状態でも力の加減は思い通りにできる。しかし、その状態では、【格闘術】の恩恵がほとんど得られていないのだ。

【超越者】と【格闘術】両方を自在に操るのは、ヒイロにはあまりにもハードルが高すぎた。

それ故にヒイロ独特の動きが生み出されていて、戦い慣れた者にとっては予測が難しくなっていた。

そう考えればプラスの面ではあるのだが、それはあくまで無駄な動きであり、【超越者】から見たらまだまだだという評価にしかならなかった。

「それを身につけるには、もっと時間が必要でしょうね」

《だが、勇者どもはそんな時間を待ってはくれまい》

「ですよね」

【超越者】の言葉には、どちらかを犠牲にして思いっきり暴れれば良いじゃないかというニュアンスが含まれていた。それを汲み取りつつ、ヒイロは困ったもんだと後頭部に手を当てる。

【格闘術】を犠牲にする、つまり技術面を疎かにすれば、意図しない場所に攻撃が当たって、力を加減していても相手を殺しかねない。逆に【超越者】を犠牲にした場合は言うに及ばず、力加減ができずに、当たった場所など関係無しに相手を肉塊に変えてしまいそうだ。

どちらにしても人間相手に使える戦法ではない。

これが自分より遥かに弱い相手ならば、ヒイロも悩みはしなかっただろうが、今回の相手はエンペラー種を倒した勇者。手加減して倒せる相手ではないと、ヒイロは判断していた。

「う～ん……【超越者】さん、質問なんですが」

《何だ？》

「セントールでやった、【超越者】さんが私の身体を操る技。あれって、私の意識がある状態でもできますか？」

《何だと？　あれは宿主の意識が無かったからできた行動であって、二つの意識を一つの身体に保たせるなど、できるわけが……》

〈いえ、一つの身体に二つの魂を入れることはできませんが、私達は魂の無い意識だけの存在。一概にできないとは言えないのでは？〉

否定しかけた【超越者】の意見を、【全魔法創造】が訂正する。

その言葉に期待を込めて顔を向けるヒイロに、【全魔法創造】は微笑みながら頷いた。

〈ケロベロスなどは、三つの意識が同居していますし、決して不可能ではないと思いますよ〉

《あれは、頭が三つあるだけだろ》

〈ですが、一つの身体に三つの意識があることには違いないでしょう。それとも【超越者】――〉

迷惑そうな【超越者】へと、【全魔法創造】は挑発的な視線を返しつつ言葉を続ける。

〈魔物にできて、貴方にはできないと?〉

その言葉に、【超越者】のこめかみに青い筋が浮かんだ。

【超越者】は、自身はあくまでもスキルであって使用者の能力の一部でしかなく、一緒に戦うことは役目ではないと考えていた。それ故にヒイロの提案を躊躇していたのだが、好戦的な性格が災いして【全魔法創造】の挑発に思わず乗ってしまう。

《ああ、我にできないことなどない! 宿主とともに勇者どもを蹴散らしてくれるわ!》

〈あら、頼もしい。それで宿主殿、私にできることは無いのでしょうか?〉

息巻く【超越者】を軽くあしらい、【全魔法創造】はヒイロに向き直る。そんな彼女にヒイロは苦笑した。

「あの……別に勇者達を蹴散らすつもりはないいんですが……」

〈ああ、あれは【超越者】特有の表現ですから、深くは追及しなくても大丈夫ですよ〉

「そうですか。では、【全魔法創造】さんにもお願いが。いくつか、新しい魔法を作っていただきたいのです」

〈そんなことならお安い御用ですよ〉

あっさり頷いた【全魔法創造】に、ヒイロはいくつかの案を伝えていったのだが、その最後の魔法案を聞かせると、【全魔法創造】は難色を示した。

〈あの……宿主殿……その魔法は……〉

「できれば使わない方が良いでしょうけど。相手は神族、こちらも全力で挑まなければいけません」

〈ですが……〉

「お願いします、【全魔法創造】さん。この魔法は間違いなく必要になると思うのです」

食い下がるヒイロに、【全魔法創造】は諦めて頷く。

〈……分かりました。宿主殿の願いとなれば、全身全霊をもってお作りしましょう〉

「お願いします」

願いを聞き入れられ安心したのか、ヒイロはゆっくりと、意識を二つのスキルから離していった。

ヒイロの意識が消え、二人っきりになると、【超越者】が【全魔法創造】へと話しかける。

《おい、さっきの魔法……本気で作る気か？》

〈それが宿主殿の願いですから〉

《だが、宿主は間違いなく使うぞ》

そんな魔法を使われれば……その先に待ち受ける結末を想像して、【超越者】の表情は険しくなる。

しかし、そんな彼に【全魔法創造】はニッコリと微笑んだ。

〈実は、既存の魔法の中に、宿主殿の望む魔法があるんですけどね。そんなもの、宿主殿に習得させるわけにはいきませんから、似て非なるもの……私が生み出した新しい魔法を習得してもらいます〉

《いや……それは宿主が望む魔法なのか？　宿主はその魔法を使った後に起きることまで含めて、必要だと言ったのではないのか？》

微笑む【全魔法創造】に、【超越者】は狼狽《うろた》えながら聞く。しかし、【全魔法創造】の表情は、全く崩れることはなかった。

〈私は、宿主殿の為だけに存在しているのですよ？　その私に、あんな馬鹿げた魔法を宿主殿に授けろと、【超越者】はそう言うのですか？〉

《いや……それは、その……》

【全魔法創造】の笑顔の迫力に、【超越者】は言葉を紡ぐことができない。

完全に迫力負けである。

どんな結末になろうとヒイロの望む通りにしてやりたいと思う【超越者】と、それが破滅へ繋がるならば、逆らってでもヒイロを救わんとする【全魔法創造】の戦いは、そうして決着がついた。

第13話　ホクトーリク軍到着

数日後、ヒイロ達はメルクスの屋敷の前で、挨拶に来たとある人物と顔を合わせていた。

「やあ、ヒイロ君。久しぶりだね」

「お久しぶりです」

気軽に手を挙げて話しかけてくる人物に、ヒイロは深々と頭を下げる。

「あはは、相変わらずヒイロくんは硬いなぁ。僕と君の仲じゃないか、もっと気楽にしてくれよ」

丁寧な対応に拗《す》ねたように、挨拶をしてきた人物――ホクトーリクの王太子、ソルディアスは笑いながらヒイロに近付きその肩をポンポンと叩く。

「相変わらずなのは、てめぇもだよ。挨拶する順番が違うんじゃねぇのか？」

ヒイロの隣に立っていたバーラットが呆れ顔で忠告すると「それもそうだね」と言いつつ、ソルディアスは真顔になりヒイロ達の後方に視線を向ける。

その視線の先にいたのは、ギチリト領領主であるメルクスと妻クレア、そして母のキョウコ。三人はソルディアスからの視線を受けると、深々と頭を下げた。

「ようこそ、お越しくださいました」

「ホクトーリク王国第一王子、ソルディアス・フォン・セイル・ホクトーリク。父王から共同作戦の任を受け、参上した」

ソルディアスから威厳ある態度で形式的な挨拶を受けると、メルクス達は頭を上げる。

ソルディアスを出迎えに出たのは、メルクス達とヒイロ達一行、そしてメイド一同。

やって来たホクトーリク側のメンバーは、ソルディアスと王妃オリミル、そして護衛五人である。

その護衛の顔ぶれを見て、バーラットが顔をしかめる。

「おい、なんだその面子は？　ベルゼルク卿はどうした？」

近衛騎士団団長ベルゼルク卿の姿が見えない上に、護衛の人選に不安を覚えたバーラット。

そんな彼に、さっきまでの威厳ある姿は何処へやら、ソルディアスはニヘラと笑う。

「ベルゼルク卿には軍の進行の指揮を任せているよ。時間が惜しいからね、僕の用事の為に軍を止めるわけには行かなかったんだ」

このギチリトは、目標地点への通過点。ただでさえ時間がかかる大人数での移動なのに、領主への挨拶の為に全ての行軍を止め移動時間をロスする訳にはいかない。バーラットはそれを理解していたが、少人数の、しかも見慣れた顔の護衛しか付けていないことにため息をつく。

「だからって、護衛をこいつらに任せるなんて行為、よくベルゼルク卿が許したな」

「おや、彼等はベルゼルク卿も認める強者だよ。許すも何も、二つ返事で了承してくれたよ」

「嘘おっしゃい。護衛は彼等だよと一方的に言って、ベルゼルク卿の反論を聞く前にいそいそと軍から離れたのは貴方でしょう」

ソルディアスの虚言を一刀両断したのはオリミル。白いドレス姿に凶悪なトゲ付きメイス——カトリーヌを胸に抱くという出で立ちの彼女に、ヒイロは唖然としていた。

「オリ……ミル様？　お久しぶりです」

それでも何とか挨拶をするヒイロの姿に、オリミルは頬に手を当てながら小首を傾げる。

「ヒイロさん、お久しぶりです。ですけど、どうしたんです？　そんなに狼狽《うろた》えて」

「ヒイロ君はカトリーヌを装備してる母上を見るのは初めてじゃないですか。王妃がそんな物持ってるんですから、その反応も当然でしょう」

ソルディアスの言葉に、オリミルは驚きつつ目を見開く。

「あら、ホクトーリク王族に加わったら、こんなことで驚いていては身体が持ちませんよ」

「はい？　王族に加わる？　何のことです？」

オリミルの一言でヒイロは更に狼狽《ろうばい》し、キョロキョロとソルディアスやバーラットに視線を向ける。

ヒイロにしてみれば、セントールを離れた時点で、ソルディアスの娘であるレクリアスとの話は白紙に戻ったものだと思っていたため、オリミルの言葉は思ってもいないものだった。

そんな彼に視線を向けられた二人は、額に手を当て渋い顔をする。

「母上、まだ諦めてなかったんですか……」

「オリミル様、レクリアスとヒイロでは、年齢的に釣り合いが取れないと言ったではないですか」

孫をヒイロとくっつけようとするオリミルに、ソルディアスとバーラットが苦言を呈する。しかしオリミルは、眉間に皺を寄せた。

「年の差なんて、王族の結婚ではよくあることではないですか。貴方達は、ヒイロさんの情報が入ってくる度に、ヒイロ様はご息災なんですね、と一喜一憂《いっきいちゆう》するレクリアスを不憫《ふびん》に思わないのですか！」

オリミルの一喝に、二人は黙り込む。

ホクトーリクにおいて、オリミルの発言力は夫である王すら上回る時がある。現に、レクリアスとヒイロの婚姻については、バルディアス王は発言することを諦めていた。

諦めきれないバーラットは肘でソルディアスを小突き、何とかしろと促すが、ソルディアスは疲れ切った表情を浮かべる。

「あのねぇ、母上があなったら、どうしようもないの。君は知らないかもしれないけど、母上とスミテリアに組まれたら、僕や父上は太刀打ちできないんだよ」

母《オリミル》と妻《スミテリア》に頭の上がらない実情を小声で話すソルディアスに、バーラットは頬をひきつらせた。

確かにバーラットも、その二人には苦手意識を持っている。故にソルディアスに対して強くは言えないのだが、それでもここで話を進められるのはよろしくない。

どうしたものかと思案するバーラットであったが、援軍は意外なところから現れた。

「ヒイロさんがホクトーリク王家に入るのですか？」

そう発言したのはメルクスの母、キョウコ。

彼女はオリミルに臆することなく言葉を続ける。

「失礼を承知で発言させていただきますが、それはヒイロさんの承諾を得た話なのですか？　ヒイロさんは迷惑そうにしているように見えるのですが？」

「あら、確かに王家に入るとなると物怖《ものお》じしてしまうかもしれませんが、我が家はとても温かいところです。ヒイロさんもきっと気に入ると思いますよ」

挑発的な発言にオリミルは平然と返すが、それを聞いたキョウコは不快そうに片眉を上げた。

「やっぱり、事後承諾で事を進めるおつもりでしたのね。申し訳ありませんが、ヒイロさんはうちのヒビキと見合いを行なっておりまして、今は二人の距離を縮めている最中なのですよ」

「っ‼」

勝ち誇った表情のキョウコに、驚きを隠せないオリミルはヒイロ達の方に視線を向ける。

そしてその視線は、見覚えのない女性に向けられる。

「あちらがヒビキさんですね……随分とお年のようですけど、まさか、行き遅れの売れ残りをヒイロさんにあてがったのではないでしょうね」

「うっ！」

「あうっ!!」

オリミルの挑発はキョウコに、そしてそれ以上にヒビキ本人にダメージを与えていた。

その場に崩れ落ちるヒビキを哀れに思い、ヒイロはバーラットとソルディアスに何とかしてほしいと視線を向けるが――

「あれの仲裁《ちゅうさい》をしろってか！　無茶言うな」

「あの流れ弾の威力を見たでしょう。あの矛先がこっちに向いたらどれほどの被害が出るか、想像に難くないですよ」

二人は動くつもりはないようだ。

「うちのレクリアスはまだピチピチの十七歳。ヒイロさんがどちらを選ぶか、明白ですよねぇ」

「あら、そんなに歳が離れていては、話題も合わないんじゃないですか？　やっぱり、歳は近い方が何かと良いと思うんです」

ヒイロ達が逡巡している間にも、オリミルとキョウコは火花を散らして攻防を繰り広げていた。

そんな二人に割って入る勇者がいた。

「御義母様、その辺にしてはいかがでしょう。仮にもお相手はホクトーリク王国の王妃様、さすがにそれ以上は失礼にあたります」

既に失礼を通り越してしまっているが、まだセーフな体《てい》で仲裁に入ったのは、クレアだった。

「オリミル様はレクリアス様とヒイロの婚姻をお望みのようですから、レクリアス様と結婚し王室に入ったヒイロの側室という形なら、ヒビキさんとヒイロの婚姻も可能なのではないでしょうか」

クレアの提案に、オリミルとキョウコは視線を交わすと、頷き合いながら握手を交わした。

一瞬で二人の仲を取り持ったクレアは、ヒイロ達に向かって勝ち誇ったようにウインクする。

しかし、そんな当事者であるヒイロは、(なんてことをしてくれたんですか！) と心の中で叫びながら頭を抱えるのだった。

「……話が大分脱線してしまいましたが、改めてようこそお越しくださいました、ソルディアス王太子殿下」

「なんか、君も大変そうだねメルクス殿」

改めて挨拶を仕切り直すメルクスに、オリミル級の女性二人に挟まれていては苦労も絶えないのではないかと、親近感を覚えたソルディアスが握手を求めて手を出す。

メルクスはその手を握りながら首を左右に振った。

「私はあの二人が会話を始めたら空気になることに徹してますから、それほどでもありませんよ」

「それは素晴らしい。その処世術の極意、お教え願いたいものだ」

そんなソルディアスに、メルクスは微笑む。

「とにかく、二人が話し始めたら目を合わさず口を挟まないことですね。私の立場が悪くなるような真似はしてませんから」

「なるほど、僕はそこまでの域には達していないからなぁ」

身近な脅威への対抗策について話し始めた二人に、また話が脱線し始めているとヒイロが口を挟む。

「あのー、お二人とも、そろそろ本題に入った方が良いんじゃないでしょうか」

「おっとヒイロ、そうだったな。それではソルディアス王太子殿下、屋外で恐縮ですが、こちらで新たに得た情報をお話しします」

襟を正し、ソルディアスと話し始めるメルクス。

ここからは貴族と王族の話し合い。邪魔にならないようにヒイロ達が二人から少し距離を取ると、護衛役としてソルディアスに付いてきた五人が近付いてくる。

「お久しぶりです、バーラットさん、ヒイロさん」

先頭で爽やかに手を挙げたのはSSSランクの冒険者、マスティス。

「久しぶりだな、マスティス。何でお前がいるんだ？」

「何でって、コーリの街に寄ったところで国からの召集がかかって、ソルディアス王太子様の軍と合流したんですよ。それよりも、頼りない護衛っていうのは酷いんじゃないですか？」

笑顔のまま非難の声を上げるマスティスに、バーラットは苦笑いする。

「いや、お前はまだ良いんだよ。だが、他の奴らがなぁ」

「それって、俺達のことですよね。まぁ、実力不足なのは認めますけど」

マスティスの後ろにいたレッグスが、バーラットの指摘を素直に受け止めて愚痴を零す。

レッグスの周りにはリリィ、バリィ、テスリスがいたが、三人とも王太子の護衛という重大な任務中の為か、緊張で無口になっていた。

そんなレッグスパーティの様子を見て、からかわずにはいられない者が目を光らせる。

「何だよ、随分大人しいじゃないの。いつもの馬鹿騒ぎはどうしたのさ」

ニーアである。

彼女はヒイロの頭から飛び立つと、レッグス達の周りを飛び回りながら煽る。四人はそんなニーアを恨めしげに見ていた。

「あのねぇ、ニーア。俺達は重要任務の最中なんだよ。確かに色々と積もる話はあるけれども、気を抜くわけにはいかないの」

マスティスに連れられてヒイロ達の元には来たものの、斥候担当であるバリィは、絶えずソルディアスの方に気を向けていた。レッグスやリリィ、テスリスも落ち着かずキョロキョロしている。

いつも騒がしい四人だが、根は真面目なのだ。護衛の任務を忠実に全うしようとしている。

そんな彼等の様子に、バーラットとマスティスは苦笑いし、ニーアは嘆息する。

「ねぇ、レッグス達ってもしかして、本気でここに危険があると思ってるの？」

「だろうな。自分達が飾り物だと気付いてねぇ」

バーラットは苦笑いのままニーアに答える。

ニーアですら気付いていることに、仮にもSランク冒険者が気付かないのかと、内心呆れていた。

ここはニンジャ発祥の地であるギチリト領の中心都市、ウツミヤ。

街の中には領主メルクスの息がかかった者が潜伏し、隅々に至るまで目を光らせているのだ。たとえその網を潜り抜けここに辿《たど》り着く猛者《もさ》がいたとしても、ここにはヒイロ達やニンジャの精鋭たるメイド軍団がいる。はっきり言ってレッグス達の出番はないのである。

だからこそ、ベルゼルク卿も彼等を護衛とすることに強く反論しなかったのだろうが、全く気付いていないレッグス達を、さすがのニーアも哀れに思った。彼女はレッグス達の側でホバリングすると、彼等の立場を懇切丁寧《こんせつていねい》に伝える。

「何だよ。ソルディアス王太子様の信頼が厚いと思ってたのに！」

「いい面の皮っすね。あー、気を張ってて損した」

「ヒイロ様、お久しぶりです。あら、そちらの方々はどちら様でしょう？」

「お前ら……形だけとはいえ一応、王太子様の護衛なのだぞ。変わり身が早すぎるのではないか？」

あっさりといつもの調子を取り戻すレッグス、バリィ、リリィの三人と、呆れるテスリス。

そんな四人の様子に微笑むヒイロは、いち早く自分の側に駆けつけたリリィの疑問に答える。

「こちらは、冒険者の智也君とミイさん。それに、ヒビキさんです。それと……」

三人を紹介した後で、魔族の四人に視線をやったヒイロは言葉を止めた。

魔族達は肌の色を人と同じにしているのだが、セルフィスは白衣でティセリーナとマリアーヌはドレス、グレズムはタキシードという服装だ。とても冒険者仲間だとは説明できない。

困ったヒイロは、「協力者の四人です」と細かい紹介を放棄した。

背後から「おい、俺達はそれだけか！」「我等をモブ扱いするな！」という非難の声が上がるが、ヒイロ達の会話は構わず続けられる。

「あら、バーラットさん達の装備が変わってますね」

「あっ、本当っすね。どうしたんすか？」

目敏《めざと》く装備の変化に気付いたリリィとバリィ。

ヒイロやレミーの服装は変わっていないものの、バーラットとネイ、ニーアの装備は元のデザインはそのままに、カラーリングが白やエメラルドグリーンに変わっていた。

これは、エンペラーレイクサーペントの鱗や骨からセルフィスが作り上げた装備で、智也やミイ、ヒビキの装備も新調されている。

「いいでしょ。ぼくなんか、専用の武器も作ったんだから」

自慢しながら、ニーアは腰に差していた真紅《しんく》のレイピアを抜いて見せた。

「へー、でも、そんなマチ針みたいな武器、役に立つのか？」

ニーアの掲げるレイピアを間近で見ながら、レッグスが懐疑的な表情で顎に指を当てる。すると、その言葉にこめかみをヒクつかせたニーアが、サクッとレッグスの額にレイピアを突き立てた。

「おー！　いってぇぇぇ！」

額を手で押さえながら、レッグスはゴロゴロと地面を転げ回る。

ニーアのレイピアの正式名称はレイピアスタッフ・オブ・ザ・フェニックスといい、レイピアの形状でありながら、魔道士の杖のように魔法補助の役割も担っている。更にレイピアとして使った際には、痛覚を最大限に高めるといういやらしい能力を秘めていた。この効果は傷口を塞ぐまで続くので、今のレッグスのように痛みで悶《もだ》え苦しむ羽目になるのである。

「ニーア、その武器は危険だから無暗に使ってはいけないと言ったじゃないですか……パーフェクトヒール」

ニーアに小言を言いながら、ヒイロはレッグスに回復魔法をかける。

「酷いじゃないか、ニーア……ってあれ？　ニーアってこんなに大人だったっけか？」

今更ながらにニーアの変化に気付いたレッグスが言うと、リリィとバリィもニーアの方に視線を向けて驚く。

そんなことにも気付かないほどに緊張してたのかとヒイロは微笑んでいたが、不意にその顔をマスティスの方に向ける。

「そういえば、マスティスさんはコーリにいたと言ってましたが、どのような用事だったんですか」

「ああ、バーラットさんの後始末ですよ」

「はぁ？」

バーラットがすっとんきょうな声を上げると、マスティスはヒクッと頬を引きつらせた。

「まさか、忘れてた訳じゃないでしょうね。僕を後釜に指名したキタタカの街の件ですよ」

「ああ、アレか。お前が動いたということは、やはりティスマ熱はまた流行したのか？」

「やはりって何ですか！　もしかしてバーラットさん、ティスマ熱がまた流行するって、確信していたんじゃないでしょうね」

「いや、そこまではなかったんだがな――」

詰め寄るマスティスを、バーラットは面倒くさそうに押し返す。

「ポイズンラットの変異種が二桁単位で現れていたから、自然発生ではねぇな、とは思っていた」

「やっぱり確信してたんじゃないですか！　森の中を捜索しまくって、やっとコレを見つけた僕の苦労を少しは労ってくださいよ！」

マスティスはそう言うとマジックバッグから黒い箱を取り出し、バーラットの目の前に突き付ける。

その瞬間、背後から「あっ！」という大きな声が響いた。ヒイロ達が何事かとそちらを振り返ると、セルフィスの口を慌てた様子で塞ぐティセリーナとグレズムの姿があった。

「どうしたんです？」

「いや、何でもない」

抵抗するセルフィスを押さえつけながらヒイロに返事をするティセリーナ。しかし、そんな彼女とグレズムを押し退け、セルフィスが前に出る。

「その箱！　私に預けていただけないでしょうか」

「えっ、これをですか？」

黒い箱を指差しながらのセルフィスの申し出に、マスティスは困惑してバーラットへと顔を向ける。

「これは一応、キタタカの異変の鍵を握る証拠品なんですけど……」

「どっちにしろ、後で調べるつもりだったんだろ。あいつはあれでも腕の立つ魔道具技師でな、預ける価値はあると思うぞ。まあ、決めるのはそいつを拾ったお前だが」

バーラットはセルフィスの反応から、魔族と箱に何かしらの関係があるのではと推測していた。

そして、こう言えばマスティスなら黒い箱をセルフィスに預けるだろうとも確信していた。

そんなバーラットの目論見通りに――

「分かりました。バーラットさんが信用しているようなので、この箱は貴方に預けます」

マスティスはあっさりと黒い箱をセルフィスに渡した。

「バーラット……あれって……」

「今は言うな。ホクトーリクで色々と策略を巡らせていたあいつらのことだ、あの箱もその一環だったんだろうさ」

「それを持ち主に返すように誘導したんですか？　立派な証拠隠滅じゃないですか」

「あいつらに、箱を手に入れようと下手に動かれるよりはマシだろ」

ヒソヒソと話すヒイロとバーラットの元に、メルクスとの話を終えたソルディアスが近付いてくる。

「バーラット、ヒイロ君。君達は勇者との直接戦闘を望んでいるんだって？」

ソルディアスの表情は曇り気味だ。

アースジャイアントを勇者が倒しているという情報は、元々ソルディアスも持っていた。

それに加えて、勇者達がフェニックスすらも倒していること、そしてその勇者達をヒイロ達が受け持つことをメルクスから聞かされて、ソルディアスは柄にもなく不安になっていた。

そんなソルディアスに、バーラットは頷く。

「ああ、そうだ。勇者達が持っている能力のことも聞いたんだろ」

「うん、強力な精神操作だってね。有象無象では相手の術中に嵌《はま》りかねないから、ラスカス王は喜んで勇者討伐を君達に任せたって」

「だったらお前も、喜んで俺達に任せればいいじゃねぇか」

バーラットがそう言うと、ソルディアスは盛大にため息をついた。

「そうは言ってもね。ラスカス王と違って、僕にとって君達は大切な家族なんだよ」

王の後継者としては甘いかもしれないが、ソルディアスは本当なら行かせたくないと本音を吐く。

そんなソルディアスの右肩にバーラットが、左肩にヒイロが手を置く。

「何をふざけたこと言ってやがる」

「これで最後って訳じゃないでしょうに」

二人が笑ってそう言うと、ソルディアスは「そうだよね」と顔を上げた。

「じゃあ、せめてマスティスとレッグス達を君達に付けようじゃないか」

「はぁ？　マスティスはまだしも、レッグス達じゃまだ、足手まといだろ」

突然のソルディアスからの申し出に、バーラットは目を剥いて思わずそう零す。そのせいで、「足手まといってどう言うことですか！」「いや、実際そうなりそうだから強くは言えないっすけど」「私はヒイロ様とご一緒できるなら、なんと言われようとも文句はありません」などと外野から様々な野次が飛んできた。

そんな騒音の中、ソルディアスはようやく彼らしさを取り戻してニッコリと微笑んだ。

「だって、ヒビキさんはトウカルジアの冒険者なんだろ。だったらホクトーリクとしても冒険者を出さないと不公平だよね」

「いや、俺達は元々ホクトーリクの冒険者なんだがな」

ソルディアスの打ち出した論理のめちゃくちゃさに、バーラットは頭を抱えたのだった。

第14話　戦いの前に

ヒイロ達は、ホクトーリク軍とともにウツミヤの街を後にした。

何事も無くトウカルジア国首都トキオに到着し、合流したソルディアス達とトウカルジア国軍は、チブリア帝国のナーゴを目指す。

現在ナーゴの街は、既に一番外側の壁を破られているものの、中心部の城とその周辺を囲う城壁は未だ破られていないという。

そこでトウカルジア、ホクトーリク連合軍がナーゴで城を囲む教会軍へと攻撃を仕掛けると同時に、ヒイロ達が勇者達へと強襲をかける手筈になっていた。

そのため、ヒイロ達はトキオから先は、軍とは別行動を取っており、今現在、ナーゴを目前にしつつ、小高い丘の上で野営を行なっていた。作戦の決行は翌日早朝、もう間近に迫っている。

「大変です！」

身を潜めつつ仮眠を取っていたヒイロ達は、突然の声に目を覚まし身を起こした。

作戦決行が迫り気が張っていた為、全員の眠りが浅かったようだ。この声で起きなかったのは、神経の図太いニーアぐらいだった。

「何事ですか？」

キョロキョロと声の主を探したヒイロは、薄暗い闇に紛れる黒装束の二人を見つけて声をかける。

声の主は、レミーの姉であるエリーとミリーであった。

二人が同時に現れたことにただならぬ不安を感じたヒイロに、エリーとミリーは急いでいたのか、息を切らしながら話し始める。

「魔物の……」

「……大氾濫《だいはんらん》です」

「何だと！」

その報告に、バーラットが大声を張り上げると、さすがのニーアも目を覚ました。

「何さ？　何なのさ？」

不意をつかれて驚くニーアをよそに、バーラットは話の続きを急かす。

「それで規模は？」

「約一万。ランクSの魔物も、少なくない数が交じっているそうです」

「その大軍勢がナーゴに向かって進軍中です」

話しながら短時間で息を整えたエリーとミリーだったが、その緊迫した姿が、脅威が眼前まで迫っていることを物語っていた。

「フェニックスがいなくなった影響ですね。まさか、こんな最悪なタイミングで起こるとは……」

青ざめるヒビキ。他の者も無言であった。

魔物の大氾濫は、そうそう起こることではない。

通常、魔物というものは、魔物同士の争いや冒険者の活躍によって、その数が一定以下に抑えられる。しかしエンペラー種のお膝元では、魔物同士の争いが減り、冒険者に狩られる程に目立った行動もしないので、潜在的な魔物の数はそれなりに多いのだ。

今回は、そんな魔物達がフェニックスの抑圧から解放されて、一気に噴き出したのである。

「――それで、軍の見解は？」

「作戦は延期せざるを得ないと」

「だろうな。魔物の横槍を受けては、戦いの展開が読めなくなる」

エリーの言葉にバーラットが頷く一方で、ヒイロは不安そうに口を開く。

「それは、魔物に対してトウカルジアとホクトーリクは動かないということですか？」

そんなヒイロの心中を察して、エリーは心苦しそうに頷いた。

「はい。我が軍は今、ナーゴの北東から進軍中でしたが、いまだ教会側には気付かれていません。ですから、魔物討伐に打って出ることはできないと」

「それでは、ナーゴの方々はどうなるんですか？」

「教会側は、先日軍に合流した勇者が有志を募《つの》って、魔物の対処に当たるそうです」

教会側の軍に潜入している者からの情報を伝えるミリー。

それを聞いて、教会側は動いているのに自分達は動けないのかと、ヒイロがソワソワしだす。

「有志はどれほどの数なんだ？」

その人数によっては、ヒイロの不安を取り除けるのではと考えてバーラットがそう尋ねたが……

「教会が雇って連れてきていた冒険者の中から、百名程が手を挙げたそうです」

ヒイロやバーラットは勿論、他の者達もその数の少なさに曖昧な表情を浮かべる。

「勇者がいるとはいえ全部を倒すのには時間がかかるだろうし、その前に魔物達が街を襲うわね」

たとえナーゴの街を囲う防壁をうまく利用したとしても、たった百人で一万を超える魔物を押し留められる訳がない。ネイの憶測は正しいだろうと、バーラットは沈痛な思いで頷く。

だからといって、自分達が動くこともできない。自分達は対勇者の強襲部隊であって、本隊以上に敵に見つかるわけにはいかないのだ。

だが、ヒイロの見解は違ったようだ。

「バーラット、これはチャンスではないですか」

「チャンスだと？」

「ええ、勇者が教会の軍と離れて単独で動いているんですよ」

「百人の冒険者も一緒なのに単独と言えるか！」

バーラットとて、ヒイロの気持ちが分からないではない。自分達が動けば、その分だけ助かるナーゴの住民が増えるのだ。

しかしそう上手くはいかないだろうと、冷徹に一喝するバーラット。

ネイやヒビキ達も、ヒイロの心中を察しながらも、バーラットに同意するように黙り込む。

しかし、そんな中でヒイロに味方する者がいた。

「そんな冒険者なんて、邪魔ならぼくのトルネードで吹き飛ばせば良いんだよ」

ニーアである。

ヒイロの頭の上に飛び乗り胸を張るニーアを、バーラットはまじまじと見た。

今の彼女は、この世界でもトップクラスの魔導師と言える。そんな彼女の使うトルネードなら、確かに並みの冒険者では耐えられないだろう。しかし、たとえ冒険者達を排したとしても、ここで騒ぎを起こせば教会側の本隊に気付かれる。

バーラットはそこまで考えたところで、ふと思いついた。

「そうか、作戦の順番を逆にすれば良いのか」

そう呟きながら、バーラットはエリーの方に視線を向ける。

「俺達が勇者とぶつかり、教会軍がこちらに気を取られた隙に、本隊に突入してもらう……できそうか？」

「それは……難しいかもしれません。どんなに準備を急いでも、あと半刻はかかりますから」

「半刻か……」

元々、日が昇ると同時に作戦を決行する予定であり、トウカルジア、ホクトーリク軍はそれに合わせて行動している。

ますます頭を悩ませるバーラットだったが、一方でヒイロは光明《こうみょう》を見出していた。

「バーラット。貴方が軍を指揮していたとして、近くで大規模な爆発が起こったら、すぐに軍を動かして現場に向かいますか？」

「あん？　そんなの動かさないに決まってるだろ。もしそれが攻撃だった場合、こっちの軍が壊滅しかねな……い……なるほどな」

ヒイロの言わんとすることを察して、バーラットは再びエリーに顔を向ける。

「俺達は勇者と魔物を倒す為に行動を起こす。だから、進軍速度を速めてほしいと本隊に伝えてくれるか」

バーラットの要請にエリーは頷くと、背後に視線を向ける。

「そういうことです。ラスカス王に報告を」

小さく呟くと、いつのまにかエリー達の背後にいた黒装束の男が頷き、その場から姿を消した。

「なんだ、あんたが報告に行くんじゃないのか？」

「作戦変更で不確定要素が出る可能性がありますから、私達も同行し、本隊との連絡を行います」

エリーのありがたい申し出に、バーラットは頷くと仲間達を見渡した。

「さて、予定より行動する時間が早まったが、動くとするか」

「あ、勇者達が防壁から出てきました。街の防壁の門の前で陣取って、魔物を迎え撃つようです」

【遠見】のスキルでずっと防壁の門の辺りを窺っていたミリーから絶妙なタイミングで報告がくる。

すると、バーラットは冗談ぽく肩をすくめた。

「標的さんも出てきたみたいだが、当面の相手は魔物達だ。教会の連中が腰を抜かす一発が必要なんだが……さて、どする？」

「ぼくがやろうか？　全部吹っ飛ばしてやるよ」

力を得て以来、強力な魔法を一度も使っていないニーアが一番に手を挙げる。早く魔法を使いたくて仕方がない様子である。

そんなニーアに微笑みながら、ヒイロも手を挙げた。

「そうですね。ですが、さすがのニーアでも単発の魔法では一万の魔物を殲滅するのは不可能でしょう。ここは私も参戦します」

「ヒイロさんも？」

ニーアとヒイロの共同作業。その恐ろしさに全員が苦笑を浮かべていると、エリーが緊迫した声を上げた。

「東に砂煙。魔物が近付いてきます」

「時間が無いか。本当なら魔物を勇者達にぶつけて力を削りたいところだが、そうなると防壁の近くでヒイロとニーアの魔法を発動することになる」

「下手すると街が半壊するわね」

これまで幾度も、ヒイロの馬鹿げた魔法の力を目の当たりにしてきたネイの言葉に、バーラットとレミーが頷く。

「ということで、魔物を片付けるなら今なんだけど、ヒイロさん、どんな魔法を使う気なの？」

ネイの質問に、ヒイロはニコッと笑う。

「決まっているじゃないですか。ネイ、月はまだ出ていますよね」

「やっぱり……」

ヒイロの返答にネイは天を仰ぐ。その視線の先には、明るくなってきた空に浮かぶ、綺麗《きれい》な満月があった。

「では、魔物達が街に近付く前に片付けてしまいますよ。ニーア、合わせてください」

「了解。いつでもいいよー」

ニーアの軽い返事を聞きながら、ヒイロは魔物達がいる方を見据える。

「ルナティックレイ発動」

魔法の発動により、ヒイロの視界の右端に、数字が浮かび上がる。

「二十八……二十七……二十六……」

ヒイロがカウントダウンを始めるのに合わせて、ニーアもヒイロの頭の上で仁王立ちになり、土煙の方へ手の平を向ける。

その一方で、ヒイロがこれから発動させる魔法によって訪れる大惨事を知っているバーラット、ネイ、レミーが腹這《はらば》いに地面へと伏せる。

「おい、お前らも伏せろ」

何が起こるか分かっていない他のメンバーにバーラットが忠告すると、全員が困惑しながらも地面に伏せた。

皆が地面に伏せつつヒイロとニーアに注目すると、ヒイロの背後にはまるで月のように球体状に魔力が集まっていて、ニーアもまた、球体に負けない魔力を放っていた。

「うわっ！　なんだアレ？」

「ニーアちゃん、いつの間にあれほどの魔力を？」

「化け物が！　……敵対しなくて本当に良かった」

レッグスの声が上擦《うわず》り、リリィがニーアの魔力量に目を見開き、ティセリーナが驚きつつも安堵の息を吐く。

「五……四……三……いきますよ、ニーア」

「うん、任せて」

カウントダウンがゼロになり、ヒイロの合図にニーアが頷く。

「ルナティックレイ、発動！」

「インフェルノ・エクスプロージョン・トルネード！」

背後の魔力がヒイロに吸収され、魔物に向けていた指先から高密度のエネルギーが発射される。

そのヒイロのルナティックレイに並行して飛ぶのは、ニーアの魔法。

火系のインフェルノ・エクスプロージョンに、風系のトルネードを組み合わせたものである。

インフェルノ・エクスプロージョンはトップクラスの破壊力を誇る火魔法だが、今魔物がいる場所まで届くほどの射程はない。それを補う為に、トルネードを組み合わせたのだ。

普通は縦に発生するトルネードが、魔物に向かって横に伸びて飛んでいく。その回転に黒い炎を纏《まと》わせながら。

ヒイロとニーア、二人が放った絶対的破壊力を誇る二つの魔法は、砂煙を上げながら向かってくる魔物の群れへと吸い込まれていき、少しの間を置いて大爆発を起こした。

そして、ドーム状の黄色く輝く半円が徐々に広がっていき、その周りに黒い炎の嵐が巻き起こる。

その状況をバーラット、ネイ、レミー以外の面々は唖然としながら眺めつつ、つい上半身を起こしてしまうが、そこに爆発の余波が襲った。

「うおっ！」

「きゃっ！」

「これは、死ぬっす！」

バーラットが何故伏せていろと言ったのか理解して、全員が慌てて伏せつつ地面にしがみ付く。

しかし、ここでバーラットの予想をも裏切る事態が発生した。

「何だこれは！　熱い！」

「ぐっ！　持たんぞ、これは……」

マスティスとバーラットが苦痛の声を上げ、他の皆も苦悶《くもん》の表情を浮かべていた。

ニーアのインフェルノ・エクスプロージョン・トルネードが発する殺人的な熱が、ヒイロのルナティッククレイの衝撃波によって運ばれてきたのだ。

熱から身を守りたいが、そんな行動を取れば衝撃波に飛ばされてしまう。バーラット達は地面にしがみつきながら耐えるしかなかった。そんな地獄のような状況に——

「エアウォール。ごめん皆、張り切り過ぎちゃった」

風の壁を作り、ニーアが舌を出して後頭部に手を置く。

ニーアが発動させたエアウォールは、完全に衝撃波と熱から全員を守っていた。

ようやく一息つけて、バーラット達はノロノロと立ち上がる。

「危うくお前達の魔法で死ぬところだったぞ」

「いやはや、すみませんでした。まさか、ニーアの魔法との相乗効果でこんなことになるとは」

仲間達からジト目で睨まれつつヒイロは謝るが、その頭に乗るニーアに反省の色はない。その顔には、ぼくの魔法って凄いよね、という自画自賛が表れていた。

初めての大魔法の威力に興奮しているニーアに嘆息しながら、バーラットは破壊の限りを尽くす黒い嵐を纏う黄色いドームが広がっていく様《さま》を呆れながら見ていた。

第15話　開戦はグダグダに

「何事だ？」

騒然とするナーゴの城内で、アストリィーはキョロキョロと室内を見渡しながら呟く。

最近は朝起きると、城の一階の広間に寝かされている、傷付いた兵士達を見舞うのが日課となっていたアストリィー。

今朝も彼女は一階の広間に来ていたのだが、耳をつんざく爆音が突然轟《とどろ》いたのだ。

そしてそれに遅れて、今まで体験したことのないような強風が城の外で吹き荒れていた。

天変地異？　敵の新たな攻城用兵器？　様々な可能性を考えるアストリィーだったが、城を包囲する教会の兵のせいで、外の様子を調査できない。

そんなアストリィーの元に、慌てた様子の兵士が駆け寄ってきた。

「皇帝陛下、物見塔の見張りからの報告です！　南の平原にて、巨大な爆発を確認！　現在、その爆風が城を襲っています。なお、教会の者どもはその爆風に追い立てられる形で、城の包囲を解き後退しているとのことです」

「これほどの強風を起こす爆発だと？　一体、誰がこんな馬鹿げた攻撃を行なったというのだ！」

「分かりません。ですが、教会の兵どもも慌てふためいており、奴らの仕業ではないと思われます」

伝令兵の言葉を聞いて、アストリィーは目を瞑り静かに考える。

教会の仕業ではないとすると、トウカルジアからの援軍か。だとすれば、城の包囲が解かれた今が反撃のチャンスなのだが――

そこで辺りを見回して、アストリィーは力無く首を左右に振った。

これまでの籠城戦で、まともに戦える兵士は当初の三割を切っている。こんな戦力では、いくら相手が混乱しているからといって押し切れる訳がない。それに、援軍が来たと確定した訳ではないのだ。

せめて援軍が近くまで来ている確証があれば……

アストリィーが悔しげに親指の爪を噛んでいると、傍にシルフィーが近付いてくる。

「その爆発は、黄色い半円状の形ではありませんでしたか？」

突然質問されたことに狼狽《うろた》えながら、アストリィーを見る伝令兵。

アストリィーが答えてやれと頷くと、伝令兵はシルフィーへと向き直った。

「はい、司祭殿の仰る通りです。黄色い光が、爆心地にて確認できています」

「そうすると、やはりその爆発は教会側の何らかの工作だということか？」

元教会所属のシルフィーが知っているなら、そういうことなのだろうと落胆するアストリィーだったが、シルフィーは微笑みながら口を開く。

「いいえ、違いますよ、アストリィー皇帝陛下。援軍が来たのです」

「援軍だと？　……まさか！」

「そのまさかです」

言いながらシルフィーは、胸の前で手を組み天を見上げる。

「ヒイロさん、来てくれたのですね。ああ、神よ……感謝いたします」

ヒイロが実際に神から依頼を受けているなんて知る由もなく、シルフィーは感謝を捧げるのだった。


「何だこれは！」

ナーゴの街から少し離れた平野。そこで軍を止めていたラスカスは、突然の爆風に目を見開く。

軍を止め爆心地から距離が離れていたことが幸いし、爆風に熱はそれほど感じられなかった。

それでも爆風の威力は凄まじく、近くにいた魔道士が慌ててラスカスを守る為に魔法防壁を張る。

「これはまた、報告に聞いていたものより、数段凄まじいですね」

「全くです。過剰報告も困りますが、過小報告も考えものですね」

防壁で守られ、やれやれと呑気に乱れた髪を直しているのは、ソルディアスとオリミル。そんな二人に驚きながら、ラスカスは問う。

「ソルディアス殿、オリミル殿、貴方がたはこの突風に心当たりがあるのか？」

ラスカスからの質問に、ソルディアスとオリミルはニッコリと笑った。

「ええ、勿論ですよラスカス王。魔物を放置すれば、被害を受けるのはナーゴの街の人々。ヒイロ君は、それが許容できなかったんでしょう」

「バーラットさんがいれば、苦渋の決断でもヒイロさんを説得すると思ったのですが、彼も随分とヒイロさんに感化されたみたいですね」

これがヒイロの仕業だと笑うソルディアスとオリミル。ラスカスもそこでようやく、以前報告を受けていた瘴気を吹き飛ばしたヒイロの魔法のことを思い出す。

「なるほど、過小報告か……確かにその通りだが、これを言葉で報告しろと言うのも酷だろう」

「確かにそうですね、これは体験してみなければ分からないでしょう」

「しかし――」

言いながら、ラスカスもやっと余裕を取り戻して笑みを浮かべる。

「俺が魔導砲を作っていることを非難したヒイロが、こんな馬鹿げた威力の魔法を使うというのか。こっちの方がよっぽど危険な気がするがな」

「それは違いないですが、ヒイロ君は絶対にこの魔法を人には向けませんよ」

「ええ、そうですね。そう考えれば、権力者の持つ魔導砲よりよっぽど安全だと言えます」

魔導砲を作っていたラスカスを遠回しに咎《とが》めるソルディアスとオリミル。そんな二人に返す言葉が見つからずラスカスが曖昧な表情を浮かべていると、一人の忍者が音もなく現れる。

「ラスカス様、バーラット殿からの進言です」

「話せ」

すぐに威厳ある態度に切り替えたラスカスに、忍者は片膝をつきながら報告する。

「勇者達が魔物討伐の為、ナーゴの街から出ました。バーラット殿達はそれを足止めするので、ラスカス様には進軍を早めて欲しいということです」

「何だと？　では、ヒイロ達はあの人数で、俺達が到着するまで、勇者と教会の軍を相手にするというのか！」

驚きに言葉を荒らげるラスカス。ソルディアスとオリミルも表情を曇らせる。

そんな三人を安心させる為に、忍者は報告を続けた。

「いえ、どうやら牽制の一撃を放つようです」

「それがこれか」

合点がいってラスカスは笑い、ソルディアスとオリミルも安堵の息を吐いた。

「確かに、こんな攻撃があった直後にいきなり軍を進める馬鹿はいないでしょうね」

「ですが、我々もここでのんびりしている訳にもいかなくなりました。さっさと進軍して、教会の者達に一泡吹かせなければ」

愛メイス、カトリーヌを掲げてのオリミルの言葉に、ラスカスとソルディアスは力強く頷いた。

「何なの……これ……」

呆然とした先ノ目の疑問に、他の勇者達が答えることはない。

今の状況に、全員の理解が追いついていないのである。

白いローブの少女が咄嗟《とっさ》に張った【結界】のお陰で、勇者達はルナティッククレイの衝撃波の影響を受けることはなかった。

しかし、一緒に防壁の外に出ていた冒険者達はその恩恵を受けられず、街の防壁に叩きつけられ、今は苦悶の表情を浮かべ呻き声を上げている。

遠くに見えるのは、鼓膜《こまく》を破るような爆発音とともに現れた、黒い炎の嵐を纏った黄色に輝く半球。

「嘘だろ……何だよこれ……」

普段、余裕ある態度を取っている眼鏡の少年達も、さすがに狼狽《うろた》えていた。

ボブカットの女性も、【結界】を張る白いローブの少女も無言で青ざめている。唯一、動揺を見せないのは金髪碧眼の女性だったが、その表情は苦虫を噛み潰したようであった。

「……魔物を殲滅する為の攻撃……だよね……でも一体誰が？」

爆心地が魔物のいた辺りであることからそう判断した先ノ目は辺りをキョロキョロと見回す。

そして、少し離れた場所にある小高い丘の上に、十五、六人の影を見つけた。

その影は、爆発の黄色い光に照らされて際立っていた。

敵か味方か――

判断しかねている先ノ目の視線の先で、影達はゆっくりと丘を下り始めていた。

「魔物……ほぼ壊滅です」

ヒイロとニーアの魔法がもたらした結果に呆れながら、レミーは報告する。

「こりゃあ、生き残りがいたとしても、こっちに向かってくることはないな」

「そりゃあ、そうでしょう。たとえこっちに来たとしても、五体満足とはいかないでしょうし、俺達で簡単に対処できますよ」

バーラットの言葉に、レッグスが自信満々に返す。しかし、バーラットは何の心強さも感じずため息をつく。

「テメェらが相手しねぇといけねぇのは、そんな甘っちょろい奴等じゃねぇよ。あっちだろ」

言いながらバーラットが指差す先は、勇者と百人の冒険者が待つ防壁の南門の方向であった。

「ですよね」

「同業者が百人も相手っすか。嫌だなぁ」

「何を言っておるバリィ。我等の腕の見せどころではないか」

落胆しながら答えたレッグス。嫌がるバリィ。バリィに一喝するテスリス。そんな仲間達を見て、リリィはクスリと笑った。

「でも、落胆することも、意気込むこともないと思うわよ」

どういう意味かと三人に視線を向けられて、リリィは言葉を続ける。

「ヒイロ様とニーアちゃんのこんな攻撃を目の当たりにして、それでも敵対する気概のある冒険者が一体、何人いるかしら」

リリィの説明に、三人はポンと手の平に拳を打ち付けた。

「そうだよな。俺だったらすぐに逃げるわ」

「うむ、そうなるだろうな。自分より強いと分かっている相手には立ち向かわないのが、冒険者の鉄則だものな」

「そうっすね。でも――」

レッグスとテスリスに同意しつつ、バリィはヒイロとニーアが攻撃を放った跡地へと視線を向ける。

「ヒイロさん、俺達と一緒に戦っていた時は相当手加減してたんすね」

「それはそうでしょう、ヒイロ様ですもの。周りを配慮して、本気が出せなかったんでしょうね」

自分のことのように誇らしげに言うリリィに、三人が「おおー」と納得して頷く。

これから強敵と相対するというのに、いつもの通り騒がしい四人組。

そんなどうでも良い話の中に一つだけ、納得できるものがあり、バーラットは振り向いた。

「そうだな、みんな聞いてくれ。これからの戦闘だが、ヒイロが対峙する相手が一番厄介な敵だ」

それは当然だと、バーラットの言葉にヒイロを除く全員が頷く。

「それでだ、ヒイロの戦いが始まったら全員、極力距離を取ってもらいたい。ヒイロには気兼ねなく戦ってほしいからな」

先程のリリィの言葉通り、近くに仲間がいてはヒイロは全力を出せないだろうと、バーラットも判断したのだ。

そしてそれは、ヒイロ本人にもありがたい提案だった。

彼の相手が神族だと知らないマスティスは一瞬、強敵をヒイロ一人に任すという提案に難色を示したが、バーラットの言うことだからと納得した。

「じゃあ、そろそろ行くか」

そう言って丘を下り始めたバーラットに続いて、一行は敵の元へと進んでいった。


丘から下りてくる人影を見つけ、荒れ狂った暴風と熱に耐えられずに地面に倒れていた冒険者が言葉にならない悲鳴を上げる。

「うあっ……あああ」

あの影こそが、今の災害を引き起こした張本人だと理解したのだ。

そんな冒険者達だったが、いくらかは立ち上がった者がいた。

魔法防壁を張れた者、熱に耐性があった者、持ち前の体力と防御力で耐えきった者、仲間の冒険者を盾にした者、などである。

彼等は、倒れたまま動けない仲間達を助け起こしつつ、防壁の通用門から街の中へと逃げ出していく。「仕事は魔物の討伐だった筈、あんな化け物が相手だとは聞いてない」という捨て台詞を残して。

そうしてかなりの数の冒険者が姿を消し、その顔を認識できる距離にまで影が近付いた頃には、勇者達の元に残った冒険者は、二十人程に減っていた。

そして、やってきたのは何者なのかと目を凝らしていた勇者達のうちの一人が、不意に声を上げた。

「まさか……翔子さんと、智也さん？」

見知った顔を見つけて呟いたのは、先ノ目だった。その表情が、困惑から期待へと変わる。

「なんだ、二人が連れてきた人達だったのか。もしかして応援に来てくれたの？　確かに魔物を一掃《いっそう》してくれたのは助かったけれど、こっちの被害もちょっと酷かったかな」

親しげに話しかけた先ノ目に続き、眼鏡の少年も口を開く。

「何だい？　僕達の世界統一が順調に進んでるからって、今更合流したいのかな？　だとしたら、随分と都合の良い話だね。まあ、さっきの魔法は見事だったから、どうしても戻りたいって言うのなら考えてあげても良いけどね」

先ノ目も眼鏡の少年も、ネイと智也を格下だと思っていた。

そんな二人が自分達の前に現れたのだ、大威力の魔法を使う仲間を手土産に、また仲間に入れて欲しいとお願いしに来たのだと勘違いしても無理はない。

眼鏡の少年の仲間である二人も、ボブカットの女性も、冷笑を浮かべていた。先ノ目と白いローブの少女は微笑んでいるが、それもまた、格下が相手だと思っているからこそできる表情である。

そんな勇者達の態度に、バーラット達のこめかみに青筋が浮かぶ。

「何だ、こいつら？　馬鹿なのか？」

「馬鹿じゃなくて世間知らずなのよ。世界が自分達に都合が良いように回ってるって、信じて疑ってない。ホント、変わってないわね」

バーラットの声に、ネイが苛立ちを隠さず答える。すると、それに智也が追随《ついずい》した。

「要するに馬鹿ってことなんだろ。バーラットさんの見解は間違ってねぇよ」

そんな彼らの侮蔑の言葉は、自分達が上だと思い込んでいる眼鏡の少年の癇《かん》に障った。

「何だ君達、仲間になりたいと懇願しに来たんじゃないのか？」

「そんな訳ねぇだろ。俺達はテメェ等をぶっ倒しに来たんだよ！」

そう言いながら、立てた親指で地面を指す智也。そんな彼の態度に、先ノ目の顔から笑みが消えた。

「僕達を倒す？　つまり君達は、創造神様の為に行動している僕達の邪魔をするという訳だね」

「はっ！　創造神の為だぁ？　何くだらないこと……」

「はい、はい、喧嘩腰はそこまで。まずは話し合いでしょう」

ヒートアップしてきたところをヒイロに手で制されて、智也は黙って引く。

それを確認して、ヒイロは勇者達の先頭に立つ先ノ目に目を向けた。

「君が先ノ目君ですね」

「そうですけど、貴方は？」

「ヒイロと申します。初対面で不躾《ぶしつけ》ですが、人々を無理矢理教会に入会させるような真似は、すぐに止めていただけないでしょうか」

ヒイロの突然の申し出に、先ノ目は一瞬キョトンとしたが、その目は徐々に怒りに染まっていった。

「何をふざけたことを言ってるんですか。僕は創造神様の為にやってるんですよ！」

「君が信心深いのは良いことだと思いますが、それを他人に強要してしまっては、それは美徳とは言えないでしょう」

感情的になり始めた先ノ目とは対照的に、ヒイロの諭すような優しい口調は変わらない。その態度に、先ノ目はますます苛立つ。

「僕の行為が美徳ではない？　そんな訳ないでしょう。新しく入ってきた人達だって、今は心を入れ替えて真面目な生活をしているのだから」

先ノ目の反論を聞き、ヒイロは憐れみを感じた。

明らかに、侵略した国の人々が精神操作されていると気付いていない様子だったからだ。

やはり全ての元凶は、勇者の中に紛れた神族ヒューンなのだと、ヒイロは睨みつけようとして……

あれ？　と目を泳がせた後で後方を振り返る。

「そういえば、神族の方って誰なのでしょう？」

困惑するヒイロに、後方にいた全員が額に手を当てた。

「確かに、創造神様は神族が誰なのかは教えてくれませんでしたね」

「聞かなかった我等も悪かったけどな」

苦笑いのセルフィスに、呆れ顔のティセリーナ。

「絶対にわざと言わなかったのよ、慌てる私達が見たくて。でもお生憎様《あいにくさま》、大体想像はつくのよね」

創造神への恨みを滲ませつつ呟くネイに、全員の視線が集まる。

「分かるんですか、ネイ」

「うん。創造神はヒューンのことを彼女って言ってたでしょ。つまり、そいつは女性ってこと」

ヒイロはすぐさま正面に向き直るが、眉を八の字に下げながらすぐに振り返った。

「女性の方は三人いますが？」

「うん、そうね。でもそいつは、この世界の人間を模した姿をしてると思うの。私達と同じ、黒髪黒目の日本人的容姿じゃ珍しくて目立つから、神族がそんな容姿をしてるとは思えないのよね」

ヒイロが再び正面に向き直ろうとしたところで、智也が口を開いた。

「でもよう、相手は神技で精神操作できるんだろ。もしかして、姿も違う風に見せることができるんじゃねぇのか？」

「あのね、智也さん。創造神が言ってたでしょ。そいつの精神操作は、この世界の住人じゃない私達には通用しないって。下手に神技で見た目を誤魔化そうものなら、私達とこの世界の人達とで話が食い違って、怪しまれちゃうじゃない」

そこでヒイロはようやく向き直り、勇者達の一番後ろに立つ金髪碧眼の女性へと目をやった。

「彼女が……そうなんですね」

ギリシャ彫刻のようなプロポーションと美貌は、現実離れして見える。

その女性――ヒューンをヒイロが正面から見据えると、彼女は嫌悪感を露わにした。

それを見て、自分たちがやって来た理由がバレているのだとヒイロは直感する。

そんな彼女とヒイロが睨み合っていると、先ノ目が勝ち誇って口を開いた。

「さっきから何をやってるんです、ヒイロさん。僕の言葉に反論できなくて狼狽《うろた》えているんですか？」

「いえ、自身が正しいと信じて疑わないその姿勢、若さ故の特権だなぁと、眩しく思いまして」

ヒイロは本心からそう思っていたのだが、先ノ目にしてみれば、上から目線にしか聞こえない。

勇者になって以来、先ノ目に対する他の人間の態度は、慎重かつ丁寧なものばかりであった。

そこはヒイロも表面上は同じなのだが、明らかに今までの人達とは違っていた。

というのは、まるで自分を子供扱いしているようにしか見えないのである。

そんなヒイロの対応に、先ノ目は苛立つ。

「何だい、それは……まるで僕が間違っているって言ってるみたいじゃないですか」

「みたいじゃなくて、そう言ってるんですよ。先ノ目君、本当に創造神様が、君の行為を望んでいると思っているんですか？」

「当然じゃないですか。神様を敬愛しない愚かな者達に、その尊さを説いているんですよ。あの、崇高な創造神様がお喜びにならない訳がないじゃないですか」

ああ、とヒイロは天を仰ぐ。

先ノ目が口にする創造神は、おそらくただの彼の理想像でしかないだろう。本当の創造神とは、あまりにギャップがありすぎるのだ。

「はあ……創造神が、自分が説得するのは勇者を無力化した後だと言った訳だ」

「確かにそうね。この様子じゃ、仮に創造神本人が説得しても、本物だと信じてくれないわ」

背後から聞こえてくるバーラットとネイの会話に、ヒイロも納得してしまう。

そして、確信した。やはり戦うしかないのだと。

「ふぅ、そうですか。では本意ではありませんが、力尽くで止めさせていただきます」

本当に残念に思いながらヒイロが宣言すると、先ノ目が無表情になり、眼鏡の少年が「はぁ？」と声を上げる。

「僕達とやり合うつもりですか、貴方達は。確かにさっきの魔法は脅威ですが、あれほどの魔法、準備と詠唱にかなりの時間を要しますよね。僕達との戦闘で、使う隙なんて与えませんよ」

実際はヒイロは三十秒程、ニーアに至っては無詠唱で発動させた魔法であるが、そこを勘違いしているの眼鏡の少年の強気な発言は止まらない。

「それに僕等には、アースジャイアントを倒した先ノ目君の絶対的なスキルがあるんです――」

眼鏡の少年の言葉に、ヒイロ達に緊張が走る。

絶対的防御力を持つアースジャイアントを倒した、勇者達の未知の力。それだけは事前に情報がなかったからだ。

一体どんなスキルなのか、固唾を呑むヒイロ達の前で、眼鏡の少年の口は止まらない。

「――【一撃必殺】という、どんな相手も一撃で倒してしまうスキルがね」

眼鏡の少年が勝ち誇ったように言うと、ヒイロの仲間達は絶句する。その一方で、ヒイロとバーラット、ニーアとネイは違う意味で絶句していた。

何故ならそれは、聞き覚えのあるスキル――ヒイロがエンペラーレイクサーペントを倒した時に使ったものだったからだ。

そして、少しの間を置いてヒイロはゆっくりと口を開く。

「えっと……先ノ目君……君は彼等に【一撃必殺】がどんなスキルなのか説明してないんですか？」

「なんです、藪《やぶ》から棒に。【一撃必殺】の効果は、今彼が言ったことが全てですけど」

平然と言い放つ先ノ目に、なるほどとヒイロは思う。

彼は【一撃必殺】が使い捨てであることを、仲間に告げていないのだ。

そして同時に、可哀想だとも思ってしまう。

彼等の仲間意識は、力を誇示しなければ保てない程度でしかないことに気付いてしまったから。

その結果、スキルについて本当のことを話すのを逡巡したヒイロだったが、それで自分の仲間達が【一撃必殺】の幻想を恐れてしまっては戦いにならない。

仕方ないと意を決して、ヒイロが口を開こうとした時——

「【一撃必殺】って一回きりの使い捨てだよ。あいつはもう使えないから皆気にすることないよ」

ヒイロの背後で、ニーアが懇切丁寧に仲間達に説明していた。

「なっ！」

驚きの表情を浮かべ、先ノ目に目を向ける眼鏡の少年。他の勇者達も、同じく先ノ目を見る。そんな仲間達の視線を受けて、先ノ目はプルプルと体を震わせる。

「どうして、そんなことが分かるの？　ハッタリもいい加減にしてくれないかな」

声を上ずらせる先ノ目。しかし、ニーアはやれやれと肩をすくめた。

「【一撃必殺】はヒイロも持ってたんだよ。あんたまさか、もう使えないスキルを使えるように装って仲間を騙してたの？　そこまでしないと仲間の信頼を得られないわけ？　同じ【一撃必殺】を持ってたヒイロとは大違いだね。力を誇示するあんたとヒイロじゃあ、カリスマ性が違うよねぇ」

ここぞとばかりに煽るニーア。

他にも【一撃必殺】の所有者がいたと言われれば、それ以上の反論もできるはずはなく、先ノ目は二の句が継げない。

黙ったまま俯きプルプルと身体を震わせている先ノ目が本当に哀れで、ヒイロは手を差し伸べようとした。しかし、先ノ目は腰のショートソードを抜く。

「【一撃必殺】が無くったって、僕には【エクスカリバー】とアースジャイアントの絶対的防御力がある。僕が負けるわけがないんだぁ！」

ニーアの冷やかしに爆発する先ノ目。

こうしてグダグダのうちに勇者達とヒイロ達の戦いは始まった。

第16話　智也とミイVS名乗れぬ勇者

智也とミイは、並んで武器を構える。

智也の武器はエンペラーレイクサーペントの肋骨から鍛え上げられた、刃の広い大剣。ミイは牙を材料としたナイフの二刀流である。

その三本の剣先が向いているのは、眼鏡の少年の仲間の一人。一際痩躯《そうく》でこちらも眼鏡をかけた、妙な質感の紫色のローブを着た少年だった。

この三人が今、防壁の門から少しずつ離れていた。智也とミイは、戦いが始まったらヒイロから離れろというバーラットの言いつけを守る為に移動して、痩躯の少年もそれに付き合っていた。

「この辺で良いか」

充分に仲間達から離れたことを確認すると、痩躯の少年はその足を止める。

「ふん、俺達に合わせて仲間達から離れるなんて、テメェ、何を考えてる？」

「なに、君も知ってると思うけど、僕の力は女子達に不評でね。また文句を言われないように距離を取っただけさ。それより――」

言いながら、痩躯の少年はミイに視線を向けた。

「僕等の所から逃げ出して何をしてるかと思ったら、こんな獣人の娘を手懐《てなず》けてるなんてね。智也君は随分と良い趣味してたんだ」

少年のミイを見る目は、まるでフィギュアでも観賞するようなもので、ミイは全身を震わせた。

「君達を倒したら、その子は僕が欲しいなぁ。君、名前はなんで言うんだい？　僕はね――」

名乗ろうとした痩躯の少年の言葉は、そこで途切れる。彼の視線に耐えられなくなったミイが斬りかかったのだ。ところが――

ザシッ！

「危ないなぁ、まだ名乗ってる途中なのに」

痩躯の少年は、ミイのナイフを右腕で受け止めていた。

痩躯の少年の防具は、紫色のローブのみだが、そのローブの袖で、ミイのナイフは止められたのだ。

「ちぃ、何かのスキルか？　だったら、力押しだ！」

智也もミイの援護をする為に大剣を横に払った。その威力は絶大で、脇腹に攻撃を受けた痩躯の少年の身体が数十センチ横にずれる。しかし、それだけだった。

大剣は、ローブを斬り裂くことができていなかったのである。

勇者達は極力殺さないようにと事前には言われていたが、それでもかなりの力を込めていた智也。

それなりに自信のある攻撃をあっさりと防がれて智也は驚愕の表情を浮かべた。同じくミイも、まん丸に目を見開いて、自分のナイフと痩躯の少年を交互に見ている。

そんな二人の反応を、痩躯の少年は楽しそうに見つめていた。

「もしかして、そんな攻撃が僕に効くと思ってた？」

少年の笑みに不気味なものを感じた智也は、ミイを小脇に抱えると、背後に飛んで距離を取る。

「ふーん、仕切り直しって訳だ……でも無駄だよ。僕のローブはね、アースジャイアントの皮で作っていて、僕の【防具強化】のスキルも上乗せしている。ただのローブだから簡単に斬り裂けるとでも思ってたのかもしれないけど、勇者である僕を、そんな簡単に倒せる訳ないじゃない」

完全に勝ち誇る痩躯の少年。智也はそんな彼に言い返すこともできずに歯軋《はぎし》りする。

同じエンペラー種の素材ではあるが、生まれて一千年程のエンペラーレイクサーペントと、エンペラー種の中でも古参のアースジャイアントでは、その質が天と地ほども違う。更にスキルまで上乗せしているとなれば、その防御力は相当なものだろう。

加えて目の前の少年は、身体こそヒョロヒョロだが、成長効率を重視してきた元ゲーマーチームの一人。自分とは相当のレベルの差があるだろうと智也は思っていた。

武防具の質で負け、レベルでも勝てていない。

絶望的な現実である。かつての智也なら勝負を捨てていたかもしれない。

だが、今の智也はそんなことすら気にならない程、苛ついていた。

何せ相手は、かつてのゴブリン討伐の際、親友である武彦《たけひこ》を見殺しにした相手なのだ。

怒りに燃える智也だったが、そんな彼の顔を、小脇に抱えられたミイが見上げた。

「智也お兄ちゃん、ちょっと落ち着こ。大丈夫、智也お兄ちゃんとミイなら勝てるよ」

ニッコリと微笑むミイの姿に、我を忘れかけた自分を恥じ、智也はミイを降ろす。

「悪かったな、ミイ。少し冷静になれた」

「うん！」

頷き合う二人。そんな二人を痩躯の少年は面白くなさそうに見ていた。

「へー、お兄ちゃんなんて呼ばれてるんだ。良いなぁ、僕もお兄ちゃんって呼ばれたいね。お嬢ちゃん、僕のこともお兄ちゃんって呼んでくれるかい？　僕の名前はねぇ――」

「ふん！」

「うわっ！」

再び名乗ろうとする痩躯の少年に、智也が斬りかかると、痩躯の少年は慌てて仰け反り躱《かわ》した。

「危ないじゃないか！　せっかく自己紹介してるのに」

「テメェの自己紹介なんて要らないんだよ、っと……？」

痩躯の少年の名前を呼ぼうとして、そこで黙ってしまう智也。その不自然な沈黙に、痩躯の少年の表情が不審そうなものへと変わった。

「……智也君、もしかして僕の名前を覚えてないなんてことは無いよね」

「……いや、この辺までは出かかってる」

喉の辺りを指差す智也に、痩躯の少年はプルプルと肩を震わせる。

「……僕は勇者なんだ、名前の無いモブじゃないんだよ。そんな僕の名前を忘れた？　ふざけるのもいい加減にしろよ！」

激昂《げきこう》する痩躯の少年を前にして、智也もやっと本来の調子を取り戻し始める。

「名前は忘れたが、武彦を見殺しにしたテメェらの面は、しっかりと覚えてたから安心しろよ！」

そう言いながら、智也は袈裟《けさ》斬りに痩躯の少年へと斬りかかる。痩躯の少年はそれを避けもせずに肩で剣を受けるが、やはり傷一つつけられなかった。

「ふん！　せっかく力の差を教えてあげたのに、まだこんな無駄なことをするんだ。いいよ、だったら馬鹿にも分かるように、更なる力の差を教えてあげるよ。【死体召喚】！」

痩躯の少年の言葉に応じて、目の前の地面が盛り上がり始める。

智也とミイは、それが何かの前兆だと察してすぐに飛び退いた。

「ちっ！　残り二つのスキルのうちの一つか？」

「ああ、そうさ。僕が選んだ残りのスキルは、二つ一組のスキルでね、その片方が、この【死体召喚】なんだ。まあ、近くにある死体をこの場に召喚するだけのスキルなんだけどね」

痩躯の少年の言う通り、盛り上がった土の下から、無数の死体が湧き出していた。

「ははは、さすがは戦場だね。死体の数がいつもより多いや」

湧き出している死体は、チブリア帝国や教会の兵の武器や鎧を身に付けている。確かにこの地で死んでいった者達のようだ。

物言わぬ死体が、まるで噴きこぼれる湯のごとく、地面から次々とボコボコ湧き出してくる。

その異常な光景に、智也とミイは無言で後ずさっていた。

「これが女子達には不評なんだよね。便利なんだからちょっとくらい我慢してくれれば良いのにさ。君達もそう思わないかい」

そう言われても、智也とミイとしては、女子達の意見に賛成であった。

嫌悪感以外の何物でもない視線を二人から向けられ、痩躯の少年はあからさまに不機嫌になる。

「そうかい、君達も女子達と同じ意見なんだね。でも、これから起こることを目の当たりにしても、そんな余裕でいられるかな。さあ皆、僕の為に働いてくれ【ネクロマンサー】！」

痩躯の少年の高らかな叫びとともに、地面に横たわっていた死体達が一斉に立ち上がった。

【死体召喚】と対になっていたスキル、【ネクロマンサー】の能力、死体の傀儡《くぐつ》化である。

【ネクロマンサー】によって操られた百を超える死体達は、智也とミイに武器の切っ先を向けた。

「ちっ！　散々、自分は勇者だと宣《のたま》ってたくせに、やるこたぁ勇者とかけ離れてるじゃねえか！」

「泣き言かい？　弱者の戯言は聞き飽きてるんだけど。僕に意見したければ、側に来て言ってくれる？　来られればだけどね」

そう言いながら痩躯の少年は、智也達に右手の人差し指を向ける。それに反応して、死体達は一斉に智也達に襲いかかり始めた。

「くそっ！　数が多いか！」

「んっ！　ミイ頑張る」

智也とミイは互いに背を預け、死体の攻撃に対処し始める。

複数の攻撃を武器で弾き、躱せるものは躱しつつ反撃もした。

死体だけあって、その動きは遅い。さらに多少の傷では怯みもせず動きも止めないため、少し苦戦してしまう。

結果、智也とミイを囲う死体達の円は徐々に狭まっていった。

ミイはまだしも、智也の大剣はある程度広い場所でないと威力を発揮しきれない。そのために窮屈になってきた戦場で智也は叫ぶ。

「このままじゃジリ貧だ、ミイ！」

智也の呼び掛けに頷きつつ、ミイは空高くジャンプする。それと同時に、智也が腕をめいっぱい伸ばして大剣を振り回した。

中には大剣の軌道を止めようとした死体もいたが、智也の腕力で振るわれた大剣は、並みの鉄製品では止められない。その死体は盾ごと身体を横に切り裂かれた。

「へー、結構戦えてるじゃん。だったら、これはどうかな」

思ったよりも粘るものだと感心しながら、痩躯の少年はパチンと指を鳴らす。

すると智也達を囲っていた死体達が動きを止めた。

「はんっ、こいつらじゃ倒せないって分かったのか？　こんな連中をけしかけてないで、テメェ自身が来いよ！」

自分とミイが死角を埋め合えば、この程度の相手ならばたとえ百人だろうと対処できると、智也は今の攻防で確信していた。だが、間違いなく体力は奪われている。

このまま雑魚相手にスタミナまで奪われれば本当に負けてしまう。

相手が乗ってくれれば儲《もう》けものだという、喧嘩慣れしている智也ならではのハッタリと挑発であったのだが、しかし、痩躯の少年は智也のそんな言葉を受けて笑う。

「はは、それはこいつを倒してから言ってもらおうか」

痩躯の少年の言葉に応じて、智也の前にいた死体達が左右に道を開ける。そして、その奥にいた者が、ゆっくりと智也達の前に進み出た。

黒い金属製の胸鎧と、身の丈ほどの大きな戦斧《せんぷ》を持ったその者は、全身についている傷を乱暴に糸で縫われていた。確かに死んでいることを物語るように、目は虚ろで肌は土褐色《つちかっしょく》。

その者を見た瞬間、智也は目を見開き、体を小刻みに震わせた。

「智也君、感動の再会だよ、もっと喜んだらどうだい。まったく、感謝して欲しいよ、彼をわざわざ防腐処理してまでここまで連れてきたんだから」

冷やかすような少年の言葉を聞いて、智也は怒りと憎しみを込めて少年を睨み付ける。

「テメェ！　武彦の身体にこんなことしやがって！」

そう、今彼の前にいるのは、武彦の成れの果てだった。その行為に智也の理性は吹っ飛ぶ。

「だめっ！　智也お兄ちゃん！」

周りが見えなくなり、痩躯の少年に向かって走り出そうとした智也に、ミイが叫ぶ。

しかしその声に止まることなく智也が一歩踏み出すと、武彦だったものが戦斧を振りかざして横に一閃《いっせん》した。

「ぐおっ！」

智也の鎧はエンペラーレイクサーペントの鱗からできているため、戦斧で傷付くことはなかったが、衝撃を殺せるわけではない。智也は囲っていた死体達を薙《な》ぎ倒し、その後方まで飛んでいった。

そしてそれを追うように、武彦だったものが緩慢《かんまん》に移動する。

ミイは智也に駆け寄ろうとしたが、死体達に阻まれ、囲まれてしまう。

「ふふ、さすがは元勇者。アンデットの中でも高性能だよな。さて――」

わざわざ持ってきた甲斐があったと頷く少年は、その視線をミイへと移す。

「君は僕と一緒に来てもらおうかな。なーに、抵抗しなければ、ちゃんと可愛がってあげるよ」

死体達に囲まれて一人孤立したミイに、痩躯の少年はゆっくりと歩み寄った。


「――ちぃ！　あまりのくだらねぇ真似に頭に血が上っちまったか」

苛立ちは消えないが、それでも正気を取り戻した智也は、ゆっくりと立ち上がる。そんな彼の前には、武彦だったものが立ち塞がっていた。

「武彦よぉ、あんな奴に身体を好き勝手されてんだ、オメェもはらわた煮えくり返ってるよな」

智也の呟きに武彦だったものは答えない。ただ戦斧を構えるだけだった。

智也は一つため息をつくと、ミイの方を見て、ガリガリと後頭部をかいた。

死体の囲いの外にいたはずの痩躯の少年が見えない。おそらくミイの側に行ったのだろうと判断して、智也はもう一回ため息をつき、大きく息を吸う。

「ミイ！　思いっきりやれぇ！」

それはミイへの命令。【テイマー】の命令を受けることで、ミイの戦闘力は増す。

これでちょっとは持つだろうと気を取り直して、智也は武彦だったものへと視線を戻した。

「武彦、待たせて悪りぃな。今、解放してやっからよ」

武彦だったものは、智也の言葉には応じず戦斧を振るう。

「おっと」

それを簡単に躱す智也。

確かに膂力は高い。威力と武器のスピードはかなりのものだ。しかし、その予備動作は緩慢でフェイントもない。

それを躱すのは、ヒイロやバーラットと模擬戦をしてきた智也にとっては容易いことだった。

「へっ！　ヒイロさんの攻撃はもっと早いし、バーラットさんのフェイントはムカつくほどいやらしかった。それに比べりゃ、こんな攻撃――」

智也は攻撃後の隙を狙い、大剣を振りかぶるが、その動きが一瞬止まる。

元の世界でもつるんでいた幼馴染《おさななじ》み、それが武彦だった。斬ろうとすると、過去の思い出が頭をよぎり、どうしても躊躇してしまう。

一方で武彦だったものは、無慈悲に攻撃を繰り出してくる。

それを躱しつつ、智也は奥歯を強く噛み締めた。

「くそっ！　すまん武彦……お前を何とかしなきゃ、今の相棒を助けに行けねぇ……悪く思うなよ！」

意を決し、智也は大剣を振るうのだった。


「はは、元気だね。でも、大人しくしてくれないと、こっちも手加減できないよ」

突然スピードを上げ、凄まじい勢いで攻撃を繰り出してくるミイ。その猛攻を、痩躯の少年は笑顔で凌《しの》いでいた。

ローブ越しでも軽い痛みを感じる程に重く鋭い攻撃だが、対処できない程ではない。その現実が、痩躯の少年に余裕を持たせていた。

「手加減できないと、こうなっちゃうじゃないか」

「うっ！」

痩躯の少年はそう言いながら、小蝿《こばえ》を払うかのようにミイの頬に手の甲を打ち込む。その衝撃で、ミイは後方に吹き飛ばされた。

「んん……」

倒れ込んでも呻きながらすぐに立ち上がるミイ。囲っている死体達は、ミイの退路を塞いでいるだけで追撃する気配はなく、完全に痩躯の少年は遊んでいた。

「ほら、頬が赤くなっちゃったじゃないか。いい加減、僕の言うことを聞いてくれないかな」

瘦躯の少年の猫撫《ねこな》で声に、ミイはゾッと背筋を寒くさせる。

「智也お兄ちゃんが帰ってくるまではミイ、頑張るもん」

再びナイフを構えながら言い返され、瘦躯の少年はニイッと頰を吊《つ》り上げた。

「智也が武彦に勝てるって？　そんな訳ないよ。アンデットは身体への負担を無視して百パーセントの力を出せるんだ。生前の武彦と互角だった智也が、力を増したあいつに勝てる訳ないじゃん」

「それでも、智也お兄ちゃんは帰ってくるもん」

「……ふーん、だったら智也の死体を見せれば君も考え直してくれるかな。そろそろ決着がついてる頃だと思うんだけど」

壁になっている死体達が邪魔で姿は見えないが、智也は既に死んでいるだろうと、瘦躯の少年は智也達がいる辺りに視線を向ける。だがその瞬間、囲いを形成していた死体達が爆《は》ぜた。

実際に爆発したわけではない。しかし、爆発と勘違いするような勢いで吹き飛んだのだ。

「なっ！」

突然の現象に絶句する瘦躯の少年。

そんな彼の視線の先では、大剣を肩に担いだ智也が不敵な笑みを浮かべていた。

「よう、随分と気分の悪りぃことさせてくれたじゃねぇか」

笑みを浮かべてはいるが、智也の口調はとても不機嫌なものだった。

「気分の悪いこと？　……まさか！　武彦を倒したのか？」

「ああ……二度と動かないように細切れにさせてもらったよ。テメェのお陰でな！」

凄む智也にたじろぎ、痩躯の少年はキョロキョロと周りにいる自分の兵隊に視線を向ける。

「お前ら、あいつを殺れ！」

しかし智也に吹き飛ばされた死体達は、骨が砕かれたのか地面でモゾモゾと動くばかりで立ち上がれない。

何かスキルを使ったのだろうが、まだ健在な兵隊が八十体はいる。この数で押せば、スキルだろうが魔法だろうが使わせる暇を与えずに勝てる。そう痩躯の少年は考えていた。

しかしすぐに、その考えが誤っていたことを知ることになる。

「邪魔だ、おらぁ！」

智也が片手で無造作に大剣を振るうと、彼に群がっていた死体達が十体単位で盛大に吹き飛んだ。剣圧によるものだろう、吹き飛んだ死体達は、全てが手足をひしゃげさせている。

「ただ、剣を振ってるだけ？　嘘だ……何で智也がそんな力を持っているんだ！」

その事実に、痩躯の少年は信じられないとばかりに大きく目を見開いた。

ウザそうに大剣を振り死体達を蹴散らしながら、一歩、一歩と智也は痩躯の少年に近付いていく。

大剣が唸りを上げるごとに、吹き飛んでいく死体達。その異常なほどの智也の膂力に、痩躯の少年は唖然とするしかなかった。

そして智也と痩躯の少年は、手を伸ばせばきそうな距離で対峙する。まともに動ける死体は既に一体も残っていない。

「何で？　何で、智也がそんなに強くなってるんだよ！」

「ああ？　何でだって？　そりゃ、親友を斬り刻むって行為が、とんでもない悪徳だったからだろ」

凄みながら吐き捨てる智也の言葉で、痩躯の少年は彼の持つスキルの存在を思い出す。

悪徳を積めば積む程、能力値にプラス補正をかける【悪来《あくらい》】というスキルの存在を。

「抜け殻って分かっちゃいたが、随分と精神に負担がかかったよ。首をはねても動きやがるから、身体もバラバラにしなきゃならなかったしな……」

腰を曲げ、下から覗き込むように痩躯の少年を睨む智也。その姿は、ひ弱な学生に絡むヤンキーそのものである。痩躯の少年は、智也の迫力に呑まれ、顔を青ざめさせるだけだった。

「ところでよぉ、さっきテメェ、俺と武彦のことを呼び捨てにしてたか？」

「い……いえ、あれは……勢いというか……」

完全に智也に呑まれてしまった痩躯の少年は、しどろもどろである。

「勢い？　舐めてんじゃねえよ！」

「ぐっ！」

智也が凄みながら大剣の柄の先で腹を突くと、痩躯の少年は、それだけでその場に蹲《うずくま》った。

アースジャイアントの皮を用いているとはいえ、ローブは所詮、ローブである。破れないだけで衝撃は止められない。さっきまでは能力値の差でダメージを受けなかったが、今の智也の能力値は、完全に痩躯の少年の能力値を上回っていた。

蹲り、フルフルと怯える痩躯の少年を見下ろしながら、智也は極悪な笑みを浮かべる。

「へー、効いてんだ。だったら、今までの恨み、存分に晴らさせてもらおうか」

智也の歓喜の声に、痩躯の少年は青ざめ、震える。

「まずは、武彦を見殺しにした分からな」

言いながら、智也は大剣を振るう。

大剣が肩に当たると、蹲っていた少年は地面を擦るように吹き飛び、肩を押さえてのたうち回った。

「うわーっ！　肩が……肩が……」

「へー、あんくらいの力で斬りつけても、綻《ほころ》び一つありゃしねぇ、良いもん着てんじゃねぇか。これなら、いくら斬っても死にゃしねぇだろ」

一応、殺さないというヒイロとの約束は覚えていた智也。そんな彼の言葉に、のたうち回っていた痩躯の少年が慌てた。

「待ってよ！　肩が折れてるよこれ！　もう止めてよ！」

「何言ってやがる。武彦は助けを求めながら死んでいったんだぞ。それを、骨が一つ折れただけで止めてくれだぁ？　ふざけたこと言ってんじゃねぇよ！」

痩躯の少年の哀願《あいがん》は、智也の怒りの火に油を注いだだけであった。

智也の鬼のような形相に、和解は不可能だと察した痩躯の少年は、ミイのほうに目を向けたが——

「ミイ、これからちょっと残酷なことが起きるから、後ろ向いて耳塞いでいてくれるか」

「うん、分かった、智也お兄ちゃん」

ミイは素直に後ろを向くと、膝を立てたまま座り、耳を両手で塞いだ。

「ちょっと……助けてよ！　ミイちゃん！　僕は君には優しくしたじゃないか！」

折れてない右手を伸ばし、必死にミイに訴えかける痩躯の少年。しかし、智也の言いつけを守るミイが、優しくされた覚えのない痩躯の少年の言葉を聞くことはなかった。

「よーし、良い子だ。それじゃあ、こっちの……えっと、結局名前は思い出せねぇが、おまえのお仕置きを再開しようか」

「僕の名前……うわっ！　止めてっ！　嫌だ——！」

痩躯の少年の叫び声は、この後、しばらくの間続くことになった。

第17話　バーラットとレミー、そして冒険者達。

「智也さんの方は問題無いみたいですね」

「ほう、あいつだけは場合によっては助けが必要だと思っていたが、結構やるもんだな」

「ええ。最初の方は苦戦してたみたいですが、途中からヒイロさんばりの無双をしてましたよ」

「ヒイロばりの？」

「はい。アンデットの皆さんが、十単位で宙に舞ってました」

「……そりゃあ、確かにヒイロばりだな」

【遠見】のスキルで智也達の戦う様子を窺っていたレミーの報告に、バーラットは安堵の息を漏らす。

そんな呑気な会話を繰り広げていたバーラットとレミーが対峙していたのは、元ゲーマー達のリーダーである眼鏡の少年と、小太りの少年。なのだが、小太りの少年の戦意は、既に喪失していた。

その理由が――

「それにしてもバーラットさん、これはさすがにやり過ぎじゃないんですか？」

呆れ顔のレミーの言葉に、バーラットはポリポリと頬を掻く。

「いや、俺もこんなことになるとは予想外だったんだよ」

バーラットの正面には、大穴が空いたナーゴの街の防壁があった。

その前にへたり込んでいる小太りの少年の右腕は、肩から消失してしまっている。

彼は無くなってしまった右腕の傷口を左手で押さえて、メソメソと泣いており、戦意が無いのは明白だった。

小太りの少年が創造神から貰ったスキルは、【痛覚無効】、【さとり】、【空間保存】。どれも強力なものだったが、それらを発揮する前にバーラットの一撃により無力化されたのだった。

【空間保存】とは、黒い幕のようなもので覆った事象を特殊空間に保管することができるというもので、保管しているものは使用者が自由に出すことができる。

つまり、相手の放った攻撃魔法などを一度【空間保存】に保管し、相手に向かって出すことにより、敵の攻撃をそのまま相手に返すという使用法が可能であった。

保管できる空間は一つだけであり、三メートル四方程度の広さに限られるので、ヒイロの時空間収納のような多様性はない。その代わりに、生物であろうと保管した時の状態での保存が可能だ。

【さとり】は、断片的に相手の考えを読めるスキル。

バーラットと対峙した小太りの少年は、バーラットが槍の力を解放しようとしていたのを読み、その槍の力を【空間保存】で取り込み、返そうとした。

敵が何かしようとしていたことはバーラットも気付いていたが、バーラットの【勘】が、このまま攻撃を止めるなと教え、その結果が今の状況である。

【空間保存】の黒い幕が空間を包みきるよりも前に、バーラットの槍は小太りの少年の【空間保存】ごと、少年の右腕とナーゴの街の防壁の一部を削り取ってしまったのだ。

【痛覚無効】のお陰で傷の痛みは無いものの、腕が無くなったという事実を無視して戦えるほど、小太りの少年の精神は強くはなかった。

「それ、どういう仕組みなんですか？」

削り取られた防壁の残骸や、小太りの少年の右腕は何処にも見当たらない。本当に空間ごと何処かに消えてしまっている。

レミーは何が起きたのか理解できなかったのだが、バーラットもレミーの質問に首を傾げる。

「さてな、こいつは何も教えてくれねぇんだよ」

バーラットも、何故こんなことができたのか分かっていなかった。もし理解していたら、小太りの少年は【さとり】でその情報を読み、違う行動をしていたかもしれないが、それはもしもの話でしかない。

ちなみにバーラットは知る由もないが、彼の槍の材料となった角の持ち主は、次元龍という。

まだこの世界が荒れ狂う混沌《こんとん》の嵐でしかなかった頃、創造神は世界の土台作りを手伝わせる為に、次元龍を生み出した。

次元龍の能力は空間の消失と固定。その力で混沌の嵐を消失させ、穏やかな状態で固定した。

その時点で役目を終えた次元龍は、空間固定の力を切り離すことで世界を穏やかな状態に固定し、新たに生み出された世界で、やがて静かに息を引き取った。だが、身体が朽ち果てた後に残ったツノには、次元龍の意思と、空間消失の能力が宿っていたのである。

創造神もこのことを忘れているため、それを知ることはないが、そんな細かいことを気にするバーラットではなかった。

彼は気を取り直すと、戦う意思の無い小太りの少年から眼鏡の少年へと、視線を移す。

「さて、これで二対一になるわけだが……卑怯《ひきょう》だとは言わんよな」

「当然、と言いたいところですが、僕に勝ち目は無いようですね。降伏します」

そう言いながら諸手を挙げた眼鏡の少年の足は、膝から下が地面に埋まっていた。レミーがウォーターの魔法とアースホールの魔法を込めた魔法玉によって放った土遁《どとん》の術によるものだ。

そんな状況でスカした態度を取る眼鏡の少年の前に、何かが放られる。それを見て眼鏡の少年は息を呑んだ。

「降伏だぁ？　そんな言葉、受け入れられると思ってんのかよ」

そう言い放ったのは、智也だった。

眼鏡の少年の前に放られたのは、四肢をあらぬ方向に曲げ、エグエグと泣いている痩躯の少年。

そのあまりな姿に、眼鏡の少年はキッと智也を睨む。

「ここまでやる必要があったんですか？」

「そこまでやらなきゃ、俺の気がすまなかったんだよ」

即答する智也に、眼鏡の少年は目線を地面へと向ける。

「武彦君を見殺しにしたことへの復讐……ですか」

「そうだよ、悪いか？」

「確かに僕等は武彦君を見殺しにしました。ですが、あの時は仕方がなかったんです」

「何が仕方なかったって言うんだよ！」

「あの時、武彦君を助けようとして陣形を崩せば、僕等だって危なかったんです！」

怒れる智也にも引けを取らない、眼鏡の少年の気迫。一瞬怯んだ智也であったが、すぐに奥歯を噛み締め眼鏡の少年を睨み返す。

「我が身可愛さに武彦を見殺しにしたってことかよ、ふざけんなよ！」

「待て」

拳を強く握り眼鏡の少年に殴りかかろうとする智也を、背後からバーラットが止めた。

「止めんなよ、バーラットさん」

バーラットにすら食ってかかるほど興奮している智也。そんな智也の頭頂部にバーラットは思いっきり拳を叩きつけた。

「痛っ！」

「少し落ち着け……って、いてぇな」

頭を押さえ痛がる智也と、殴った拳が思いの外痛み、苦痛に拳を摩《さす》るバーラット。

【悪来《あくらい》】により能力強化された智也の防御力は、バーラットの拳骨を返り討ちにするほどに高まっていたようだ。

しばらく痛みを堪えていたバーラットであったが、ようやく痛みが引き話を続ける。

「智也、戦場での生死は自己責任、それを人のせいにするな」

「だってよう、バーラットさん……」

「任務を受けるかどうかは個人の自由ですが、受けたからには、自分の身は自分で守らなければいけません。自分が死ぬかもしれない任務を受けた責任を持つべきは、他の誰でもない、自分自身です」

更に食い下がろうとする智也に、バーラットと同意見のレミーも声を上げる。さすがに二人から言われては何も言い返せず、智也は黙った。

「仲間を守るのも大事だが、それも自分への危険が及ばない範疇でだ。仲間を守ろうとして、もろとも殺《や》られてしまうってのはよくあることなんだよ。その意味では、そいつの言ってることは正しい」

バーラットに擁護されて、眼鏡の少年はホッと息を吐く。しかし、智也は面白くなさそうだった。

「でもよぉ、そいつらは強かったんだぜ。あん時の武彦を守るくらい……」

「……僕等は強くはありませんよ」

智也の不平を遮って、眼鏡の少年は呟く。

「僕等はこっちに来る前はただの気弱なゲームオタク。痛みに耐える根性も、危険に立ち向かう勇気もないんです。だから、少しでも劣勢になるとパニクって戦うこともできなくなる」

眼鏡の少年の言い分には、バーラットも智也も頷けた。

痩躯の少年も、小太りの少年も、攻勢の時は強気であったが、劣勢になった途端、反撃もせずに蹲っている。そんな殺してくれと言っているような行為、戦場に身を置く者には考えられないからだ。

「だから僕等がこの世界で生き残るには、安全に強くなるしかなかったんです。そりゃあ僕等も最初は異世界転移したという、物語の主人公みたいな立場になったことに興奮しましたよ……だけど、現実は甘くない。それを最初の魔族との戦いで思い知ったんです」

魔族との初戦。それは眼鏡の少年達にとって華々しいものではなかった。

傷付くことも恐れず戦い続ける先ノ目達、元の世界と変わらぬ喧嘩腰の智也と武彦、持ち前の度胸と運動神経で立ち回る翔子《ネイ》たちは違い、眼鏡の少年達は三人とも固まってしまった。そして、恐怖に怯えながら倒せる者だけを確実に倒して生き残ってきた。

その結果、彼等が担当していた地区から魔族が後方に進軍し、後方の部隊や一般市民に多大なる被害を出した。弱い部分を見せたくなかった眼鏡の少年達は「何故僕達が弱い奴らまで相手しなければいけない。レベルを効率的に上げる為に、僕等は強い敵しか相手にしない」と言い訳してしまった。

それは自分達の弱い心を悟られたくない一心から出た言い訳であったが、周りの目には、冷徹に強さを求める者達と映ったのである。

「じゃあ、何でゴブリンエンペラーとの決戦の時、あんな提案したんだよ！」

智也が言う提案とは、眼鏡の少年達の力を温存する為に、ゴブリンエンペラーに至るまでの道程での戦闘を他の者達が引き受ける、という作戦のことである。

その作戦を遂行した結果、武彦は死に、作戦は失敗したのだ。

「あれは……僕等三人が万全の体制なら、ゴブリンエンペラー相手でも勝算が十分にあったからです。ゴブリンエンペラーを倒せば、当分は安心できる経験値が得られると思ったから……」

ゴブリンエンペラー最大の脅威は、配下ゴブリンの数と配下強化能力にあった。決してゴブリンエンペラー自身が強いわけではない。そのことを事前に調べ上げて提案した作戦だったのだが、唯一の誤算は、強化されても所詮はゴブリンと、配下ゴブリンの力を見下していたことにあった。

「結局は、自分達の為じゃねぇか……」

そう判断した智也は、再び拳を強く握り、その拳を眼鏡の少年の頬に思いっきり叩きつけた。

今度はバーラットも止めない。

何処かから受けたクエストに皆で参加したという話ならバーラットも止めただろう。しかし勇者としての戦いで、作戦を眼鏡の少年が立てたのなら、作戦立案者に責任があるのもまた、事実だから。

「大体、何でテメェはここにいんだよ！　強い奴と戦うのがこえーなら、隅っこでチマチマと弱い敵を相手にしてりゃあいいじゃねぇか！」

幾度となく殴りながら叫ぶ智也に、防御行動も取らずに眼鏡の少年は口を開く。

「だって……うっ！　……先ノ目君に……ぐはっ！　逆らえる……あうっ！　訳ないじゃないですか！」

眼鏡は飛び、頬を腫らし、泣きながら少年は叫ぶ。

眼鏡の少年がそんなになって、ようやく智也は拳を止めた。

「僕のスキルは【成長促進】、【物理攻撃向上】、【魔法強化】です……確かにバランスが良く、成長も早いですけど、飛び抜けて強力な能力ではない……そんな僕が、先ノ目君に逆らえませんよ。虚勢を張って、先ノ目君と同格だと周りに思わせるくらいが精々です」

足が埋まっているため倒れることすらできない眼鏡の少年は、涙ながらに訴える。

「君達みたいに先ノ目君から逃げようと考えなかった訳ではない……でも、先ノ目君の下から離れて自分達だけで生きていく度胸なんて、僕等にはなかったんです。だったら、間違ってるって分かっていても、先ノ目君の言う通りにするしかないじゃないですか」

「ちっ！　結局は腰抜けってことじゃねえか。テメェ等なんか、初めっから戦いに参加してなきゃ良かったんだよ！」

そう吐き捨てて智也は眼鏡の少年に背を向ける。

「もう、いいのか？」

「もう、いいっすよ。大体、これ以上無抵抗な奴を痛めつけたら、後でヒイロさんに怒られるじゃないですか」

問いかけるバーラットの方を向かず、智也は面白くなさそうにしながら歩き始めた。そんな智也の側にミイが駆け寄る。

それを見たバーラットは、放っておいても問題ないかと小さく笑った。

「――おらあっ！」

「レッグス君、前に出過ぎだ、そんなに突出しては敵に囲まれるよ」

レッグスの剣は敵冒険者の盾に止められる。そんなレッグスが陣形から離れ始めていることに気付いたマスティスが忠告すると、レッグスはその言葉に従って後ろに下がった。

「不用意ですよレッグス。アイスアロー！」

「全くだ、ふんっ！」

「気を付けてくれよ。ほっ！」

戻ってきたレッグスに、リリィは魔法を放ちながら、テスリスは敵の攻撃を受け止めながら、バリィはナイフを投げて牽制しながら、一言文句を言う。

口数が多いが、レッグスが突出した穴はしっかりとフォローしていて、案外隙が無い。そんなレッグスパーティに苦笑しつつ、マスティスは眼前の冒険者に斬りつける。

この場にいるのは、マスティスとレッグス達四人にヒビキと魔族のティセリーナ、グレズム。そしてヒイロとニーアの魔法を目の当たりにしても逃げなかった冒険者達二十人だ。

八対二十と、人数的には倍近い差があるが、マスティス達は連携を駆使してなんとか拮抗《きっこう》していた。

それでも数の圧力には勝てず、ズルズルと後退し、戦場はヒイロ達から随分と離れていた。

「しっかし、こいつら強いっすね」

「多分、クシュウ国やチュリ国のSランク以上の冒険者だろうね」

攻撃をいなしつつ隣に来たバリィに、マスティスは答える。するとバリィは露骨にうんざりした。

「うへっ、Sランク以上が二十人って、たまったもんじゃないっすね」

先程からこちらの攻撃は幾度となく通っていて、その中にはヒビキやマスティスが負わせた、戦闘不能になってもおかしくないものもある。しかし、そんな敵冒険者も、すぐに戦線復帰してきていた。

その理由は、敵冒険者達の後方に控えている二人の魔道士にあった。

「あの魔道士達、エクストラヒールを使ってますね。詠唱を終えた回復魔法を待機させておいて、怪我人が出たらすぐに回復を行なっています」

「人数的に優位だからな。回復専門に二人回しても、問題無いのだろう」

リリィとテスリスの見解を聞いて、全員の脳裏に、このままだとスタミナ切れでこちらが押しつぶされるという、そう遠くない未来が浮かぶ。

と、その時――

「苦戦してるね。手、貸そうか？」

魔法の風に乗って、ニーアの声が全員に届いた。

その姿は見えないが、今は遠く離れてしまった最初に勇者達が陣取っていた場所にいるのだろう。

そう考えたレッグス達はありがたいと思ったが――

「いりません！」

ヒビキがキッパリと拒否した。

「「「ええっ！」」」

不満の声を上げるレッグス達。そんな彼等を、敵の斬撃を刀で止めながらヒビキがキッと睨む。

「貴方がた、露払いを引き受けておきながら、勇者の一人と対峙しているニーアの手を借りようなど、恥ずかしくはないのですか！」

ヒビキの一喝に、レッグス達は縮み上がりマスティスは苦笑いを浮かべる。

「だけど、この辺で風向きを変えなければ、戦況は不利になる一方なのは確かですよ、ヒビキさん」

「分かっています。私だって、手も無いのに断りはしません。ティセリーナ、グレズム」

ヒビキの呼び掛けに、彼女達から少し離れた場所で遊撃の役目を担っていたティセリーナとグレズムが頷く。そしてヒビキの前まで移動し、準備を始めた彼女の守りに徹し始めた。

「あのティセリーナって子、どっかで見たことあるんだよな」

「グレズムって名前も、どっかで聞いたことあるよな」

レッグスとバリィは、戦闘の最中だというのに小首を傾げる。

ヒイロ達への協力者ということで、レッグス達はかつて敵だった者の中から記憶を探るという考えは捨てているようである。

「どちらにしても、強いんですから良いじゃありませんか」

「そうだ、誰であろうと、あの強さは頼もしい限りではないか」

ステッキを武器に優雅に戦うグレズムと、小柄な少女とは思えない怪力で豪快に戦うティセリーナ。

そんな二人を心強く思うリリィとテスリスの言葉に、レッグスとバリィも頷くと戦闘に集中した。

ティセリーナとグレズムに守られながら、ヒビキは腰につけたマジックバッグを漁る。そして何かを掴むと、それを取り出した。

それは、ヒビキの全身が隠れるほどに巨大な、エメラルドグリーンの盾。

「盾？　それが今の状況を打開できる手ですか？」

「ええ、上手く行けば敵を一掃できます」

マスティスに答えながら、ヒビキが目配せすると、前方にいたティセリーナとグレズムは彼女の背後へと周った。

「では、行きますよ！」

ヒビキの気合いの声とともに、盾が光り輝く。

この盾の名は、エンペラーアイ。エンペラーレイクサーペントの鱗と眼球を使い、セルフィスが作ったものだ。

ヒビキが魔力を注ぐと、盾の中央で巨大な目が開く。そして、その目は敵の冒険者達を睨みつけた。

エンペラー種の眼光を向けられた敵は、あまりのプレッシャーに、その動きを鈍らせる。

「今です！」

ヒビキからの合図を受け、ティセリーナとグレズム、マスティスが動く。

近くにいた冒険者達をティセリーナとグレズムがあっという間に叩き伏せると、高速移動のスキル【神速】で一気に躍り出たマスティスが、回復役の魔道士二人に当身を食らわせ気絶させる。

レッグス達も自分達の近くにいた冒険者を倒し、気付けば残りの冒険者は一人になっていた。

筋骨隆々《きんこつりゅうりゅう》で長身。年齢は三十代前半くらいだろう、赤い鎧を身につけ、巨大な白い刀身の剣を持っている。

その男はエンペラー種のプレッシャーなど感じていないのか、ニヤリと笑った。

「なかなか面白い盾だな。どれ」

言いながら男は巨大な剣を高々と振り上げる。そして、ヒビキに向かって振り下ろした。

盾はエンペラーレイクサーペントの鱗を三重にも重ねて作り上げた強固な物である。勿論、その分重量も増した為、持てるのは身体能力値を十倍にするスキル【修羅《しゅら》】の持ち主であるヒビキだけであり、だからこそ彼女はこの盾の強度には自身があった。

そんな盾で男の剣を受け止めたヒビキだったが、信じられない感触が手に伝わってきた。

「まさか！」

叫ぶと同時に、ヒビキは盾を離して背後に飛ぶ。

ヒビキが感じた感触。それは、盾に刃が食い込むようなものだったのだ。

そんなヒビキの予感は的中し、男は盾を真っ二つに切り裂いていた。

それを呆然と見つめるヒビキ達。

ヒビキは正面、ティセリーナは右手、グレズムは左手、そして後衛の魔道士を倒したマスティスは後方と、男を取り囲む陣形を咄嗟に組んでいる。しかし全員が、盾を簡単に切り裂くというあり得ない出来事に、呆然となっていた。

そんな中、いち早く我に返ったヒビキが男を睨む。

「何者……ですか？」

「俺か？　俺はクシュウの冒険者、ゼブセスだ」

そう名乗った男の名に、全員の背筋が凍りついた。

「クシュウ国のゼブセス……最強の冒険者」

冷や汗を流しながらレッグスが呟く。

そう、バーラットやヒビキも有名だが、世界最強と名高いのは、目の前にいるゼブセスだった。

レッグス達やヒビキ、マスティスに緊張が走る。そんな中、最強の名には臆さないティセリーナが眉をひそめた。

「本当に最強なのかはどうでもいいが、あの盾を真っ二つにしたのは解せんな。どんなに技術があろうが、どれ程の力を持とうが、あの盾はそんなもので斬れはせん。あの盾を斬ったのは、その剣の力であろう。貴様のその剣、何でできておる？」

囲まれていてなお余裕ある態度を崩さないゼブセスは、ティセリーナの疑問にニヤリと笑う。

「ほう、分かるか。実はこの大剣は勇者から譲り受けた物でな、何でもアースジャイアントの二の腕の骨から削り出された逸品《いっぴん》だそうだ」

とんでもない情報に、ヒビキ達は目を見開く。そんな面々を尻目に、ゼブセスは大剣を構える。

「こんな珍しいものを頂戴《ちょうだい》した以上、勇者の頼みを断る訳にはいくまい。貴様らにはさっさと退場してもらい、俺は勇者達の応援に行かせてもらう」

「させません！」

露払いを引き受けたからには、冒険者をヒイロ達の元へ行かせるわけにはいかない。たとえそれが最強と名高いゼブセスであっても。

そんなヒビキに同意するように、ティセリーナとグレズム、マスティスがゼブセスとの間合いを一気に詰める。

「おっと、先手を打たれたか」

呑気に言いながら、ゼブセスは蹴りでティセリーナを吹き飛ばしつつ、反対側のグレズムに向かって大剣を振り下ろす。

グレズムがその大剣をバックステップで躱すと、今度はマスティスが背後から迫る。

「むっ！　間合いは遠かったと思ったが、もう詰めてきたか」

マスティスの奇襲は、大剣を振ったゼブセスの隙を完全に突いたと思われた。しかしゼブセスは、とても重量物だとは思えぬ速さで大剣を引き、マスティスが振り下ろした剣を受け止める。

その瞬間、マスティスの聖剣アルシャンクから嫌な音が響いた。

「くっ！　ヒイロさんの時の再来か」

ヒイロに受けられた時と同じく、マスティスの聖剣アルシャンクにはヒビがはいっていた。このまま鍔迫《つばぜ》り合《あ》いをしては愛剣が折れてしまうと、マスティスは剣を引く。そこに——

「はぁっ！」

気合いとともに背後からヒビキが斬りかかる。その上段からの振り下ろしを、ゼブセスは振り向きざまに受け止めた。

ギシッ！

軋《きし》むゼブセスの大剣とヒビキの刀。その力は、マスティスの時とは違い見事に拮抗していた。

ヒビキの刀は、エンペラーレイクサーペントの尾の先端の骨を、セルフィスが高温で焼き鍛えた一振りである。

本来なら素材の差で、ヒビキの刀の強度がゼブセスの大剣に勝てる筈はない。

しかし、ただ骨を削り出しただけのゼブセスの大剣に対し、ヒビキの刀はセルフィスの手によって鍛えられている。その作成過程の技術の差が、二振りの武器の強度を拮抗させていた。

そして、拮抗していたのはもう一つ。

「ぬっ！」

受けた刀に大剣が押され始め、ゼブセスは驚きに目を見開き、初めて大剣を両手で握る。

「この俺と力で勝負できるとは……お前、何者だ？」

「トウカルジアの冒険者、ヒビキ・セトウチ」

ゼブセスに両手持ちにされてから、刀が押し込めなくなったヒビキは、自己紹介しながら奥歯を噛み締め、より一層刀に力を込める。

「ほほう、お前があの……これは面白い。一度は勝負したいと思っていたのだ」

ヒビキの全力を、ゼブセスは楽しそうに徐々に押し返し始めた。

両手持ちに変えたゼブセスの力がヒビキの力を上回ったのだ。

いや、力だけではない。体捌《たいさば》きの速さも、剣術も、先程のゼブセスの立ち回りを見たヒビキは勝てないと実感していた。

それでもヒビキは諦めない。完全に押し返されてしまった刀の柄を握る両手に力を込めて、何とかゼブセスの動きを封じようとする。

そんなヒビキの努力に応えるように、マスティスが、グレズムが、そしてティセリーナが再びゼブセスを囲む。

そう、一対一で勝てなくても、ヒビキには仲間がいるのだ。

まあ、さすがにこの戦いに参加できず、遠巻きに応援だけしているレッグス達には期待してないが。

「我等は冒険者であって騎士ではありません。まさか卑怯とは言いませんよね、ゼブセス殿」

「ああ、冒険者は依頼を達成できてなんぼだ。卑怯とは思わんよ」

ゼブセスが笑いながらヒビキに答えると同時に、遠くの方で大きな音が響く。

それはヒイロ達がいるナーゴの防壁の南門とは違う、東門の方で聞こえた。

「これは、門が破られた音？　そうか！　トウカルジアの冒険者であるお前が何故ここにいるのか疑問だったが、そういうことだったのか」

ヒビキの存在からトウカルジア軍の存在を感じ取ったゼブセスの顔から笑みが消える。

「こうなれば、貴様らと遊んでいる暇はないな」

「簡単に我等を倒せるとは思わないことです！」

ゼブセスに啖呵《たんか》を切るヒビキ。

そんなヒビキと息を合わせて、マスティス、ティセリーナ、グレズムがゼブセスへと挑みかかった。

第18話　ニーアの恨みと、先ノ目とネイの因縁

「えへ、断られちゃった……っと！」

ヒビキの断りの言葉を聞いていたニーアは、突然飛んできた矢を避ける。

ニーアに矢を射かけたのは、勇者の一人であるボブカットの女性。

「よそ見するな」

ニーアの態度がふざけている為、ボブカットの女性は苛ついていた。だが、そんな彼女には目もくれず、ニーアは隣を見る。

「ぼくを頼れば良いのに、ヒビキは硬いよねー」

「ヒビキさんにも、ＳＳＳランクのプライドがありますからね」

そんなニーアに答えたのは、エリーであった。

エリーは今、ミリーとともに白いローブの少女と対峙していた。

白いローブの少女は、エリーとミリーに前後を挟まれ、【結界】で身を守っていた。

「エリー姉さん。この子、殻に閉じこもって何もしてこないんだけど」

「困ったわねぇ。これじゃあ、こちらも手の打ちようが無いわ」

呑気に会話をする姉妹。だが二人共、白いローブの少女に対する警戒は怠っていない。

隙あらば一気に決めようという腹積もりである。

だからこそ、白いローブの少女も【結界】が解けずにいた。

彼女が持つスキルは、【結界】、【魔法巧者】、【スキル祭知】。【スキル祭知】は、相手がスキルを使う前にその予兆が祭知できるというスキルである。それがある故に、白いローブの少女はエリーとミリーの攻撃性スキルの気配を感じて【結界】が解けなくなったのだ。

【結界】を解き自分が魔法を発動させるよりも、エリーとミリーがスキルを用いた攻撃を白いローブの少女に当てる方がよっぽど早いことを、理解してしまったのである。

「この子、コレをずっと張ってられるのかな？」

「それはないでしょう。先程、ヒイロ殿の攻撃の余波が襲った時、この子は勇者だけを守り、冒険者は守りませんでした」

「ああ、そういうこと。結界の面積に応じて張っていられる時間が変わるんだ」

エリーの言いたいことを、ミリーが瞬時に理解する。そんな妹にエリーは満足そうに頷いた。

「おそらく結界を維持するのに消費しているのは魔力。それは面積が大きくなればなるほど、消費量が増えていくのでしょう」

「だったら私達は、魔力が尽きるまで待っていれば良いんだ。だけど、どのくらいで消えるかな？」

「それは分かりませんが、私達の集中力が途切れるまで持つということはないと思いますよ」

「そーだねー、私達はこのまま三日は行けるけど……君はどうなのかな？」

目付きを獰猛《どうもう》にし、不敵に笑うミリー。エリーも穏やかな笑みを浮かべているものの、その佇まいには全く隙が無い。

呑気な会話に存分に含まれた、とんでもないプレッシャー。それを受けて、白いローブの少女は顔を青ざめさせていた。

そんな二人の様子に、自分の出番はないと判断したニーアは、やっとボブカットの女性の方に向く。するとは彼女は、白いローブの少女への援護の為に、弓を構えてエリーに狙いを定めていた。

「させると思う？　エアシールド」

放たれる矢は、ニーアの生み出した魔法の盾に阻まれ地に落ちた。攻撃を邪魔されたボブカットの女性は、憎々しげにニーアを見る。

「私を散々無視していたと思ったら、今度はあの子を助ける邪魔をする。君は、とことんムカつく」

ムカつくと言われて、ニーアはニッコリと満面の笑みを作る。悪戯好きのニーアにとって、『ムカつく』は褒め言葉でしかなかった。だが、そんなニーアが不意に笑顔を消す。

「大丈夫。皆が問題無いって分かったから、存分にあんたの相手をしてあげるよ。だって——」

雰囲気の変わったニーアを警戒して、ボブカットの女性は弓に矢を番《つが》えつつニーアに向き直る。

「あんただけは、ぼくが相手するって最初っから決めてたんだから」

「どういうこと？　君とは初対面の筈」

ニーアの口調に、自分に対する恨みを感じたボブカットの女性が尋ねる。そんな彼女を、ニーアはビシッと指差した。

「フェニックスの——フェリオの仇だよ。君が飛翔能力を奪わなければ、少なくともフェリオが死ぬことはなかったんだから」

フェニックスにとどめを刺したのは先ノ目だが、その原因を作ったのはボブカットの女性だとニーアは考えていた。確かに彼が飛べていれば、戦況は大きく変わっていただろう。

そんなニーアの怒りの言葉を、ボブカットの女性はフッと笑い飛ばす。

「フェニックスの仇……だったら返り討ちにするだけ。【神弓】 飛べずの矢」

ニーアの飛行能力は厄介だと、ボブカットの女性はフェニックスの時と同様に飛行能力を封じる矢を放つ。しかし、巨体のフェニックと小さいニーアでは勝手が違う。ニーアは飛んできた矢を簡単に避けた。

「あのね、そんな矢、当たると思う？ フェリオだって、それが飛行能力を奪う能力の矢だって分かってたら、魔法で撃ち落としてたよ。ネタさえバレてれば、あんたなんか脅威でも何でもないの」

そう煽るニーアに、表情に乏しかったボブカットの女性が初めて頬をひきつらせる。

「そう、私の矢は当たらないと思ってるんだ。だったら……【神弓】 必中の矢！」

新たに放たれる矢。今度もニーアはそれを難なく避けたが、矢はニーアの後方で弧を描きながらUターンし、ニーアの背後から再び迫る。しかし――

「ファイアアロー」

後ろを見もせずに魔法を発動させるニーア。彼女の背後から炎の矢が飛んでいき、迫り来る矢を撃ち落とした。

「無駄だって言ったでしょ」

「…………」


ここに至ってボブカットの女性はようやく、自分にとってニーアが天敵だと気付く。

小さく、高速で飛ぶ生物。それは弓矢を使う者にとっては、限りなく当て辛い的であった。

それに加えて、ニーアには無詠唱の魔法まである。ノータイムで矢を撃ち落とす魔法を生み出されては、矢を当てることはほぼ不可能と判断せざるを得ない。

そんな結論に達したボブカットの女性であるが、まだ戦意を失ってはいなかった。

彼女は【神弓】の他に、【神眼】と【超絶技巧】というスキルを持っていたからである。

【神眼】は、相手の動きを前もって見ることができるスキル。これは予知とは違い、武器を構えた時点で、相手がどう動くか知覚できるというものである。

もう一つは【超絶技巧】。扱う武器に対する外的要因を一切無効にするというものであった。

つまり、このスキルを発動させれば、武器にかかる空気抵抗は勿論、水の抵抗や魔法による防御すら無効にしてしまえるのだ。

唯一の欠点は、元から何かしらの能力が発動している武器に【超絶技巧】を重ねて発動することができないというのも。その為に【神弓】と【超絶技巧】の併用はできなかった。しかし、知覚的能力であり、武器に付与する能力ではない【神眼】との併用は可能である。

ボブカットの女性は、その二つを使うタイミングを図るためにニーア向かって無数の矢を放つ。

「だから、無駄だって分からないかな。フレイムランス」

ニーアは横殴りの雨のように向かってくる矢の中を、スルスルと避けながら魔法を放つ。

一メートル程の炎の槍。自分に向かって来たそれを右側に走って避けながらも、ボブカットの女性は弓矢を放ち続けることを止めない。

「えーい、邪魔臭い！　エアウォール！」

先程の風の盾よりも大きな風の壁。それを自分の前に作り出し、ニーアは無数の矢を阻む。その瞬間、ボブカットの女性は笑った。

魔法の壁すらも無効にしてしまう【超絶技巧】を使うのに、絶好のチャンスが来たのだ。

「喰《く》らえ！」

魔法の風に守られて自分は安全だと思い上がっているニーアに、一撃喰らわせる。そんな確信を持って矢を放とうとしたボブカットの女性であったが、驚きに目を見開く。

彼女の視界から、ニーアの姿が消えたのである。いや、正確には実際の視界ではなく、【神眼】で見える知覚で、自身の真横一メートル程の場所に現れていた。

つまり、今ここから放たれた矢が五メートルほど離れたニーアの位置に達する時には、ニーアが真横に来るということだ。

その事実に驚き、矢筈を掴むボブカットの女性の指が震える。

ニーアに矢を当てるためには、真横に弓を向かなければいけない。しかし、そんな攻撃に当たりに来る馬鹿はいない。今知覚しているニーアの位置は、あくまで今のニーアに矢を放った結果なのだ。

しかし、何故？　とボブカットの女性は思う。

何故ニーアが、スキルを用いた矢を避けることができるのか。それが分からないボブカットの女性の視線の先で、ニーアは笑っていた。

「その矢、撃たないの？　なんか、特別なことをやる気だったんだと思ったんだけど」

ニーアの言葉が全てを物語っていた。

どんな攻撃かは分からずとも、ボブカットの女性の表情から、何かあると読み取っていたのだ。その上でニーアは、どんな攻撃が来ようと対応できるように構えていたのである。

ニーアは人のことなどよく見てない風に見えて、実は人の顔色をしっかりと窺っていた。

妖精の郷で村八分にされていたニーアにとって、機嫌を損ねないように相手の顔色を窺うことは、日常茶飯事《にちじょうさはんじ》になっていたのである。

そんな悲しい過去を秘めたニーアの笑みは、自分が強者だと思っていたボブカットの女性の自信をどん底に突き落とした。

何をやってもニーアには通じない。そんな考えがボブカットの女性の頭をよぎった瞬間――

ニーアの姿が消えた。

「っ!?　……何処？」

「ここだよ」

混乱し、辺りを見回すボブカットの女性の頭上から声が聞こえる。

ボブカットの女性が慌てて真上を見上げると、そこには満面の笑みを浮かべたニーアがいた。

「その様子だと、もう使える手は無いみたいだね。だったら、こっからはぼくの番だね」

楽しそうなニーアの声を、ボブカットの女性は震えながら聞いていた。

一方その頃、水の魔法剣をゆっくりと構えたネイは先ノ目と対峙していた。

彼女の背後にはセルフィスとマリアーヌが少し遠巻きに控えている。

そんな中、斜に構えた先ノ目は、いつもの笑みでネイを見ていた。

「へぇ、僕の相手は翔子さんなんだ。てっきりあの、僕を馬鹿にしてくれたおじさんがするものだと思ってたけど」

「ヒイロさんは忙しくて君の相手なんかしてられないんだって」

「ふーん……」

ネイには興味無さそうに、先ノ目は横目で右の方に視線を向ける。その視線の先では、ヒイロと金髪碧眼の女性が無言で睨み合いを続けていた。

「あのおじさんは瞳《ひとみ》さんにご執心なんだね」

「瞳さん？　ああ、あの人のことね」

「うん。あの人は僕に、創造神様の為に何をすれば良いのか示してくれた大事な人なんだ。だから、あんなおじさんの標的にさせる訳にはいかない」

先ノ目は笑みを一層深めて手に持つショートソードを構えた。

「だから翔子さんには悪いけど、さっさと退場してもらうね」

言いながら先ノ目はショートソードを振り上げる。

しかし、ネイも相手の好きにさせるつもりはない。

ネタは分かっていても、先ノ目のスキル【エクスカリバー】を避けるのは難しい。だからネイは水の魔法剣——水龍剣に魔力を込める。

かつて、水の刀身を作るだけだった水の魔法剣は、エンペラー種である独眼龍の鱗の力を得て、新たな力を発揮できるようになっていた。その一つが、霧を生み出す能力である。

ネイの構える水龍剣の刀身から濃い霧が発生し、彼女の身体を包み隠していく。それを見た先ノ目は、眉をひそめた。

「目眩《めくらま》し？　無駄だと思うけど」

先ノ目がかまわずショートソードを振り下ろすと、不可視の刃がネイに向かって飛ぶ。しかし、見えないことが最大の利点であった【エクスカリバー】は、霧によりその姿を確かなものにしてしまった。

霧を引き裂き迫る刃を、ネイは簡単に避ける。先ノ目は何が起きているのかを理解し、剣を下げた。

「残念ね」

「……その霧、何だい？　霧が【エクスカリバー】の軌道を教えるのは分かるけど、そんなに濃い霧じゃあ、翔子さんが【エクスカリバー】を確認した時には躱せない距離になると思ったんだけど」

「そうね。でも、霧の濃さは関係ないの」

そう言ってネイは、霧の濃度を薄くして姿を現した。

「霧の中を動く物体を、私は感知できるからね」

「……翔子さんのスキルは【雷魔法】だと思っていたけど——」

薄くなった分、範囲も広がって自分の周りにも漂い始めた霧に触れ、先ノ目は面白くなさそうに言葉を続ける。

「どうやら違うみたいだね、霧に触れると少し痺れるや。多分、雷操作とか、そんな能力かな」

「大体、正解ね。雷を通してる霧の中では、物体の動きは全て私に伝わるようになってる。だから、【エクスカリバー】は私に当たらない」

相手の攻撃手段を潰し、ネイは優位に立つ。いや、立ったつもりになっていた。そんなネイを、先ノ目は笑う。

「へー、僕を倒す為に色々考えてきてくれたんだ。だけど、それは無駄な努力だったね」

ネイの試行錯誤《しこうさくご》を笑い飛ばし、先ノ目はネイとの間合いを詰める。が、その行動はネイの想定内。

「そりゃ、避けられない距離で【エクスカリバー】を撃つしかないって考えるわよね。でも、そんなことさせる訳ないでしょ！」

こちら向かってくる先ノ目の背後に視線を向けるネイ。そして——

「【縮地】！」

【縮地】での高速移動。ネイは先ノ目の背後を取る。

「これでぇ！」

無防備な背中に振り下ろすのは、【雷帝】の全力の雷を纏わせた水龍剣の一撃だ。

雷を纏った水の刃の一撃は先ノ目の背中に当たり、ネイは勝利を確信した。

いくらアースジャイアントの防御力を持っていても、雷のダメージを防ぐことはできないはず。ネイはそう思っていたのだ。しかし――

「翔子さん……もしかして、雷なら僕に効くと思ってた？」

水龍剣の水の刃は、先ノ目の背中に当たって四散する。そして、その強大な雷のエネルギーをまともに受けた筈の先ノ目は、何でもないようにネイの方に振り向いたのである。

「雷が……効かない？」

「当然でしょ。アースジャイアントの防御力には、各種耐性も含まれているんだ。雷なんて、僕には効かないんだよ」

そう言うと、先ノ目は振り向きざまにショートソードを一閃させる。それを察知したネイは、咄嗟に左の籠手でショートソードの刃を受け止めたが、その衝撃で吹き飛ばされてしまった。

「ううっ……くっ！」

呻きながら立ち上がったネイは、痛む左手を右手で押さえる。そして、驚きに目を見開いた。

エンペラーレイクサーペントの鱗で作られた籠手が、砕けていたのである。

「こりぁ、骨にもヒビが入ってるかな」

ジワジワと痛む左手を摩りつつ、ネイは先ノ目の方に視線を向ける。先ノ目はいつもの笑みでネイの方に歩み寄ってきていた。

先ノ目の攻撃を無効化したつもりだったネイであったが、こちらの攻撃も効かない上に、通常攻撃を受けたらダメージが大きいとあっては、手の打ちようが無い。

「不味い……かな」

思わず漏らす弱音。そんなネイの背後に、セルフィスとマリアーヌが駆け寄ってきた。

「やはり、アースジャイアントの防御力は抜けませんか」

「そうみたいね。さっきのは私の最大の一撃だったんだけど、ああも平気な顔をされちゃあねぇ」

セルフィスに苦笑を向けるネイ。そんなネイの横にマリアーヌが立った。

「マリアーヌ？」

「御姫様《おひいさま》？」

険しい視線で先ノ目を見るマリアーヌに、ネイとセルフィスが困惑気味に声をかける。

すると彼女は、先ノ目から視線を外さずに口を開いた。

「これは、魔族の弔い戦でもあるの。だから、及ばずながら私も参戦するの」

そう言うとマリアーヌは呪文の詠唱に入る。

そんな彼女の覚悟に、ネイは水龍剣を握る右手に力を込めた。

「こりゃあ、私も踏ん張らないとね。勝てないまでも、時間を稼げれば他の場所で戦ってる仲間達が応援に来てくれるかもしれないし」

小さなマリアーヌに負けていられないと気合いを入れ直して、先ノ目に向かっていこうとするネイ。

そんなネイの肩をセルフィスが掴む。

「少し、時間を稼いでください。成功するかどうかは分かりませんが、私に考えがあります」

真顔で端的に用件を言うセルフィスに、ネイは頷く。

「分かった。極力マリアーヌに危険が及ばないように頑張ってみる」

「お願いします」

そう頷き合うと、セルフィスはしゃがみ込んで作業を始め、ネイは先ノ目に向かって駆け出した。

「はぁっ！」

ネイの渾身の一撃を、先ノ目はショートソードで軽々と受け止める。そして、そのまま力任せにショートソードを振り、ネイを弾き飛ばした。

「翔子さん、無駄なことは止めなよ。今降伏してくれれば、罪には問わないからさ」

そう口では降伏を勧告しておきながら、先ノ目は攻撃の手を緩めない。

その一撃、一撃を捌きながら、ネイは何とか口を開く。

「罪って何よ、罪って！　私がいつ、そんなものを犯したって言うのよ」

「僕の創造神様への信仰の邪魔したんだ、それは何物にも代え難い罪だと思うけど」

先ノ目の言葉にイラつきながらも、ネイは細心の注意で彼の攻撃に対処する。

力は先ノ目の方が圧倒的に上。だから、先ノ目の攻撃を受けることは、ネイにはできない。しかし、だからといって攻撃を躱せば、【エクスカリバー】を放たれかねない。

故にネイの選択肢は、先ノ目の攻撃を受け流すか、剣の軌道上に身を置かないように動き続けることしかなかった。

微弱の雷を纏った霧の結界により、先ノ目の予備動作を読み取り、ある程度の動きを察知していたネイではあったが、この作業にはかなりの神経を使う。

その結果、身体の置き場所の選択を誤り、先ノ目に間合いを詰められてしまった。

「まずっ！」

この間合いで【エクスカリバー】を撃たれては、躱せないと直感したネイだったが――

「シャドウ・アロー」

先ノ目の影から放たれた影の矢が彼の肩に当たり、振るいかけた剣の軌道をずらす。結果、ネイは放たれた【エクスカリバー】を何とか躱せた。

「マリアーヌ、ありがとう」

これまでもミスする度にマリアーヌの魔法に救われていたネイが礼を言うと、マリアーヌは律儀に頭を下げながらも、次の魔法の詠唱を始める。

「……あの子、邪魔だね」

「させないわよ」

マリアーヌの方に視線を向ける先ノ目に、そうはさせないとネイは攻撃を加える。しかし、先ノ目は避けようともせず、マリアーヌから視線をそらさない。

ネイの水龍剣が先ノ目の肩口に振り下ろされるが、そこで刃は止まってしまう。

「させない？　僕を傷付けることもできない翔子さんが、どうやって僕を止めるの？」

それは真理であった。

自分の攻撃は先ノ目にとっては脅威ではなく、彼の興味が自分から移れば、足止めもできない。

そんなことは充分承知していたが、それでもネイは攻撃の手を休める訳にはいかなかった。

そんなことをすれば、マリアーヌは簡単に先ノ目の手にかかってしまうから。

「小さな子から始末しようなんて、男らしくない！」

「だって、あの子の為に、四度も翔子さんを仕留めるチャンスを逃したんだよ。僕はさっさとこの国を落としたいんだ。こんな所で時間を無駄にしてる暇はないんだよ」

ネイの猛攻を身に受けながら、何でもないようにマリアーヌに向かって歩き始める先ノ目。それを止めるためネイは必死に攻撃を繰り返したが、先ノ目の足を止めることはできなかった。

そんな先ノ目が、不意に脚を止める。その理由は、遠くから聞こえた爆発音だった。

「何？　この音？」

足を止め爆発音のした方を振り向いた先ノ目は、街の防壁の東門の辺りから上る煙を目にする。

その瞬間、先ノ目は目を見開いてネイの方に振り向いた。

「……ネイさんは確か、北のホクトーリクに行ってたんだよね……まさか」

「さてね。私は何も知らないわよ」

しらばっくれるネイを無視して、先ノ目は眉間に皺を寄せる。

「ホクトーリク軍の援軍？　ううん、ホクトーリク軍がここに来るにはトウカルジアを通らなければいけない。だとすると、トウカルジア軍も……本当に時間をかけられなくなったね」

何が起こっているのか理解した先ノ目は、一刻も早く邪魔者を片付けようと、マリアーヌへと目を向ける。しかし、そんなマリアーヌの背後には、いつの間にかセルフィスが立っていた。

「待たせてすみませんでした。ネイさん、これを斬ってください！」

そう言ってセルフィスは黒い箱を放る。

何事かと先ノ目が混乱した隙に、ネイはセルフィスを信じて先ノ目の頭上でその箱を斬った。

その瞬間、箱から強烈な光が発せられる。

「うわっ！」

「きゃっ！」

突然の強い光に、先ノ目とネイは目を瞑り悲鳴を上げる。

そして、光が消えた後には――

「……何？　何が起きたの？」

「ううっ！　目眩し？　無駄な時間稼ぎを！」

眩む目で必死に状況確認しようとするネイと、両目を指で擦りながら怒る先ノ目の姿があった。

二人に特に変わった所はない。よく見えない視界で、それを確認したネイは、セルフィスの作戦が失敗したことを悟る。

そんなネイの絶望にも似た表情を見て、先ノ目はマリアーヌとセルフィスを睨みつけた。

「全く、こんなつまらない目眩しで、僕の貴重な時間をよくも費やしてくれたね。君達には速やかな死をあげる」

そう言いながら、先ノ目はショートソードを振り上げる。それは、絶対的な死を与える【エクスカリバー】の予備動作だ。

「させない！」

その体勢に危険を感じたネイが、咄嗟に先ノ目の肩に水龍剣を突き入れる。

傷付けられないまでも、衝撃で剣の軌道がズレてくれればと願いネイが放った一撃は――

「えっ？」

「えっ！」

深々と先ノ目の肩に突き刺さっていた。

同時に疑問と驚きの声を上げるネイと先ノ目。

そんな呆けている二人に、セルフィスが叫ぶ。

「ネイさん、私の賭けは成功しました！　早く雷を！」

「えっ？　あっ、うん！」

咄嗟に水龍剣に雷を流し込むネイ。

「な……んで？　……ああああああっ！」

あっさりと感電した先ノ目は、最後まで自分に何が起こっているのか理解できずに、疑問の言葉を残しながらその場で倒れこんだ。

「はぁ……はぁ……何が、起こったの？」

最後の力を振り絞り雷を放ったネイは、息を切らしながら倒れた先ノ目を見る。

そんな彼女に、セルフィス達が駆け寄った。

「いやー、上手くいってよかった」

「どういうことなの？　あの箱って、出発前にマスティスさんから調べてほしいって頼まれてた黒い箱だよね」

安心顔のセルフィスにネイが詰め寄ると、彼はあははは、と笑いながら後頭部を掻いた。

「実はあの箱は、私の作品でして」

「えっ？　マスティスさんはネズミの魔物を凶悪に変異させてた箱って言ってなかったっけ」

「ええ、あの箱は、私がまだ人間全体が敵だと思っていた頃にティセリーナに頼んで適当に設置してもらった、魔物の核の情報を書き換える魔道具だったんですよ」

「……魔物の核の情報を書き換える？」

ジト目になり始めたネイ。そんな彼女に、セルフィスは誤魔化すように一層笑いながら続ける。

「魔物の核には、その魔物の使うスキルや魔法の情報が入ってるんですよ。あの箱は、箱の中を通った魔物のそんな情報を書き換えて、強化させるんです」

「何、そのふざけた魔道具。セルフィス、あんた……」

「いやいや、今は人の全てが敵ではないと分かりましたから、無差別に危害を加える気は毛頭ありませんよ。ですが、そんな魔道具でも役に立ったのですから、良いじゃありませんか」

体表に放電させて睨むネイを、セルフィスは慌てて宥める。そんな彼の言葉に、ネイは息をついた。

「そういえば、何でそんな魔道具で先ノ目の防御力が無くなったの？」

「あの箱は無理に壊そうとすると暴走して、魔物の核に刻まれた情報を破壊する可能性があったんです。先ノ目の防御力は本来の力ではなく、【悪食】でアースジャイアントの核を喰らい得たもの。であれば、箱の能力の影響を受ける可能性があり……」

「防御力を無効化できるってことね」

ネイの正解にセルフィスは頷く。

「でも、先ノ目の力はスキルによる核の取り込み、しかも対象はエンペラー種の核でしたから、本当に成功するかは賭けだったんです。小さな魔物での実験はしてたんですが、さすがにエンペラー種の核にまで影響を与えられるか、不安だったんですよね。なので、少しでも可能性を上げる為に箱の出力を最大限まで上げた状態にしました」

「賭けって……」

そんな危ない橋に自分は巻き込まれたのかと思うと、ネイは頭が痛くなってきた。

「まあ、上手く行ったのだから、良しとしましょう」

セルフィスの口調があまりに呑気で、巻き込まれたネイへの影響など全く考えてなかったように思えて、本当に魔族が人間を恨んでいないのか、心配になるネイだった。

第19話　ヒイロ

「決着がついたようですね。ここで貴女にも負けを認めていただけると助かるのですが」

長い睨み合いによる沈黙を破り、そんなことを提案するヒイロに、金髪碧眼の女性は小さくため息をつく。

「何をふざけたことを。貴方をここに呼んだのは御父様ではないのですか？」

「御父様？　……ああ、創造神様のことですか」

生みの親といった意味では、確かにそう形容してもおかしくない。そう思ったヒイロの確認に、金髪碧眼の女性は頷き言葉を続ける。

「そうであれば、御父様の指示は、私を殺し精神を神界に送ることだと思いますが？」

「ええ、確かにそう頼まれました。ですが、貴女に自発的に神界に行ってもらえば、事を荒らげる必要はないのです。そう思いませんか、ヒューンさん」

勇者が全員倒されれば、そんな選択肢も選んでもらえるのではないか。

そんな期待をしていたヒイロは、彼女が他の戦いに介入できないよう牽制していたのだ。

だが、そんなヒイロの説得を、ヒューンは笑い飛ばす。

「私自ら神界に行けですって？　笑わせてくれますね、その気になれば私は貴方がた全員を倒し、仕切り直すこともできるんですよ。そんな私を止めることができると？」

「創造神様が私に頼んだ理由は、それができるからだと思いませんか？」

ヒイロがそう言い返すと、ヒューンはピタリと笑うのを止めた。

「貴方のその自信……先程の魔法にあるのでしょう？　あの魔法はルナお姉様の力を使ったもののようですが、そんな魔法は今までこの世界にはなかった。ということは、貴方は新たな魔法を生み出すスキル、【全魔法創造】を御父様から授かってますね」

「ええ、その通りです」

素直に答えるヒイロに、ヒューンは笑みを浮かべる。

「確かに【全魔法創造】は魔法系スキルの最高峰、人には過ぎた力でしょう。ですが、それだけで私に勝てるとは思わないことです。私にも、御父様から授かった力があるのですから。それも、貴方を無力化できる力を！　見なさい、【マジックキャンセラー】！」

それは、使用者の周辺での魔法の発動を無効化するスキル。勇者だと偽り、ヒューンが創造神から得た力である。

「【マジックキャンセラー】……そんな力を与えているのなら、教えておいてほしかったですね」

ヒイロが創造神に対して愚痴っていると、頬に衝撃が走る。いつのまにか間合いを詰めていたヒューンの拳を、右頬に受けたのだ。

「あうっ！」

吹っ飛ばされるヒイロの姿に勝利を確信したヒューンは、そのまま勇者達を救わんと背後を振り返ったのだが、そこで動きが止まった。

「あいたたた……いきなりですか」

彼女の背後で、ヒイロが頬をさすりながら立ち上がったのだ。

「貴方は……私の攻撃に耐えたのですか？」

神族の全膂力を込めた一撃。それに耐えられる生物など、この世界には存在しない。

そう驚愕しながら振り返ったヒューンの視線の先で、ヒイロはニッコリと笑う。

「これくらいできないと、創造神様のお眼鏡にはかないませんよ。そう思いませんか？」

そう言って、ヒイロは鉄扇を取り出した。

ナーゴの防壁の一角。

「うう……」

壁を背に座っていた先ノ目は、唸りながら眼を覚ます。

「……君達も負けたんだね」

目を覚ました先ノ目の周りには、他の勇者達が落胆した様子で座っていた。

みな、ボロボロで、唯一無傷である白いローブの少女がせっせと回復魔法をかけていた。

【結界】で自分の身を守っていた彼女も、先ノ目の敗北を知り降伏したのだ。

そんな勇者達を囲うように立つのは、彼等に勝利した者達。バーラット、ニーア、レミー、智也、ミイ、マリアーヌ、セルフィス、そしてエリーである。

「よう、負けた気分はどうだ？」

ニヤニヤと笑う智也に、眼鏡の少年達三人組は「ひいっ」と縮こまるが、先ノ目は怯まなかった。

「そうだね。今回は負けたけど、僕は間違ったことはしてない。また一からやり直してみせるよ」

自分の信念を曲げない先ノ目を見てバーラットやネイは嘆息する。

と、そんな時、右手の方から爆風が届いた。

「何？」

「ヒイロさんと、あんたんところの女が戦ってるのよ」

驚く先ノ目にネイが説明すると、彼は目を丸くした。

「瞳さんって、こんな凄いことができたんだ」

視線の先でどんな戦いが繰り広げられているのか、先ノ目の想像には及ばない。幾度となく響く破裂音はとても人が出しているとは思えない程大きく、時折、粉塵《ふんじん》まで上がっている。

「……僕の力は大分、無くしてしまったけど、瞳さんがいれば、また再起できるね」

まだ道は閉ざされていないと喜ぶ先ノ目だったが、さすがに他の勇者達の表情は浮かない。その顔には、まだやるのかという色がありありと浮かんでいた。

そんな先ノ目と勇者達に呆れながら、ネイが口を開く。

「あの人がヒイロさんに勝てると思ってるの？」

「勝てるよ。だって、正しいことをしている僕等には、創造神様がついているんだから」

ニッコリと微笑む先ノ目を見て、バーラットは再び嘆息した。

「ここまで盲目的だとはな。これはヒイロの保険にありがたみが出てきたな」

バーラットの言葉に頷き、マリアーヌは首にかけていた黒水晶を外して、先ノ目の前に差し出す。

「何だい？」

その行動の意味が分からない先ノ目が首を傾げると、黒水晶が光った。

そして現れる諸悪の根源。

「やあ、上手く行ったようで何よりだよ。ヒイロのおっさんは手こずってるみたいだけど、それはそれで見ていて楽しい……いやいや、ヒイロのおっさんには期待してるから大丈夫だと思うよ」

今回の一件は相当見応えがあったのだろう、創造神のテンションは異様に高い。

そんな創造神の姿に、先ノ目はひれ伏した。

「これは、創造神様！　このような所でまたお会いできるとは。見ていてくれましたか。僕は貴方様の為に……」

「なーにが、僕の為だって？」

先ノ目の言葉を遮り、創造神は今までのテンションの高さを消し、半眼で彼を睨む。

「えっ？」

創造神のあまりの変わり身に、先ノ目は困惑する。

「いや、だから僕は創造神様の為に愚かな民達を導……び……い……て……」

先ノ目の言葉は段々と小さくなる。説明をしようとしても、創造神の態度が変わらなかったからだ。

そうして言葉を無くしてしまった先ノ目に、創造神は口を開く。

「誰が、この世界の人間が僕を敬うようにしてほしいって頼んだ？　僕はそんなこと言った覚えはないけど？」

「いえ、ですから……」

「君さぁ、自分が何をやったか、理解してる？」

「それは、創造神様の為に……」

まだ創造神様の為にとぬかす先ノ目に、創造神は大きくため息をつく。

「僕の為だって？　あのねぇ、君がやったのは僕の名を騙り、この地の人々の自由を奪ったという大罪だけだよ」

「たい……ざ……い……？」

他ならぬ創造神から大罪人だと言われ、先ノ目は放心する。

しかし、すぐに我に返り創造神に詰め寄った。

「僕が大罪人？　何故ですか！」

「だからさっき言っただろ。君と教会は僕の名の下に人々の財を搾取《さくしゅ》し、自由を奪った。自分のエゴを押し付けるのに僕の名を使ったんだ。これがどれだけ大きな罪か、君は分かってる？」

「それは……創造神様の為に……」

「まだ言うか……僕はそんなこと望んでない。いい加減、僕のせいにするのは止めてくれないか」

創造神の冷たい一言で、先ノ目は絶望の表情を浮かべて崩れ落ちる。

そうして黙ってしまった先ノ目から、創造神は他の勇者達へと視線を移した。

「君等も災難だったね。でも、こんなのに付き合った為に君等も罪人だよ。この罪の清算は死後に訪れることになるから」

優しい口調であるが、その内容は中々に苛烈だ。そんな創造神の言葉に、勇者達は絶句する。

「この罪を少しでも軽くしたいなら、この人達に相談して。きっと良い贖罪の方法を教えてくれると思うよ……あっ！　もう帰らないといけない時間だ。じゃあねぇ」

付けてもいない腕時計を見る仕草をすると、創造神はさっさと消えてしまう。

後に残ったのは、神から直に罪を突きつけられた哀れな勇者達と、相変わらずの創造神の態度に目眩を覚えたバーラット達。

落胆していた勇者達であったが、やがて懇願するようにバーラット達を見上げる。

そんな彼等にネイが対応しているうちに、バーラットはエリーの方に視線を向けた。

「そういやヒビキやマスティス達が合流してないが、どうしてる？　ミリーを確認にやったんだろ」

バーラットから問われ、エリーは目を瞑った。そして、少しして目を開く。どうやらミリーから報告が入ったようだ。

「終わった？」

「冒険者の中に厄介な者がいたみたいです。それと交戦中ですが、あっ、いま終わりました」

「ええ、ヒビキ様とマスティス殿。それにティセリーナさんとグレズムさんの四人を相手取って大立ち回りをしていた相手なんですが……」

「おいおい、それはどんな化け物なんだよ。あの四人の相手なんて、俺でも無理だぞ」

ヒビキ一人でも銀槍の力を勘定に入れなければ勝てないと思っているバーラットの慌てように、エリーは「クシュウ国のゼブセスだそうです」と端的に答える。

「ゼブセス……あの四人とやりあえるとは、噂通りの化け物だな」

その名に納得がいったバーラットに、エリーは話を続けた。

「ええ、ですがその化け物も勇者達の敗北を知り、さらにヒイロ殿の戦いぶりを見て、これ以上戦うのを諦めたみたいですね、自身の大剣を地面に突き刺し、笑いながら諸手を挙げたそうです」

「あれを見りゃ、そうもなるか」

バーラットがそう言いながら見る視線の先では、また一つ、大きな粉塵が上がっていた。

「せいっ！」

身長程の大きさにした鉄扇を、ヒイロは振り下ろす。大きく飛び退き、それを躱すヒューン。

鉄扇は地面に当たり、砂煙を巻き上げながら小さなクレーターを作った。これでヒイロが作ったクレーターは五つ目である。

「うーん、当たりませんか」

「当たってたまりますか！　そんなものを受けては、さすがの私といえどもただでは済みません。何なのです、その出鱈目《でたらめ》な力は！」

「いやいや、そんなご謙遜を。仮にも神族である貴女が、こんなことで戦闘不能になる筈がないではないですか」

「そうですね。大変なのは当たればの話です。当たらなければ、問題はありません」

言いながらヒューンはヒイロへと駆け寄る。それに合わせてヒイロは鉄扇を振り上げた。

しかしそれが振り下ろされるよりも早く、ヒューンはヒイロの懐に入り込むと、左手でヒイロの腕を押さえ攻撃を封じ、右の拳を鳩尾《みぞおち》へと突き入れる。

「かはっ！」

ヒイロの肺から空気が強制的に吐き出され、息が詰まる。そうしてヒイロの動きが止まったところに、ヒューンの拳の嵐が打ち込まれた。

「はうっ、あっ！」

吹き飛ばされるヒイロ。だが、それでもヒイロは立ち上がった。

「いやはや、そんな容姿で打撃戦が得意だとは思いませんでした」

「私は人と亜人を管理する神族です。当然、その戦闘技術も習得済みなのです。最初は貴方の変わった動きに惑わされましたが、もう慣れました。もう遅れは取りません」

そこまで言って、服に付いた土を払っているヒイロを見ながら、ヒューンは苦々しい表情をする。

「ですが、貴方のその頑丈さは何なのですか？　あまりに異常ですよ」

「いやはや、痛いの何の。ちゃんとダメージは受けていますよ。ですけど、貴方が【マジックキャンセラー】を発動する前に使っていた魔法が功を奏してるようですね。痛みの割には、ダメージ自体は微々たるものみたいです」

「魔法……？」

「ええ、防御力強化と各種耐性です。先ノ目君の防御力に対抗する為に作った強化魔法でしたが、こんな所で役に立つとは」

バーラットが聞いたら、お前に防御力強化なんて必要あるか！　と吠《ほ》えそうな話ではあるが、ヒイロなりに真剣に考えての結論であった。その結果、神族の本気の攻撃ですら微々たるダメージしか受けない、とんでもない存在が出来上がってしまったわけではあるが。

ヒイロがこの世界に呼ばれた時に創造神から言われた『化け物の方が可愛いかもね』という言葉を体現する存在になっているのだが、そのことに彼は気付いていない。

「……防御力強化？　各種耐性？」

実在する魔法による身体強化は精々、五割上昇程度である。勇者の能力にその程度の上昇率を上乗せしたところで、ヒューンの攻撃をここまで凌ぐことはできないと彼女は考えていた。

実際は、ヒイロの防御力強化は既存の魔法ではなく、【全魔法創造】が精魂込めて作った代物である。その上昇率は十倍。それが、【超越者】で上がった能力値に加算されているのであった。

かつて、神族でも手が出せなかった存在、元【超越者】の所有者である黒龍。ヒイロはそんな黒龍に、防御力だけは近付いていていた。

そんなことは知らないヒューンは要らぬ深読みをしてしまう。

防御力強化など嘘で、実は物理攻撃無効の魔法をかけているのではないかと。

物理攻撃を無効にする魔法など、この世には存在しない。しかし、ヒイロが持つのは【全魔法創造】である。そんな魔法を作っていてもおかしくないとヒューンは考えたのだ。

「そうですか……ならば、こちらも戦い方を変えないといけませんね」

「そうなのですか？　でしたらこちらも戦い方を変えましょう」

打撃では効かないと判断したヒューンと、自分の動きでは攻撃を当てられないと判断したヒイロ。

二人は同時に次の手へと移行する。

「聖剣、エクスカリバー」

「出番です。お願いしますよ」

何も無い空間から聖剣の最高峰である一振り、エクスカリバーを抜き出すヒューンと、【超越者】を呼び出すヒイロ。

二人の仕切り直しは、ヒューンの攻撃から始まった。

「このエクスカリバーは、勇者のスキルと名前は同じですが、全くの別物。物理攻撃に聖属性の力を宿しています。たとえ物理攻撃を無効にできたとしても、聖属性のダメージまでは防げないでしょう！」

今度の攻撃は効くはずと確信して、ヒューンはエクスカリバーを振り下ろす。しかし、そんな彼女の剣を、ヒイロは親指と人差し指で摘んで止めた。

「《やれやれ、宿主殿は本当にお人好しだ……教えてやろう女よ。宿主殿はな、今まで全力ではなかったのだよ。全力とは、こういうものだ！》」

今までとは全く違う洗練された動きでエクスカリバーを止められたヒューンは、向かってきた拳を反射的に手の平で受け止める。しかしヒイロの拳が、受け止めた手ごと頬にめり込み、ヒューンは吹き飛ばされた。

そんな彼女を見て、ヒイロは口を開く。

「何です、この威力……でも、ちょっとやり過ぎなような……《何を言ってる、宿主殿。大体、宿主殿が本気を出せていないから、我が出る羽目になっているのではないか》」

ヒイロの声色は、途中でガラッと切り替わる。ヒイロの意識を残したまま【超越者】が体を操るという、彼の希望が叶ったのだ。

また、今の超越者の言葉に偽りはなかった。ヒイロは相手が女性だったため、無意識のうちに力を加減していたのだ。

「うう……」

呻きながら立ち上がるヒューンを見ながら、【超越者】は冷ややかな口調で零す。

「《俺の全力でも死なぬか……さすがは神族といったところだな。これで死ねば宿主殿がアレを使うことも無いと思っていたのだがな……》」

どこか悲しさを漂わせる声色の【超越者】に、ヒイロは声をかけようとしたものの、その前に【超越者】の意識は心の底へと沈んでいった。

「【超越者】さん……私にアレを使わせたくなかったのですね……すみません。ですが、【超越者】の力すら効かないのなら、やっぱりあれを使うしかないんです」

もう意識が繋がっていない【超越者】に謝りながら、ヒイロは前を向く。

「……何故、突然力が上がったんですか……」

「すみません、うちの【超越者】は加減というものを知らなくて」

「ちょ……えつ……しゃ？【超越者】ですって⁉　嘘でしょ！　あのスキルは厳重に封印されていた筈！　何故そんなスキルをお前が！」

彼女の言葉通り、【超越者】は二度と世に出さないように封印されていた。

だが、厳重にとはいっても、やったのはあの創造神である。

厳重に封印していたモノをいつのまにか失くす創造神。

それに気付いていない創造神。

不意に見つけた封印された宝箱の中身が何なのか忘れ、気になる創造神。

好奇心が抑えられず宝箱の封印を解く創造神。

そしてその結果、勇者に振り分けるスキルの中に何かが紛れ込んだのに気にしない創造神。

そのまま勇者にスキルを選ばせる創造神――

そうして、ヒイロのもとに【超越者】やってきたのである。

何故勇者が選ぶスキルの中に【超越者】があったのか疑問に思った創造神の、「まっ、いいか」という、お気楽な思想とともに。

そんなことなど露知らず、ヒイロはどう返答すれば良いのか分からず頭を掻く。

一方で、ヒューンは焦っていた。身体系最強の【超越者】を持つ者を前にして、自分の魔法も封じてしまう【マジックキャンセラー】を発動させることは、愚策中の愚策でしかないからだ。

「くっ！」

すぐに【マジックキャンセラー】を解除し、ヒューンはヒイロに手の平を向ける。

「インフェルノ・エクスプロージョン！」

それは、ニーアが先程使った火系最強の魔法。しかし――

「無駄です」

インフェルノ・エクスプロージョンは、ヒイロに当たった瞬間、燃え広がることなく消失した。ヒイロの着ているコート、水蛇神の鱗帝衣《りんていい》の能力の一つ、火属性無効の能力である。

そのコートの能力を鑑定スキルで察したヒューンは、すぐに次の手を打とうとしたが、その前にヒイロが動く。

ヒイロは一気にヒューンの背後に回り、その腰にしがみ付いて動きを拘束した。

「それで私の動きを封じたつもりですか！　甘いです、ライトニングボルト！」

ヒイロのコートを鑑定し、その欠点を見抜いていたヒューンは、唯一の弱点である雷魔法を自分もろとも発動させる。しかし、ヒイロはそれでも彼女を離さなかった。

「忘れましたか？　私は各種耐性も強化してるんです。この程度の雷なら耐えられます」

「くっ！　ですが、このまま我慢比べをしても、私に分がありますよ」

「でしょうね。ですが、私はこれで終わりにさせてもらうつもりです」

背後から腰に回されたヒイロの腕の力が増し、ヒューンは訝しげに眉をひそめた。

「これで終わらせるって……何をするつもりですか！」

今の状態から、ヒイロが決定打を打てるとは思えない。焦るヒューンに、ヒイロは小さく微笑んだ。

「自爆、です」

「自爆ですって！」

「ええ、私とともに創造神様のところに顔を出していただきます」

「何故そこまで！　貴方なら、あの力で攻め続ければいつかは私を倒せたでしょうに」

「でしょうね。ですが【超越者】さんは私に出番を譲ってくれたようです」

【超越者】の計らいに小さく笑みを浮かべると、ヒイロは覚悟を決めて真顔になる。

「ヒューンさん、もし私が貴女を倒したとして、その後の世界で私の立場はどうなると思います？」

「それは……神族すらも倒せる人間がいれば、国同士で取り合いになるか、敵になる可能性があるのならばと暗殺を目論むか……浅はかな人間達の考えることなど、そんなところでしょう」

「そうです。平和な世では、私は新たな争いの火種にしかならないのです。それに――」

一瞬、ニーアの笑顔が頭に浮かぶが、ヒイロは頭を振ってその映像を打ち消す。

この自爆という案を出すまで、そして結論を出してからもヒイロは悩み続けた。

ヒイロが消えることが世界の平和に繋がるのなら、どこかの山奥で隠居生活を送るだけでも良かった。でもそうしてしまうと、一つ、どうしても望まないことが起こる可能性がある。

そんな苦悩から、ヒューンが降伏してくれればそれでいいと考えていたのだが、そうはならなかった。そのため、ヒイロは覚悟を決める。

「ですから、私も貴女とともに行きますよ。私はこの後の世界にいるべきではないのですから」

「いえ。貴方がそんなことをせずとも、私とともに、愚かな人間達を従順な者達に変えれば、貴方が新たな火種になることはなくなりますから」

「それを創造神様が望んでいないことは、貴女がよく分かっているんじゃないですか」

ヒイロの一言で、ヒューンはビクッと震え、魔法の発動を止める。

「そんなことは百も承知です。ですが、私はどうしても許せなかった。どんなことも笑って許す御父様が、私が管理する矮小《わいしょう》な者達に蔑ろにされるのが」

「別に蔑ろにしてる訳ではないと思いますよ。口に出さないだけで人は皆、神に感謝しながら生きてるんですから」

「それは、自分の都合の良い時に御父様に縋《すが》っているだけでしょう！」

「それでもちゃんと、この地の人々からは頼られているんですよ、創造神様は。その辺のところも、あっちでじっくり語り合いましょう。マイセルフ・エクスプロージョン」

ヒューンも先ノ目と同じように、彼以外の言葉は受け入れられなくなっているのだと察し、ヒイロは最後の魔法を発動させる。

それはあの時、【全魔法創造】に最後に頼んだ魔法。

その魔法が発動した瞬間、ヒイロの魔力は全てへその辺り、つまり丹田へと集まっていく。

そして、集まった魔力は一気に爆発した。


「何だ！」

少し離れた場所で、突如光が発生する。それを見たバーラットの【勘】が、警鐘を鳴らした。

「これは、俺への危険……ではないな」

バーラットの【勘】が示す通り、一瞬広がった光は、逆再生のようにすぐさま縮まっていった。

嫌な予感がしてバーラットはエリーの方に向く。そこには、顔を真っ青にしたエリーの姿があった。

「俺の【勘】が仲間の危険を訴えている。ヒイロに何かあったんじゃないのか？」

「はい……ヒイロ殿が……自爆したそうです」

エリーの報告に、全員が息を呑んだ。そして、ニーアが間を置かず飛び立つ。

「あっ！　待てニーア！　くそっ、俺達も行くぞ」

バーラットの怒声に、全員が立ち上がりヒイロの元へと向かう。

それは、バーラットの銀槍の力にも似た現象であった。

ナーゴの外壁が、地面が、綺麗に切り取られたように五メートル程の球体状に抉《えぐ》られている。

【全魔法創造】が持てる力の全てを注ぎ込んだ結果、全魔力を爆発させ、その力を爆発の中心地点、つまりはヒイロへと収束させるという魔法になっていた。

そんな爆発後の窪《くぼ》みの縁《ふち》で、両手を地面についてニーアは呆然としていた。

バーラット達や、反対側から、ミリーに報告を受けたヒビキ達も現れる。

「ヒイロ様は！」

一番に駆け寄ってきたリリィに縋られるが、バーラットにも答えることはできない。その代わり、バーラットは唯一この現場を自分の目で見ていたであろう、ミリーへと視線を向けた。

「ヒイロは何で自爆なんてしたんだ？　それほどまでに、神族は強かったのか！」

質問していたバーラットの声は、最後の方には怒声になっていた。その怒りは、邪魔にならないようにと、ヒイロに全てを任せて距離を取ることを決断した自分に向けられたものである。

「ヒイロさんは、この戦いの後のことも考えていたようでした。この戦いが終わっても、神族を倒す程の力を持ったヒイロさんは、争いの火種にしかならないと。だから……」

「自爆したって言うのか」

ミリーが言い辛そうにしていた言葉を、バーラットが続ける。報告は聞いていたが、確信はなかった——正確にはしたくはなかったリリィが崩れ落ち、レッグス達も涙を流す。

皆が力無くその場に崩れ落ちる中、バーラットだけは血が出る程に拳を握りしめていた。

「自分が世界にとって邪魔でしかないとでも思っていたのかよ！　ふざけるな！　そんな風に悩んでいたのなら、何故俺に相談しない！　……お前が死んだら……!!」

そこまで吠えて、バーラットは他にもヒイロが死を選んだ理由があるのではと思い至った。

それは、ニーアに関すること。

彼女はヒイロが死んだら、自分も連れていって欲しいと創造神に願った。

それに対して創造神は、準備が整うまで保留にして欲しいと答えた。

もし、創造神の準備が整う前にヒイロが死んだら……ニーアの約束は無効になり、死ぬことはなくなるのではないか？

ヒイロは自分が死んでも、ニーアには生きていて欲しいと願ったのではないか？

そんな考えがバーラットの中に浮かび上がる。しかし、それは口にすることはできない。口にしてしまえば、ニーアの為にヒイロが死を選んだことになるから。

だが、彼以上にヒイロとの付き合いが長いニーアが気付かない訳がなかった。

「ねぇ、バーラット……ヒイロは生きてるよね。だって、ぼくが生きてるんだもん……ぼくは、ヒイロと一緒に死ぬはずなんだもん……ぼくが生きてるんだから、ヒイロも絶対生きてるよね」

窪みの奥底を見続けながら、ニーアは声を震わせて問いかける。そんなニーアに、バーラットはなにも答えることができなかった。

（ヒイロよぉ、お前が死んで悲しむ者がいないとでも思ったのかよ！　お前は、世界の安寧より、仲間違のことを思っていれば良かったんだよ！）

それでもニーアを思い、ヒイロは死の選択から逃れられなかっただろうと思いながらも、バーラットは心の中で吠えた。

その時、ナーゴの防壁の内部から、教会の兵達を撃退したことへの歓声が湧き上がった。

そんな喜びに満ちた声を聞くバーラット達の心は、暗く沈んだままであった。


しばらくはその場から動かなかった面々であったが、徐々にヒイロへの未練を断ち切って動き始める者達が現れ始めた。

最初はマスティス。

ソルディアスに今回のことを報告しなければと、彼はレッグス達を連れてこの場を後にした。

次はエリーとミリー。

ラスカスに報告に行くと言うエリーとともに、ミリーも姿を消す。

そして次は――

「私も、失礼します。メルクス様とクレア様にヒイロ様のことを報告しなければいけませんので」

「そうですね……あの人達に報告するのは、心苦しいけど」

重い足取りでレミーとヒビキが去っていく。

明け方から始まった戦いであるが、既に日が暮れようとしていた。

そして、日が暮れかけた時、ゆっくりとバーラットが立ち上がる。

「俺達も行くか。勇者達への指示や、しばらく空けているコーリの街へも帰らんといかんしな」

暗い口調で言うバーラットに、ネイ、智也、ミイの三人が立ち上がる。

しかし、ニーアは立ち上がらない。

「ニーア……」

声をかけたネイであったが、そんな彼女の肩にバーラットが手を置いて、首を左右に振った。

「そっとしといてやれ」

バーラットにそう言われて、ネイは差し出しかけた手を引っ込める。

「ニーア、落ち着いたらまた戻ってきてね」

ネイの言葉に、ニーアは窪みから目を離さずに無言で頷く。

「で、お前達はどうするんだ？」

バーラットがそう声をかけたのは、魔族の四人組であった。そんなバーラットの問いかけに、セルフィスがヒラヒラと手を振る。

「私達には特に帰る場所があるわけではありませんから、ニーアに付き合いますよ。護衛は必要ないでしょうが、今の彼女は放っておけませんから」

「そうか、頼む」

軽く頭を下げてバーラット達は踵《きびす》を返す。

もう、日は暮れて辺りは暗くなっている。だが、ニーアがその場から動く気配は無かった。

第20話　終焉《しゅうえん》

ヒイロがこの世から消えてから、百年もの年月が過ぎた。

そんなある日、ヒイロを直接知る者がまた一人、息を引き取ろうとしていた。

コーリの街にある立派な屋敷。その二階の角部屋でその人物はベッドに寝かされている。

彼女の名前はネイ。

長きに亘《わた》りコーリの街の領主を勤め上げ、街を発展させてきた彼女。ホクトーリクとトウカルジアの王すらも教えを請いに足を運びに来るほどの人物で、二国の王の頭が上がらなかったことから、ホクトーリクとトウカルジアの影の女帝という異名すら持っていた。

百十七歳という超高齢となったネイが寝かされているベッドの周りは、彼女の最期が近いと聞き、駆け付けた人達で溢《あふ》れかえっていた。

「あらあら、皆よく来てくれたわね。でも、そんな悲しそうな顔をされては、私も喜べないわよ」

ネイは細い声でそう言いながら、ベッドの周りに集まってくれた人々を見た。

銀槍を持つ青年は、バーラットとアメリアの子孫にあたる青年である。

バーラットのゴツい面影は……あまりない。

彼は結局、あの戦いから十年も経って、ようやくアメリアと結婚した。その後、コーリの冒険者ギルドのギルドマスターに就任したのだが、十年もしないうちに後任にその座を譲り、晩年はギチリト領のメルクスの所にちょくちょく通って、新しく開発された酒を楽しみにする生活を送っていた。

アメリアからよく、バーラットが帰ってこないという愚痴を聞かされていた頃を思い出し、ネイは笑みを浮かべる。

その隣にいる犬耳の少年、少女は、智也とミイの子孫である。

結婚することになって、からかわれながらも幸せそうに笑う智也とミイ。そして、バーラットからギルドマスターの後任を任され、ミイがギルドマスター、智也が副ギルマスを務めていた頃の姿が頭に浮かぶ。

数人いる黒装束姿の人々は、ホクトーリクとトウカルジアの王家の使い。ネイの容体が悪くなったのは昨日のことで、自分達は間に合わないと思った王族達が、遣わせたのだ。

あの事件からしばらくして、忍者学校や侍学校の卒業生がホクトーリクにも就職するようになった。表向きは二国の同盟を確固たるものにするためだったが、国内だけでは就職先が足りなくなった卒業生の為に、忍者学校の校長に任命されたレミーがトウカルジアの王を説得したのだ。

何人かいる冒険者風の少年、少女は、レッグスや、バリィ、テスリスの子孫。皆なんとなく面影があり、あの頃のレッグス達がいるようだ。

しかし、誰とも結婚しなかったリリィの子孫はおらず、そのことにネイは少し寂しさを感じた。

彼等やバーラットの家とは今も交流があり、未婚のネイにとっては彼等が家族のようなものだった。

死が近いのか、見慣れた人々の姿が昔の仲間達の姿に重なって見えるネイ。そしてふと、そういえば、勇者達はアースジャイアントを失って魔物が暴走するクシュウ国で死ぬまで魔物退治の仕事に従事したんだったな、などと考え始める。

ヒイロの助言通り、バーラット達は勇者達に、クシュウ国の魔物を鎮めろと指示した。

創造神から罪人指定された勇者達は、周囲の非難を浴びながらも黙って魔物を狩り続けた。そんな生活を三十年も続けると、非難の声もだいぶ小さくなり、それを機に、勇者達は後任を育て始める。

そんな、勇者達の教えを受けた冒険者達が、勇者亡き今のクシュウ国の安全を支えていた。

勇者とともに暴走していた教会は、チブリア帝国での敗北の後、内部闘争が起こり、当時の上層部は全て排除された。その後、新しくトップに立ったのは、後に聖女と呼ばれたシルフィーである。

シルフィーが、あの事件で地に落ちた教会の威信をホクトーリクやトウカルジア内で回復させる為に、よく相談に来ていたことをネイは思い出す。

皆、何とも懐かしい記憶である。

懐かしいといえば……

最近は顔を見なくなった彼女の顔を思い出し、ネイは静かに目を瞑った。

彼女はフェニックスの代わりに、フジの頂上に陣取って、縄張り内の魔族達に睨みを利かせていた。

世間では、フジの守り神、妖精帝などと呼ばれ崇められているが、ネイにとって彼女はそんな大それた存在ではない。

いたずらが見つかり、反省の色も見せずに舌を出す彼女の姿。

大きなクッキーにかぶりつく彼女の姿。

ヒイロの頭の上で幸せそうに寝そべる彼女の姿。

ネイにとっては、彼女はそんな存在なのである。

また笑い、ネイはゆっくりと目を開けた。

思い出の中の仲間達は皆笑っている。でも今、自分の周りにいる人々は、全員悲しそうだ。

私は、自分の人生を後悔していない……だから、皆には笑って見送ってほしい……

ネイがそんなことを願っていると、ベッド右手の開け放たれていた窓に影が落ちる。

暖かい日差しを遮る者が何なのか、それに気付いてネイはそちらに視線を向けた。

「ニーア……来てくれたんだ」

「うん、ネイ。久しぶりだね」

涙ぐむネイに、ニーアは寂しそうに答える。

そんな彼女の登場に、部屋の中は騒然とした。だがそれも守り神と崇められているのだから当然である。そんな騒然とした空気など気にもせず、ニーアとネイの会話は続いた。

「ホント久しぶり。いつ以来だったっけ」

「最後に会ったのは、レミーの最期の時だと思うよ」

「そっかー……もう、二十年も前だよね」

「うん……」

久しぶりの再会。

二人とも何か言いたげだったが、上手く言葉にできない。

そして――

「「あのね」」

二人同時に話し始めてしまい、また二人同時に黙ってしまった。

「何、ネイ」

ニーアが話を促した。するとネイは不意に涙を流す。

「ごめんね、ニーア……結局、貴女を一人にしてしまって……」

ニーアが寂しがりなのは、ネイが一番良く知っていた。そんなニーアを一人にしてしまう罪悪感からネイは涙を流す。しかし、そんな彼女にニーアは静かに頭を左右に振る。

「ううん、気にしないで。ネイは本当に頑張って生きてくれたもん、もう、楽になりなよ。ぼくなら心配ないよ。セルフィス達もいるしさ。だから……」

ニーアの声が徐々に震え出す。顔も下を向いてしまっている。

しかし次に顔を上げた時、ニーアは笑っていた。

目にいっぱいの涙を溜めながらも、それを流さないように必死に堪えながらニーアは笑っていた。

ニーアが笑いながら送り出してくれる。やっぱりあの時の仲間は最高だ。私の気持ちを分かってくれている。

そう思ったらネイはフッと心が軽くなるのを感じ、そしてゆっくりと目を瞑る。

「だから……あっちに行ったらバーラット達によろしく言っといてよ」

「うん、きっと伝えるよ」

ニーアの頼みを聞き入れ、ネイは大きく息を吸う。そして、その空気が吐き出されると、ネイはもう二度と息を吸うことはなかった。

ネイの死去。

その場にいた全員が、ネイの眠るベッドに駆け寄り、涙を流した。そんな最中、バーラットの子孫が窓に目をやるが、もうその場にニーアの姿は無かった。

ネイは気が付くと、清潔感のある白い壁に囲われた部屋にいた。

壁の材質は石造りのように思われる。床は大理石、天井には彩色美しい天使の絵が描かれている。

「私……死んだんだよね」

ネイが誰ともなく呟くと——

「そうだよー」

軽い声が返ってくる。

ネイがそちらの方に顔を向ければ、出入り口と思われるドアの向こうで創造神が手を振っていた。

「ネイもやっと来たね。でも、君らは揃いも揃ってあの頃の姿なんだ」

創造神にそう言われて、ネイは自分の姿を見下ろす。

しわしわだった筈の肌は瑞々《みずみず》しく。重く思い通りに動かなかった身体も、今は自在に動かせる。霞《かす》んでいた視界も、今はバッチリ見えていた。驚いてネイは創造神に目を向ける。

「これ、若返ってる？」

「そうだよ。死んで神界に来ると、一番印象に残っていた頃の姿になるんだ」

「ってことは、私の場合は、ヒイロさん達と一緒に冒険してた頃ね」

「君の場合って言うより、他の人達もそうなんだよ」

創造神にそう言われて、ネイは目を輝かせた。

「そうだ、バーラットさん達は？　あの人達のことだから、まだここにいるんでしょ」

「そうだよ、まだいるんだよ。ついてきて」

疲れ切ったように答え、部屋の外の廊下を歩き始める創造神の後を、ネイは追う。

「君からも言ってくれないかい、確かに気が済むまでって約束だったけど……彼等、一向にここから出て行く気配を見せないんだよ」

「それは無理だな。積もる話もあるし、私も当分は居座るつもりだもん」

「勘弁してくれよ」

額に手を当てる創造神は、本当にうんざりしているようだ。

創造神への意趣返し的嫌がらせは今も続いているんだと、ネイは楽しくなりクスクスと笑う。

そして、そんな騒ぎに自分も参加できるんだと思うと、彼女の胸は高鳴った。

歩くことしばし、創造神は突き当たりにあったドアを開ける。

薄暗かった廊下とは違い、ドアの向こうは明るかった。

その部屋の中央に設置されたテーブルの向こう側では、バーラットが、レミーが、智也が、ミイが――見知った顔ぶれが、一番思い出深い姿でネイに向かって手を振っていた。

「皆！」

「やっと来たな、ネイ。お前がなかなか来ねぇから、待ちくたびれたぞ」

「バーラットさん、嘘ばっかり。毎日お酒が飲めてご機嫌だったじゃない」

「そうそう、毎日バーラットさんの相手をしてる俺の方がネイを待ちくたびれてたんだよ」

「うん、ミイもそう思う」

懐かしい顔、懐かしい声、それが嬉しくてネイは笑う。

そんな彼女の背後から創造神も部屋に入ってくる。

「勘弁してくれよ、くたびれてるのは僕なんだから」

「何をそんなに疲れてるのよ」

「聞けよ、ネイ。こいつな、またやらかしてるんだ」

呆れたように報告する智也。一体何のことかと、ネイは顎に手を当てて考える。

「やらかしてる？　智也さんが呆れるようなこと？　……まさか」

「言っとくけど、君らに文句を言われる筋合いはないよ。これは地球の神と僕との契約なんだから。じゃ、僕はこれから彼等に合わないといけないから、これで失礼するね」

振り向くネイに、創造神はそそくさと部屋を出ていった。

「あいつ……また地球から……」

「まあ俺としては、あいつのやらかしのお陰でヒイロさんやミイに逢《あ》えたから、文句は言えないけどな」

文句は言わないが感謝もしない。そんな口振りの智也に思わず笑うネイであったが、不意に彼の口から出た名が寂しく心に突き刺さり、その笑みを消す。

「やっぱり……ヒイロさんはいないんだね」

ネイの言葉に、全員が黙り込む。しかし、ネイ以外の面々の表情は、なんとも曖昧なものだった。

そして、レミーから肘で脇を突かれたバーラットが、意を決して口を開いた。

「あのなぁ、ネイ。実はヒイロはな——」


「ただいま」

フジの山頂に立つログハウス。ネイの最期を看取ったニーアは、そこに帰ってきた。

——ぐす、ぐす。

「ニーア、お帰り。ネイさんは穏やかに逝《い》けましたか？」

そう言って、エプロンをかけオタマを片手に厨房《ちゅうぼう》から顔を出したのは、十八歳くらいの見た目の美しい女性。成長したマリアーヌであった。

——ぐす、ぐす。

「うん、少し話せたけど、最期は穏やかだったよ」

「それは良かった」

——ぐす、ぐす。

「そうだな。少しの間だが、ともに戦った戦友が穏やかに逝けたというのなら、私も安心だよ」

「うむ、その通りよな」

セルフィス、ティセリーナ、グレズムの三人も、居間のソファーに座りながらネイの冥福を祈った。

――ぐす、ぐす。

「……」

――ぐす、ぐす。

「ああっもう！　ぐすぐすうるさい！」

先程から聞こえてくる騒音についにニーアがキレる。そんなニーアが怒鳴った先には、部屋の片隅で体育座りをしながら泣くヒイロの姿があった。

「そんなに悲しいなら、ヒイロもお別れを言いに行けばよかったんだよ！」

「そんなこと言っても、私が現れたら世間が大騒ぎになるではありませんか」

「だからって、ぼくだけで行かせるのやめて欲しいんだよね。皆、ヒイロの話をしたいくせに、ぼくに遠慮してヒイロの名前を出さないのが見え見えなんだもん！　ぼくが何度、ヒイロは生きてるよって伝えたかったたか！」

「それは申し訳ありませんでした。ですけど、私は本当にあの時死ぬつもりだったんですよ」

怒るニーアに、ヒイロは頭を下げる。

【全魔法創造】が生み出した自爆魔法、マイセルフ・エクスプロージョン。

実はその魔法効果は、ヒイロの願いとはかけ離れたものだった。

マイセルフ・エクスプロージョンは、ヒイロの全魔力を爆発させ、その爆発力を爆発の中心地に集めることで小さな範囲に絶対的な破壊を生み出す魔法。そうヒイロは聞かされていた。

しかし、実際は違ったのだ。

自爆に使われる魔力は、全魔力ではなく、三つの魔法を使う分だけ残していた。その三つの魔法とは、グラスバリアとグランドフォール、そして、パーフェクトヒール。

マイセルフ・エクスプロージョンの仕組みはこうである。

まず、丹田に集められた魔力を爆発させる。この時に、胸と頭を守るようにグラスバリアを張ることで、ヒイロの心臓と脳は守られていたのであった。

その後グランドフォールによって、爆発で削られた地面の下に空洞が生まれ、そこに隠された術者はパーフェクトヒールで身体の復元が行われる――というものだ。

魔力欠乏により昏睡《こんすい》していたヒイロは、次の日の朝には土から這い出し、一日中その場を動かなかったニーアによって、泣きながら抱きしめられたのだ。

そんな経緯の後、ヒイロから「話が違うじゃないですか」と責められた【全魔法創造】であったが、〈いえ、違いませんよ。宿主殿の記憶では、ガラクタのようなロボットが自爆しても、次の面では普通に復活してましたから〉と事も無げに言ってのけたのだ。

なおも食い下がるヒイロだったが、〈足の部分を敵にぶつける下半身自爆戦法も参考にさせていただいたんですよ〉とにこやかに【全魔法創造】から言われ、二の句が継げなくなったのは今もなお、ヒイロの記憶に鮮明に残っている。

そうして生き残ってしまったヒイロは、こうなれば仕方がないと、寿命が来るまでひっそりと生きる覚悟を決めた。

決めたのだが、バーラットの訃報《ふほう》が届いた時に、自分が全く老いていないことに気付く。

それとなく【超越者】に相談したのだが、《何？　歳を取らないだと？　老いなどという身体を弱体化する状態異常など、無効化してるに決まっているではないか》と笑って言われてしまった。

今思えば、創造神がニーアの無理なお願いに対して最後は余裕だったのは、ヒイロもまた、不老であることに気付いたからだと今になってヒイロは思う。

そうして、生き続けたヒイロであったが、自分より若かった者達が次々と死んでいく現実は、悲しいものであった。

あの時、死んでいれば……などと思ってしまうヒイロであったが、こうして仲間の中でニーアだけが残った現状を見ると、自分がニーアとともに生きることも運命なのではと考えてしまう。

「でも、悲しいものは悲しいんですよね」

思わずそう呟いてしまうヒイロ。そんなヒイロに怒っていたニーアが表情を和らげる。

「そんなに皆が恋しいのなら、こっちから会いにいったら」

「はい？　だって皆さん死んでいるんですよ」

驚くヒイロに、ニーアは話を続ける。

「ヒイロ、忘れたの？　バーラット達は死んだ後、神界で好き勝手に飲み食いできるって創造神と約束したじゃない。あのバーラットが、百年や二百年で、飲み食いに満足すると思う？」

「それは……あり得ませんね」

キッパリ断言するヒイロに、ニーアはニパッと笑う。

「でしょ。だったらバーラット達に会いに行こうよ」

「ですが、バーラット達がいるのは神界なんですよ」

「それがどうしたの？　だって、生身の肉体を持つ神族が行ける所だよ、ぼく達だって行けるんじゃないかな」

「それは……」

確かに否定はできない。ヒイロはそう思ってしまう。

そして、可能性があるのなら挑戦してみたいとも。

そんなヒイロのやる気を察して、ニーアがもう一押しする。

「ネイが死んで、ヒイロを直接知ってる人はもう、ここにいる五人だけなんだよ。だから、ヒイロが外に出ても問題無いと思うんだよね」

「そう、ですよね」

久しぶりに見るやる気に満ちたヒイロの顔、それが嬉しくてニーアは更に笑顔になった。

「そうと決まれば、今から探しに行こう」

「今からですか？」

「うん！」

驚くヒイロにニーアは頷く。そして、セルフィスの方に顔を向けた。

「セルフィス、留守番を頼みたいんだけど、大丈夫だよね」

「ええ、構いませんよ。縄張り内の高レベルの魔物は全て手懐けてありますから、ニーアがいなくても、暴走するような真似はさせません」

「さっすがー。じゃ、そういうことだからヒイロ、行こ」

ニーアに指を引っ張られ立ち上がったヒイロは、魔族の四人に見送られながらログハウスを出る。

そして、その道すがら——

「あっ」

「どうしました、ニーア」

「風の精霊が教えてくれたんだけど、新しいのが出たって」

「新しいの？」

「うん、新しい勇者」

「……創造神様も前回ので懲りてなかったんですね」

「そうみたい、どうするヒイロ？」

「先ノ目君みたいに暴走されても困りますしね」

「急ぐ旅でもないし、ちょっと釘を刺しとく？」

「そうですね。目立ちたくはないですから、体育館の裏的な所にでも呼び出して、先輩として一言くらい言っときますか」

ヒイロとその頭に乗るニーア。

どこまでも、いつまでも続く道を、二人はゆっくりと歩いて行く。

突如異世界召喚されたサラリーマン山田博(42歳)は、神から最強スキル【超越者】を与えられ、広大な世界に放り出されてしまう。
スキルをフル活用して魔物を次々に撃破! かと思いきや、絶望的な不器用さで、スキルの力加減ができず大暴走……!
そんな博が仲間とともに賑やかに異世界を散策する、気まま冒険譚。

◎B6判　◎定価:本体680円+税　◎ISBN978-4-434-26467-2

Webにて好評連載中! アルファポリス 漫画 検索 コミックス絶賛発売中!

●各定価：本体1200円+税
●illustration：マツモトミツアキ

1～15巻 好評発売中！

CV 深澄 真：花江夏樹
巴：佐倉綾音 澪：鬼頭明里
監督：石平信司 アニメーション制作：C2C

異世界へと召喚された平凡な高校生、深澄真。彼は女神に「顔が不細工」と罵られ、問答無用で最果ての荒野に飛ばされてしまう。人の温もりを求めて彷徨う真だが、仲間になった美女達は、元竜と元蜘蛛!? とことん不運、されどチートな真の異世界珍道中が始まった！

漫画：木野コトラ
●各定価：本体680+税 ●B6

500万部突破!
大ヒット
異世界×自衛隊ファンタジー
新章も好評発売中!
ゲート
GATE
自衛隊 彼の海にて、斯く戦えり
SEASON 2
1〜5
柳内たくみ 著
1巻「抜錨編」
待望の文庫化!
●各定価:本体600円+税
1〜5巻 好評発売中!
舞台は異世界の海!ゲート海自編、ついに開幕!
海上自衛隊VS異世界海賊&海軍!
●各定価:本体1700円+税
●Illustration:Daisuke Izuka
ゲート SEASON 1 大好評発売中!
単行本
●本編1〜5/外伝1〜4/外伝+
●各定価:本体1700円+税
文庫
●本編1〜5〈各上・下〉/
外伝1〜4〈各上・下〉/外伝+〈上・下〉
●各定価:本体600円+税
漫画
●1〜17(以下、続刊)
●各定価:本体700円+税

アルファポリスで作家生活!

新機能「投稿インセンティブ」で報酬をゲット!

「投稿インセンティブ」とは、あなたのオリジナル小説・漫画をアルファポリスに投稿して報酬を得られる制度です。
投稿作品の人気度などに応じて得られる「スコア」が一定以上貯まれば、インセンティブ=報酬（各種商品ギフトコードや現金）がゲットできます!

さらに、人気が出ればアルファポリスで出版デビューも!

あなたがエントリーした投稿作品や登録作品の人気が集まれば、出版デビューのチャンスも!　毎月開催されるWebコンテンツ大賞に応募したり、一定ポイントを集めて出版申請したりなど、さまざまな企画を利用して、是非書籍化にチャレンジしてください!

まずはアクセス! アルファポリス　検索

アルファポリスからデビューした作家たち

ファンタジー

柳内たくみ
『ゲート』シリーズ

如月ゆすら
『リセット』シリーズ

恋愛

井上美珠
『君が好きだから』

ホラー・ミステリー

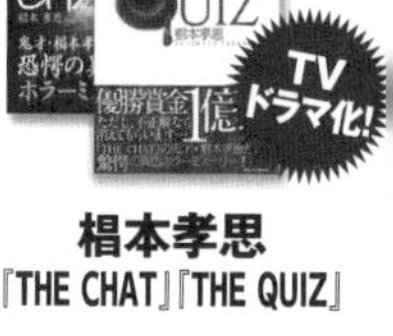

椙本孝思
『THE CHAT』『THE QUIZ』

一般文芸

秋川滝美
『居酒屋ぼったくり』
シリーズ

市川拓司
『Separation』
『VOICE』

児童書

川口雅幸
『虹色ほたる』
『からくり夢時計』

ビジネス

大來尚順
『端楽（はたらく）』

この作品に対する皆様のご意見・ご感想をお待ちしております。

おハガキ・お手紙は以下の宛先にお送りください。

【宛先】

〒150-6008 東京都渋谷区恵比寿4-20-3 恵比寿ｶﾞｰﾃﾞﾝﾌﾟﾚｲｽﾀﾜｰ8F
（株）アルファポリス　書籍感想係

メールフォームでのご意見・ご感想は右のＱＲコードから、
あるいは以下のワードで検索をかけてください。

アルファポリス　書籍の感想　検索

ご感想はこちらから

本書はWebサイト「アルファポリス」（https://www.alphapolis.co.jp/）に投稿されたものを、改稿のうえ、書籍化したものです。

超越者《ちょうえつしゃ》となったおっさんは
マイペースに異世界《いせかい》を散策《さんさく》する７

神尾優（かみおゆう）

2020年11月30日初版発行

編集－村上達哉・篠木歩
編集長－太田鉄平
発行者－梶本雄介
発行所－株式会社アルファポリス
〒150-6008 東京都渋谷区恵比寿4-20-3 恵比寿ｶﾞｰﾃﾞﾝﾌﾟﾚｲｽﾀﾜｰ8F
TEL 03-6277-1601（営業）　03-6277-1602（編集）
URL https://www.alphapolis.co.jp/
発売元－株式会社星雲社（共同出版社・流通責任出版社）
〒112-0005 東京都文京区水道1-3-30
TEL 03-3868-3275
装丁・本文イラスト－ユウナラ（https://yunar-adori.tumblr.com/）
装丁デザイン－AFTERGLOW
印刷－図書印刷株式会社

価格はカバーに表示されてあります。
落丁乱丁の場合はアルファポリスまでご連絡ください。
送料は小社負担でお取り替えします。
©Yu Kamio 2020.Printed in Japan
ISBN978-4-434-28134-1　C0093